U0628964

彩云新天
遇有时

杨昌群 著

当代名家
精品 必读散文

与野人为善，成野人之美，

感纯粹诗意之流转，想神圣华夏之道统，

山水之爱，山水之心，野的行走，野的善美。

知识出版社

图书在版编目（CIP）数据

彩云新天遇有时/杨昌群著. —北京：知识出版社，
2016.3

（中国当代名家精品必读散文）

ISBN 978 - 7 - 5015 - 8987 - 6

Ⅰ. ①彩… Ⅱ. ①杨… Ⅲ. ①散文集—中国—当代
Ⅳ. ①I267

中国版本图书馆 CIP 数据核字（2016）第 040829 号

总 策 划　张海君　李　文
执行策划　马　强
责任编辑　梁嬿曦　马　跃
封面设计　君阅书装

知识出版社出版发行
地　　址　北京市西城区阜成门北大街 17 号
邮政编码　100037
电　　话　010 - 88390732
网　　址　http：//www. ecph. com. cn
印 刷 厂　河北锐文印刷有限公司
开　　本　1/16
印　　张　12
字　　数　180 千
印　　次　2016 年 3 月第 1 版　2018 年 11 月第 2 次印刷

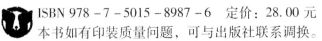

ISBN 978 - 7 - 5015 - 8987 - 6　定价：28. 00 元
本书如有印装质量问题，可与出版社联系调换。

崂山百合的异彩空间

《彖》曰："天地相遇，名物咸章也。"天地至大至小，万物至显至隐，若能相遇于异彩的空间，果能相遇于异彩的隐处，漫动之中，便是那流光的丝缕了。

今年的3月8日，我第一次跟随竹竿帮穿越爬山。3个月后的6月间，我接连几次在崂山穿越中遇到崂山的百合花。第一次是6月14日，从滑溜口到北九水的途中，在一处山溪边野餐时，我遇到一大丛自由盛开的杏黄色百合花，那天我还看到了七彩祥云，从那时起，崂山的百合花就引起了我的注意。第二天，我跟随竹竿帮经梦幻海滩去八仙墩，我在大窝头山的山坡上，在军用公路的路边，遇到更多橙红色和朱红色的百合花，那时我想，崂山百合还有这样不同的色彩。

第三次这天是6月22日，我随竹竿帮从仰口经滑溜口到崂顶的穿越途中，杏黄色、橙黄色、橙红色、朱红色的各色百合花我都遇到了。在庙岭口到滑溜口的丛林山路上，我遇到很多橙黄色和橙红色的百合花，我即兴为身边的美女山友和百合花拍合影照，有山友想为我和百合花拍照时，因我领着3位初次爬野山的山友落在队后，着急赶路，我只有笑着说，男人嘛，暂时还是不同那百合花合影了。

经过滑溜口到崂顶的途中，山友们望着远处的大海，注意到天空异常的云色，海天相接，一片灰蒙，半空中有一道蔚蓝色的平线，让人感到那就是陡然升高的海平线，后来，我把那云色叫作海天一线云，那是一种蔚蓝色的空云。在去崂顶的崎岖山道上，我迎面遇到从崂顶过来的零点爬山队，我看见走在中间的乱乱领队，我叫同来的小苏山友，为乱乱领队和我快拍了一张

合影。

　　经过崂顶景区的坎门后不久，我遇到更多的崂山百合花，有坡地草丛里的，有岩壁缝隙里的，有橙黄色的，也有杏黄色的，还有很多看过的想过的百合花的色彩，都奔涌到我的脑海里来。眺望天空，那道蔚蓝色的一线空云已然隐去，我想，那一线空云也许是在崂山百合的时光隧道里到来的，不然前后怎会有这么多的崂山百合花，以各种暖调的色彩，前前后后上上下下，不问前因不问后果，野然又自然，无端进入我的视线和思绪呢？

　　之后我了解到，崂山百合竟是一种珍稀物种，被列入国家第二批稀有、濒危植物名录。崂山百合也称青岛百合和山百合，山里人有叫"山墩子"的，有叫"山奶子"的。据说在100多年前，大约是1887年，德国植物学家在小青岛遇到它，发现这是一种世界独有的百合花，小青岛一度改称为"百合绿岛"。20世纪初，不知何故，这崂山百合突然在小青岛绝迹了，直到后来，植物学家又在崂山深处发现了崂山百合。

　　其实不管有谁遇到它，不管把它命名为何种珍稀的物种，那野生百合都是来之已久的，只要崂山的野性还在，那百合花的生机也是同在的。

　　这天的前一天是夏至，我知道崂山百合的盛花期，是在夏至前后的。

　　这天穿越的回途中，听竹竿领队说，他们先行分队在石阶路上遇到一条灵性的素纹山蛇。那山蛇在路上很安静，好像在等着大家。山友们停下步伐，为它拍照，有山友还用登山杖拨拉那山蛇，那山蛇没等到我所在的后行分队，不紧不慢地走了。我看到山友相机里的山蛇时，为没遇到那条似有等待的山蛇而颇感遗憾。

　　接着前行时，有一段山路是我独自走的，我在路上遇到一条长尾巴的绿彩蜥蜴，它安静地驻停在我的面前，我止步端详了片刻，才拿出相机为它拍了两张影像，这时有山友从后面赶来。我怕别人踩到它，就急声对它喊："小朋友你该回家了。"那绿彩蜥蜴还不走，我又跺跺脚，它才转头向路边跑去。后来我把绿彩蜥蜴的照片给大家看。竹竿领队笑说，你虽然没遇到山蛇，却遇到山蛇的亲戚了。

在天地淳和集体合影后，跟我初来的两位山友因体力不支，急忙买了车票，约我一同乘车下山。途中我们和竹竿领队带领的队员挥手致意不久，有一只五彩山雉驻停在公路边，我回头看它时，它还在路边抬头远望呢。

我不知道那条素纹山蛇，那条绿彩蜥蜴，那只五彩山雉，是不是和我一样，也对蔚蓝色海天一线空云有所注目，也对崂山百合的异彩有所留意。也许有些是此遇的，也许有些是另遇的。时间都难以是时间了，空间还能在途中过久停留吗？至大至小，至显至隐，也许在隐微处，还有另外的时间和空间吧。

从大流顶到化化浪子

去大流顶的前一天下午，我和觉民山友在大河东车站乘上304路公交车。我在车上遇到妖姐山友，她问我明天去哪里爬山。我说跟随竹竿帮，从流清河去大流顶。妖姐笑着说，这一年来她已去过十几次大流顶了。妖姐身材高大，面色质朴，我看她身着军用的迷彩短衫，轻说淡语的，仿佛那大流顶只是她家门前的一个小山包。我对她说，大流顶我还没去过，听说竹竿帮今年常去的。妖姐笑而不言。我问妖姐，去大流顶的路有几条。妖姐说，去大流顶的路有很多条，像她这从不记路的人，也不会在那里迷路。

那天我登上了大流顶。大流顶的主峰之上，有一堆巨石簇拥在山顶。最高处一块巨石，大约有一座小楼大小，最高巨石的上面，有一个上小下大圆柱状的水泥墩子，大约有1米高，墩子上

面刻着"军委测绘局/一九五三年"等字样,那是大流顶的人文标志。

水泥墩子下的巨石上,有一处 1 米多长天然的花生壳状的水池,我看那水池时,池中还有小半深的雨水,半清不清,半浊不浊,仔细一看,池水中漂浮着两只清浊水色的小青蛙。那两只小青蛙不为众人所动,它们伸展四肢,安静地漂浮在池水中。小青蛙是从哪里来的,小青蛙身在绝高清浊处,小青蛙的内心,是否也有另外的飞想呢?

下得巨石山顶,过大流顶的北向山坡,有很多野生的崂山百合。已开的花瓣是橙红色的,花瓣中的色晕是朱红色的。已开的花儿是少数,更多的花苞还在翠绿中等候。坡路陡峭,竹竿领队提醒大家说,万不得已要摔倒,也要往左边摔。下到一极险石坡处,他取出事先准备好的拉带,让一些山友借着拉带下山。

在极险石坡上面和下面的巨石上,我看到几处天然的不同形状的水池,水池里各有一两只安身处命的小青蛙。我对身旁的山友笑说,也许这是山神养在此处的青蛙宠物呢。也许是山神,也许是通灵的山鸟、山蛇什么的,反正我想,野生的宠物也是宠物了。

笑说到这里,我是暗自吃惊的。如果那小青蛙是一方灵神的宠物,我们这些衣食无忧的芸芸众生,又该是哪方灵神的宠物呢?天高云淡,风和日丽,大流顶之巅,这些片段的遐想,也随那风物流转去了。

中午在化化浪子处野餐。化化浪子有两水交流,一水石坡流绿,一水乱石穿溪。一大段连壁的石崖上,有四个古秀端庄的刻字:"化化浪子"。我想,这是一处颇有意味的刻石,想来是和《黄帝内经》中那"生生化化,名物咸章"有关,《易传》的《象》中曾言,"天地相遇,名物咸章也。"想来,《黄帝内经》中那载言,是晚出于《易传》,更晚出于《易经》。再想来,《黄帝内经》中的有关载言,与《道德经》中的大多载言,所出时间大约也无差多少了。

其实所谓早早晚晚，与那天地之初相比，已经是浑然难分，其实所谓左左右右，与那阴阳之始相比，已经是亲密无间了。有人问，何谓化？有人说，从无到有，从有到无，无无有有，皆为化也。

那天的午餐，我们7人在一巨石上围坐。印象较深的有，冷风切开一个大西瓜，旁边饭圈的欧地密让我给她和西瓜照相，燕子吃了两纸杯面条，小吴吃了两个鸡翅，舜心带来烤鸡却一口未吃，还有一位山友准备了咖啡和绿茶。其乐融融，山水意会。

那天有两处物象，化化浪子刻字在前在后，大流顶刻字在后在前，内心知会无前无后，此情此感前后相融。从此处到彼处，难分前后，从此心到彼心，焕然共生；那天，我第一次来大流顶，那天，我第一次来化化浪子。

雨山无住，而生其心

天上有多少雨水，山中有多少草木。世上有多少意动，心中有多少感怀。雨天雨地，雨溪雨径，雨衣雨伞，雨人雨物。阴阳之交接，万象之湿润。以崂山之风骨，通天地之往来，化夏伏之酣霖。爱山之人有往无住，此意此情漫漫斐然。

今天是星期天，明天是奥运火炬青岛传递日。昨天是雨天，今天也是雨天，天气预报和实际情况大体相近。今天一早，若风给世界的边发短信，如约赶到李村集合地，跟随竹竿帮，计划从仰口经二龙山、泥洼口到北九水。

昨天我跟随零点队的乱乱领队从仰口到二龙山，爬了一天的山，下了一天的雨，溪水暴涨，山道迷离。中午12点半左右，我们到达二龙山内的一号天棚，并在那里午餐。行者无疆带领的后行分队，赶往山下的二号天棚午餐。贝贝山友给我发短信说，

他们分队在尖石河道险涉，提醒我们主队注意。午餐后主队上行前往白龙潭，袭明在白龙河谷遇到惊险，我们原路返回，乱乱、世界的边、不回头、一陌生山友留在白龙河谷试探。接后在尖石河道险涉，我给乱乱打手机不通，发短信不回，心中有所忧虑。

今天遇到更大的溪水，因为早有准备，赶早出发，提前一个半小时到达二龙山主道边的一号天棚，稍事休息后，绕道涉过白龙河，往泥洼口进发。途中有位山友的左脚崴伤，尚志收队与受伤山友等6位队员先行下山。昨天爬山时山道积水，今天爬山是山道流水，草木山石中，山道便是水道，还有身边河谷里震耳欲聋的水声，人在山腰之上，眼看那么多无端的流水，难道是从天界的哪处密道中流下来的吗？

之前有朋友给我发短信，问我们到哪里了，我说到二龙山了。她说他们要去北九水，但愿能在北九水会合。不料在晓望河上游，遇到异常汹涌的河水，上有激流，下有深瀑，极难涉越。为安全起见，探路队员沿河道上下寻路，又找不到更好的办法。大家商议片刻，决定后队变前队，原路返回二龙山。这时那位朋友给我信息说，北九水封山，他们进不去。我回说我们这里也大水阻路，只能返回二龙山。

有了昨天的经验，我和身旁的山友商议一下，回身去找竹竿领队，决定涉过尖石河道后，在二号天棚午餐。不想那尖石河道上的激流，比昨天又汹涌了很多。我忙着在后面拍照，赶到尖石河道时，大家正在那里望水兴叹。不过令人寄予希望的是，早先下山的尚志山友，在河道的对岸招呼我们。事后知道，他试了几次，还抱着石头下水，终于半游半蹚摸过河去。

我们几位山友往上游河谷寻找涉河之处。我看竹竿领队跳到河谷中一巨石上。我和滴水阳光山友也往那边而去。竹竿领队犹豫片刻，又往别处寻找。之后世界的边跳到那块石头上，我先跳过去和他商议过河的捷径，也是一时无解。这时，跟在后面的滴水阳光，执意跳到我所在的大岩石上。我想滴水阳光是位文静的女士，她都到我身边了。正想着，凌寒山友也跟过来，她把双肩背包交给我，踩着河道边的斜石，镇静地一跃而过，那边有之前过河的小飞山友，一把将她接了过去。我想我不能犹豫了，背着双肩背包跟着跃过河去。期间有个小插曲，我是跃到对岸，小飞山友也拉住了我的一只手，但我一脚轻滑，赶紧一手扒住石壁，伏下身子重心下沉，稳住了才攀上河岸，让眼看的山友担惊。接着滴水阳光、世界的边等几位山友先后跃过河。尖石河道那边的队员看到这边情况，也到这边河谷涉渡，他们带来了拉绳，涉河速度虽慢，却有惊无险，二十几位队员全部安全过河。

大家先后过河，在二号天棚内午餐。之后遇到锻炼领队带领的近 10 位山友。之前他们也遇到尖石河道，没有贸然而过，而是绕道翻山，从木栈道方向而来。我认识的老鲁、开心、枫叶山友也在他们的队伍中，大家欢呼相聚，在二号天棚边合影留念。

昨天的雨，今天的雨，昨天的无住，今天的无住，将来更是时空万象的奔流。《金刚经》里说，应无所住，而生其心。毛主席诗曰，俱往矣，数风流人物。片想之时，今朝已是昨朝，今天已是明天。万千的时空物象，而无所住，而生其心。若是所应已无所住，那么其心也无所住了。天地之所遇，雨山之所意，朝夕有所生。今天的所遇，人在雨山，雨山在心，爱山之情，尽皆化矣。

万象时空的奔流

上周日是 7 月 20 日，这周六是 7 月 26 日。上周日是连续第二个雨天，我跟随竹竿帮，计划从仰口经二龙山、泥洼口到北九水，因大水阻路，为安全计，在晓望河主河道前止步，原路返回二龙山。当天下山后，我们 10 余人在李村吃烧烤、喝散啤。我感受到神奇雨山的曼妙，以及接连不断的怅惘。

这周六的前两天，竹竿领队没有在网上公布穿越线路，只在

竹竿 QQ 群里公示，26 日再走从仰口经二龙山、泥洼口到北九水的线路。周五那天，我乘单位的车子去济南明水出差，业务顺利，当天下午赶回青岛，在群里报名参加第二天的活动。

这天是阴历大暑节气后的第四天。从 3 月初到 7 月大暑日前，我多次跟随竹竿领队穿越崂山，以前我称竹竿帮或竹竿队伍，当建了 12 个竹竿 QQ 群后，我称之为竹竿部队，我想有一天，当建到 50 个竹竿 QQ 群时，我可以称之为竹竿军团了。

从夏至到大暑前后，我在穿越崂山的途中，遇到各色各样的崂山百合花。今年的 7 月 20 日，我随竹竿部队在雨中穿越崂山，从仰口到二龙山的途中，在奔流河谷的岸边，我遇到雨山中挂着雨滴的崂山百合花，深浅红橙色卷曲的花瓣，更深红橙色的斑点，更更红橙色的探伸的花蕊，那些百合花硕大健美，迎风沐雨，静待观者，仿佛是世外的百合花仙或者百合花王了。

雨山那天是阴历大暑的前两天，大暑之后第四天便是这天了。这天我跟随竹竿部队，再走上周没有完成的线路，这天我们冒着湿热酷暑，在溪流前跨越，在密林中穿梭，曲进几次涉过晓望河河道，在河道边午餐。

最后的晓望河主河道如此秀动，周围有翠绿的皂角树环绕，乱石铺叠，流溪跌宕，亦静亦动，亦漫亦落。若风、欧地密、随风而过、过客李林、凌寒 5 人，在溪流旁围成一个饭圈，这只是前后左右饭圈中的一个，这次活动至此还有 70 多位成员。这天我喝了两道汤，一道是紫菜杂汤，一道是蛤蜊清汤。后来我到下段溪岸边，受到另外饭圈的款待，分得一纸杯崂山绿茶。

在离开饭圈处之前，有两位山友提醒，溪水中一块石头上，有一个金色的小蟾蜍。我抓起相机跑过去，果然见到一个幼小的金色蟾蜍，安然悠闲地蹲在那里。我移身到那小蟾蜍的近前，为它拍了很多照片，小蟾蜍等我拍得手累了，才似无事者一般，慢慢悠悠消失在溪岸边无端的石缝里。

千缕阳光，万涓溪流，百合花王，小金蟾蜍。百合花王两次的不同，前次挂着雨滴，这次挂着迷雾，所谓不同只是附物的不同。在我心中，它依然是相同的百合花，就像人之初与人之终，我不知道谁是谁的开始，谁是谁的回归。至于那个幼小的金色蟾蜍，我在前几天的朦胧中，确实遇到过有关它的想象，在我的手机图库里，也保留着一个硕大金色蟾蜍的影像。对我来说，它们的不同，也只是所附时空的不同了。

再走上周没有完成的线路，再历漫漫人生中片段的路迹。为什么是物象，而不是意象，也不是现象。为什么到自然中寻思自然，为什么到纯粹中寻思纯粹。雨山无住，而生其心，再走无住，有其魂魄。诗曰窈窕，诗曰好逑，孔夫子曰逝者，毛主席曰今朝。无前无后的往来，万象时空的奔流。

崂山唐棣花

《诗经》曰："何彼礼矣，华如桃李。"《小雅》曰："常棣之华，鄂不铧铧。"逸诗曰："唐棣之华，偏其反而。岂不尔思，室是远而。"子曰："未之思也，夫何远之有。"

唐棣花是什么样的花，唐棣花盛开在哪里。为什么它要隐在时间的深处，为什么之前我只能在古老的汉字中无端想象。

今年5月中旬，我随传媒网的驴友之家登山队，在雨后云雾中从仰口宾馆开始爬山。在拐杖岭上，我第一次发现那挂满小白花的神奇花树。当时大家在那里休息了片刻，很多山友为那花树拍照，却没人知道那花树的名字。后来我们来到仰口山中，长时目睹涌过山谷的仙云神雾，之后我们又遇到两棵同样的小白花树，不知怎么，就有一个陌生的声音告诉我，那就是唐棣树，那就是唐棣花。

一星期后，我随竹竿帮从庙岭口到滑溜口的路上，看到更多的唐棣花，我管那花叫小白花。我一篇文章的题目也是《小白

花，小小白花》。有位陌生山友在跟帖中贴上她在崂山穿越中拍照的小白花，问我"这是小白花吗"，当时我有没有回复已经忘了，我想我在心里是回复过了。后来我在崂山的野山野谷中多次遇到它，从它挂满枝间，到它落满地上。

8月10日星期天，竹竿帮40位队员，要走一次传统线路，从仰口经庙岭口到滑溜口，再借道北九水河谷返回市区。到达庙岭口之前，两位队员因体力不支而原路返回，我们38位队员赶到绵羊石山下的补水处午餐，预定午餐时间为3个小时左右。这天我到达补水处时，眼看河谷里形态各异麻白稚嫩的花岗河石，我自想这河谷可以叫绵羊河谷了。

我依然忘不了小白花树，我注意到，几处较大的饭圈旁边，都有唐棣树的身影。挂满枝间的小白花已经变化为绿翠颜色的小青果，我想那就是唐棣果了。从小白花到小青果，从小小白花到小小青果，我又无端猜想它们的此象彼象。

下午两点半多，竹竿帮从绵羊河谷赶往海拔950米左右的滑溜口，在滑溜口休息时，竹竿领队掏出手机查看信息，他高兴地对大家说，中国队今天又获得了两块奥运金牌。

从家国天下到仰望星空，从奥运盛典到朝夕无住。石头似乎是静止的，花果似乎是轮生的。如果把轮生当作一块充饥的面饼，花果是似乎静止的吗？如果从静止的缝隙里穿过，那些石头是远离近来了，还是变大变小了呢？从小白花到小青果，从自心到他物，从喜迎奥运到快乐爬山，思虑之所致，情志之所寄，又何远之有呢？

滑溜口外红花峰

据崂山地图标示，滑溜口东北方向还有一处北滑溜口，海拔同为950米。滑溜口通往北九水河谷方向，有一处高大的落叶松林，林间有一些较大空隙的陈年松叶专有地，少见别的杂草生长，山土之色深沉，地图名曰泥洼口。泥洼口有两条山道分别通往滑溜口和北滑溜口，竹竿帮 8 月 16 日的穿越路线，计划从仰口经二龙山、北滑溜口、泥洼口到北九水。

8 月 16 日星期六，是北京奥运会的第八天，这天一早，竹竿帮大约 60 多位队员，分乘 3 辆包车，一直开到仰口山下。这次爬山活动没在网上发帖，只在竹竿 QQ 群里公告，竹竿领队计划找两辆包车，后来一位山友领来十几位外地朋友，只好多包了一辆车子。

从仰口到二龙山的途中，有两位女队员穿着凉鞋，还有两个小孩子在行进间，时常需要大人来抱，途中休息时，我仔细问了一下，原来都是外地来的朋友，有 8 个人，没带午饭，也没有多少饮用水。我郑重地告诉他们，才走了不到 1/10 的路程，速度已经很慢了，为安全起见，请他们到二龙山分流回市区，我从背包里取出一瓶矿泉水和两枚大桃子送给他们。不久他们中的一位男士跟上我，说前面还有 4 位同伴。我说好吧，在二龙山一号天棚休息时，请他留住另外 4 位同伴。后来他们 12 位外地朋友和同来的一位本地山友，在二龙山分流。这次爬山活动的收队是狗窝 QQ 群的队员，听说他们都是 82 年出生的，有些群友是竹竿帮的骨干。这次他们来了 8 位群友，一位第一次参加野爬的群友，因体力不支要提前分流，另 3 位群友陪着她。这样，在二龙山共有 17 位队员分流。

辞别分流队员，经飞碟石、如意石、含苞欲放石，到达晓望河上游河谷的午餐地。我拿出一塑料瓶红葡萄酒放进溪水湾中，笨笨山友拿出一袖珍瓶的芝华士威士忌，随风而过山友摆出内蒙古五香牛肉，野山野水，星星点点相接，如聚寰野焕然。

两点多我们离开午餐地，因为要去泥洼口，似乎此后都是泥洼口了。虽然我们从没在泥洼口停留过，虽然途中还有一处更明显的无名山口，虽然所谓无名，或是遗忘，或是往者为来者留下的朦胧空间。

北滑溜口前的一小段陡坡，每次我都是急跑上去的。大家在那里休息时，我往左右两个路口各探行了一段。竹竿领队问我，

左面路口有什么。我说有一个小山包，山包后有一条路迹。一路之上，我们休息时会看地图，地图上标明，滑溜口和北滑溜口之间有两个小山峰，最高一处无名山峰的海拔高度是 1099 米。

竹竿领队对大家说，大队经泥洼口到北九水，体力好的跟我们去探路。于是大队人马先后往山下泥洼口方向而去，我们一行十几位队员往左面山包而去。

当我看到红花峰时，我心有疑问，那峰顶近旁，开满无数的灌木小红花，那花的形状有点像野槐花，但它的颜色是原红色的，它枝头的叶片大多只有三片，两片对称，一片探出，那花是纯正颜色的小红花，它是什么名称的小红花，我问了多位山友，大家都不知道。因为这无名小红花围绕的无名山峰，我暂且称那山峰为红花峰了。

红花峰的峰顶上有很多等高的略微风化的花岗岩石，一瓣瓣大块的花岗岩石悠然挺立，旁边还有一瓣岩石踩上去是活动的。我在红花峰的峰顶上，看到崂顶、天茶顶、黑风口和虔女峰，不远处还有一块似动非动的飞来圆石，我看到大片翠绿的松林，簇拥着闪闪发亮的巨石，我看到更为辽阔的天际。有位山友对我说，爬山就要登顶，登顶处才有更动人的风景。

立秋后的第九天，我在滑溜口和北滑溜口遇到无名红花簇拥着的无名山峰。我有时在想，从山水之野到人世之野，红花照谁的模样红，樱桃照谁的模样红，赤霞珠照谁的模样红，红颜照谁的模样红。只是那万象时空，一些是在有名之中，一些是在自名之中，更多是在无名之中了。

飞雨飞去飞来

飘飘洒洒之天幕，迟迟萋萋之山野，飞雨飞去飞来，形容千变如幻。17日早晨，李村欲雨未雨，寨上欲雨已雨，竹竿帮的爬山队员冒小雨到达军用公路时，所欲未欲，所思未思，都在有所预感的雨势中逐渐倾斜了。

从寨上出发时我未打雨伞，我和竹竿领队、老张山友、大鹏鸟山友、一位陌生山友一样，只任这无端的雨丝在身上降落。穿过一个山村和一段高坡，大家到达军用公路并在那里休息，主要是等落在后面的小冬山友，小冬山友是第一次爬野山，又是弱不禁风之美女，走雨中山路的速度可想而知，最后还是被别的山友拉过第一道高坡。

竹竿领队看着小冬山友笑说，怎么这么慢啊。我有意大声说，她是阿嫚姐，自然慢了。这时人群里一位身着白衣的高个头女子也大声说，我才是阿嫚姐呢。阿嫚姐是竹竿十一群的群友，前天晚上我在群里见她问爬山的问题，她从没跟竹竿帮爬过山，也不认识竹竿帮的人，天知道她是怎么进来的。尚志山友和我给她介绍了情况，还各发了两张竹竿领队的照片。后来我在群里对她说，阿嫚姐你认识他了吗？阿嫚姐说认识了。这时竹竿大哥进得群来，阿嫚姐主动向竹竿问好说，小女子这厢有礼了。竹竿赶忙说我这里也有礼了。阿嫚姐说，大哥，后天我要跟你走。把在场群友都惹笑了。

昨天爬山时我还想，天气预报明天有大雨到暴雨，不知道阿嫚姐能不能来。这天我们只包了一辆面包车，我在等车时还问了问，有没有一位叫阿嫚姐的朋友，当时没人回答我。所以当小冬山友和小雨山友跟着我走到大家面前时，我灵机一动，先把小冬当阿嫚姐介绍给大家。不想话音刚落，真的阿嫚姐就从人群里冒出来了。

竹竿领队和我商议，决定在雨天走军用公路到黑风口，路途虽长，但是能保证安全。这时小雨变成了中雨，我从背包里取出雨伞撑开，大鹏鸟山友从背包里取出雨衣披上，竹竿领队、老张山友、一位陌生山友依然不打雨伞也不披雨衣，不是没带雨具，而是带了不想用。

看着越下越大的雨，我担心队伍中的两个孩子队员，这在平

时算是极休闲的线路，可今天是冒雨行路，过黑风口后有一长段丛林小道，上次大晴天，一位小伙子在途中滑到沟下，受了轻伤。我们走在前面的队员小声商议一下，我转身回走，去劝带小孩的队员，最后他们答应我，同来的5位队员沿军用公路原道返回寨上。

这样，我们的行军速度提快了很多，路上遇到另外一支小队伍，冒着小到中雨，大家一起从黑风口经小石桥并涉过两道汹涌的溪水急流。到达蝴蝶泉时，雨仍在下，蝴蝶泉快变成野马泉了，我们改变在蝴蝶泉午餐的计划，赶到北九水安全处午餐。

大约12点半多到达北九水，接着在大龙门上游遇到一处特大天棚，我称为龙门天棚，龙门天棚用一整块塑料布，靠着一高大石壁撑开，里面能放四五张木桌。这天出发时我们有22位队员，沿军用公路返回5位，到达北九水有17位队员，两位队员提早赶路下山，15位队员在龙门天棚内，分成两桌就座。龙门天棚的掌柜是位中年妇女，讲一口亲切地道的崂山话，她啥也没问，先帮我们找两张最大的木桌。

午餐时下了大到暴雨，在龙门天棚里稳坐马扎子，摆放着小饭菜，宛如置身世外的仙人。倾盆大雨不停，寒气渐来袭人，小雨山友灵机带来的一小瓶红星二锅头，深受男队员的欢迎，我带的一塑料瓶红葡萄酒，变成了女队员的最爱，大家变戏法般拿出丰盛的各样饭菜来。竹竿领队煮了两锅面条，茶水是龙门天棚出售的崂山绿茶。4月初我来北九水时，记得是30元钱一壶，今天怎么变成20元一壶，我没有多问，心中感到了一些暖意。

下午两点半左右，冒雨离开龙门天棚向山下开拔。没带雨衣的十几位队员，各从龙门天棚买了一件蓝色雨衣，雨衣3元一件，透明蓝色，质地良好。我们披着那蓝色的雨衣，谈笑自如，从容自在，在雨道中穿梭停留着，更像一群下凡的天客了。

飞雨飞去飞来，我心同行同归。山野朦胧中，问世间雨为何雨？思为何思？是草虫之雨还是鸟雀之雨，是蝴蝶之雨还是野马之雨，是细微之雨还是磅礴之雨。天地清明处，万物万生，自有行者行去行来，归者归去归来，飞雨飞去飞来。

天泉之水何处来

薄薄济济之行走，汤汤滔滔之风景，看峦山之葱茏，想天泉之潜形。8 月 24 日星期天，北京奥运会的闭幕日。竹竿帮一行 29 位队员，计划要从南天门去天泉，因故略有延时，改道从南天门山脊处爬山。

这次活动，竹竿大哥领队，骑马看海收队。司令山友陪着我走在队伍后面，让我很感放心，因为我的一位大学校友从广州来青岛，第二天执意要他亲戚陪着，跟我来爬野山。我的大学校友网名叫狮子，身高体壮略有些胖，我担心他不能适应青岛的野山，而且又是临时改变线路。不想他说他爬过很多广州的野山，看他坚定的神情，加之他比我晚 4 年入学，彼此不太了解，我想就由他好了。

大家为赶时间一路急行，上得小半山处，张老哥山友体力有所不适，我赶忙劝他原路返回，他同意了。互留了手机号码，他说休息下后随意在附近走走。上得半山处，休息片刻又走，有位山友表示他也要原路返回。这时那位张老哥慢赶上来，有他们两位相陪下山，我就放心了。

再往前行，大家在一条 10 多米长的石梁上休息，那里是竹竿帮在冬天登山时首次发现的，大家称为竹竿小道。经竹竿小道到西瓜岭，西瓜岭本是个无名岭坡，那里视野开阔，傲松野草相依，岩石沙土相间，习习海风，层层阳光，而更多海风和更多阳光，都在岭坡上捉着迷藏。司令山友从背包里取出一大塑料瓶在家冰好的崂啤，给我也满上一杯。我一饮而尽那冰凉崂啤，真是爽快。大家休息片刻还不过瘾，参谋长山友提议，时间不早了，

干脆到八水河吃午饭吧。竹竿领队征求大家意见后同意。这时多情剑客山友搬出一个大西瓜，据他说有12斤重，我看只多不少。在这无名岭坡上吃到这世间最甜美的西瓜，我笑着说，干脆把这里叫西瓜岭好了。

经西瓜岭、野性呼唤石、远望仙桃石，再到南天门林地。竹竿领队说，他要带没去过南天门刻石的山友去那里看看，我说还是我领大家去吧，于是我和几位山友去看了南天门刻石。一路之上，有五六位陌生山友远远跟着我们，不时和我高声呼应着。到南天门北面山口休息时，另有几位陌生山友也在那里休息，好像他们都认识竹竿领队的样子。

在山口处休息了较长时间，然后一路直下到先天庵，休息片刻再到八水河河谷。到八水河河谷时大约12点半多，大家在那里自由午餐到两点半多，竹竿领队提议去天泉。之前有两位队员提前离队返回市区，有5位队员要在八水河继续留玩，其余20位队员一同赶往天泉。

天泉有多远，我并不很清楚，不过就是爬山而已，我们来这里就是爬山的。不想我的那位狮子校友，爬着爬着就有点儿吃不住劲了，我陪着他坚持跟在队后，总算跟到天泉。

天泉有多近，之后我看地图，感到天泉确实不近。可是在奥运会的最后一天，我们还是到了天泉。有的山友问，"天泉的水是从何处来的，天泉在冬天也有泉水吗，这里为什么叫天泉呢"，当时没有人准确知道，自然也没有准确的答案了。

途中发现一个有趣的现象，很相邻的河道，有些是干涸的，有些是充盈的，有些就那么无盈无涸，那个最为无盈无涸之处，就是天泉了。途中还谈论一个问题，崂山之水是从哪里来的，若说山下之水是从山腰处来，山腰之水是从山顶而来，下雨时山顶有水，也不会有那么多的水吧，何况无雨无云无野雾之时呢。有句俗话说，山有多高水有多高。以此推想，如若一个平常之人，其站立其仰卧，其血脉之循环，有高有低吗。山若有灵，水若有知，其高其低能无循环吗。

天地吸引，万物相生。天泉之水从何处来，人之精神从何处来，奥运从何处来，开幕闭幕从何处来，小学大学从何处来，桃花从何处来，鸽子从何处来，爱情从何处来，梦想从何处来，彼时此时从何处来。这时想来，那薄薄济济，那汤汤滔滔，无不往而无不来吧。

白云滚石的瞬间

当我要离开明潭瀑河谷午餐处时，一只美丽陌生的大蝴蝶飞来了。我又有所停留，我想看看那只美丽陌生的大蝴蝶，它会在明潭瀑河谷的哪一处停留。那蝴蝶是孤独的吗？《易》曰："一人行，则得其友。"这时，那蝴蝶独自飞来，它要暂行暂留何处，我猜想着。

河谷宽阔处，那蝴蝶贴着水面飞行，河谷陡峭处，那蝴蝶沿着峭壁飞升，它经过我们饮小酒的浅溪处，它经过山友们烧烤的小瀑边，它经过格里、海蓝依旧戏水的明潭瀑，它经过40出头跳水的高石台，那蝴蝶竟没在途中停留，就这样一直飞出我的视野。

我随竹竿帮30日到达明潭瀑河谷午餐地时，已经是下午2点多，还有两三支小分队，在之前的蹦河谷时落后，估计已在别处午餐了。原计划这是一次休闲游，蹉跎岁月登山队的几位队员参加了这次活动。在庙岭山山道，在庙岭口，在白云洞，大家休息了较长时间，本想从白云洞直下明潭瀑河谷，12点左右到达河谷下游的午餐地。从白云洞到明潭瀑河谷的小道有好几条，远近难易不同，不想前队在犹豫中选错路口。40出头说路口错了，我大喊前队，他们已经走远。格里笑说，听说前面的河谷里有美妙的沙滩。众山友笑然。当时我想，大不了多走几百米，难道能走到

天上不成。

可是到达明潭瀑河谷上游时，面对漫长起落的河谷滚石，前队队员已在那滚石中蹦跃着，身影渐小，呼声渐弱。我感到那是天上白云的滚石，那白云有无限的静止，那滚石有无限的动感。真要进入那白云滚石的巨阵，个人是渺小的，队伍是错落的。竹竿领队在前面探路，尚志收队放下背包，在巨石上蹦来蹦去，前后相援。我跟着蹦了一会儿，帮着接抱儿把一队友带来的小男孩，大约一个小时过去了，还没有到达午餐地。因为初走这条线路，也不知准确的午餐地在哪里。我望见竹竿领队在前方犹疑，便撇下队友，赶到竹竿领队跟前。前方有一段约45度角的险途，听雨队友和明月队友已经蹦跳下去，我让竹竿领队在此等候后队，我蹦下去看看情况。

当我快速蹦下河谷时，一位老哥山友和笨笨也跟着我蹦到下面。我问听雨"前面还有队员吗"，听雨回答"他俩是最前面的了"。我站在一块最突出的岩石上对听雨说，再蹦就不是蹦石头，而是要蹦水潭了。听雨山友还在犹豫。我说，我们肯定能蹦过去，可是后面那么多队员，很多体力弱的女队员，万一出了意外怎么办。这时，我们所在的地方，与竹竿领队停留的地方，距离大约百十米，落差至少有几十米，喊都喊不到。我决心已定，把手机装进背包，取出手套戴上，爬过百十米滚石，见到竹竿领队，对他说明情况。竹竿领队带领大队人马改道而行。

明月山友是位女士，爬庙岭山陡坡时，她有点儿吃不住劲，后来坚持上来了，蹦河谷时她紧跟听雨山友，一路蹦在前面。后来她对我笑着说，你也不管我俩，领着那位老哥和那位小姑娘就往回爬，把我们丢了怎么办。我笑着说，我的嗓子都喊哑了，叫听雨往回走，不信你问听雨。这时听雨说，他听到我喊他了。笨笨也是位女士，蹦河谷探路时，那位老哥一路夸她勇敢。后来她对我笑说，当时她都有点儿蹦傻了。其实在蹦最后一段河谷时，我也有些迷惑。当一个人像小蚂蚁一样，在巨大滚石间穿来穿去时，哪里还分得出，那是天上的滚石还是地上的滚石呢。

竹竿领队带着大家找到一条山路，穿过滚龙洞和跳龙涧，很快到达预定的午餐地。我和格里、笨笨找到一浅溪处准备午餐，原定一个饭圈的40出头、海蓝依旧、随风而过还不知在哪里。整理饭场时，40出头站在一处石壁上高喊，原来他一人回到白云洞，去探这条线路的迷处。只见他敏捷地绕下十几米高的石壁，片刻来到我们身边。3位男士依次喝了崂山啤酒、即墨老酒、小白酒、小白兰地、小蓝带，期间相邻饭圈的海狼78师山友和我们分享了小白兰地酒。之后海蓝依旧和她的同伴赶来，接着随风而过赶来，不过她们都在别处吃过午饭了。后来我又到队友的烧烤摊边，品尝了石板烤肉、烤蛤蜊、烤大蒜，抓拍到40出头高台跳水的镜头。

后来，我遇到了那只美丽陌生的大蝴蝶，大蝴蝶一直是飞翔的模样，大蝴蝶一直有深蓝浅红的颜色，大蝴蝶要飞去哪里呢，我已无法想象。万物万象，万象一新，所观者遇也，所遇者心也，观其所观遇其所遇，互取互得也。我遇白云滚石，我遇蝴蝶独飞，白云滚石遇我否，独飞蝴蝶遇我否。若那滚石是白云的瞬间，若那独飞是蝴蝶的瞬间，若我心是我所遇的瞬间，若天地是瞬间的无限。白云如何其，滚石如何其，白云未央，滚石未央。所遇如何其，所遇未央。

双龙际会之乱竹风云

乱是零点队总领队乱乱，竹是竹竿帮总领队竹竿大哥，风云是万千变化之所遇，双龙是万千龙人之二者。第一天9月6日，零点主队和竹竿主队共约爬山，经马鞍子水库、鸡石口到化化浪子。第二天9月7日，竹竿主队和零点分队一同活动，经庙岭口、白云洞到明潭瀑河谷。乱乱是青岛驴界的资深驴头，竹竿大哥是

青岛驴界的驴头新星，何因而谓，为众山友服务得众山友认可也。

第一天早晨，两队人马在西麦窑车站会合，乱乱和竹竿大哥共同领队，经东麦窑到马鞍子水库上游，等待另一支友情队伍。零点队的收队是无缰，竹竿帮的收队是尚志和冷风。另外一友情队伍，由栈桥路灯带队，十几位队员，包括作协文友格里大哥、袭明兄，在马鞍子水库上游会合零点竹竿主队后，又去星星潭。

第二天早晨，竹竿主队和零点分队合为一队，由竹竿大哥领队，收队名义上是我，实际还有零点分队的宝宝他小姨。这次零点分队来了很多女队员，她们装备齐整，行动有素，一直走在队伍后面压阵。我和司令奔走其间，相互呼应，也许是我和司令都随两支队活动过，对两队的情况有所熟悉。

这次活动的联络者是40出头（世界的边），第一天他先伴随友情队伍，穿过马鞍子村到马鞍子水库，后来赶上主队，又做临时总收队，姗姗而至化化浪子。我们饭圈的笨笨山友，特意背了一瓶雷司令干白葡萄酒，途中我知道这件事，想替她背一会儿，她没同意。我说那我把空瓶子背下去可以吧。她笑着答应了。第一天零点队在化化浪子午餐，竹竿帮在八水河午餐，午餐前我把那瓶干白放在溪水里冰镇，后来喝了大半，也不见40出头的影子。我说先留着，他们会路过这里的。后来就是后来了。零点队去大平潭时路过竹竿帮的饭圈，40出头在我们饭圈品尝了干白葡萄酒，乱乱和无缰在竹竿大哥的烧烤摊前，品尝了烧烤蛤蜊。

第二天的活动，40出头临时在单位加班，没有参加，他在电话里说，乱乱大哥今天也去白云洞，也许大家能遇到的。大约10点半左右，竹竿帮一行近40人到达白云洞，遇到乱乱客串带领的新起点队和晚报队六七十人的大队伍，100多人由乱乱带领，排开一字长蛇阵，前往青龙河谷。从白云洞到青龙河谷，要路过漫长的石阶，要途经青翠茂密的竹林，去青龙河谷的捷径，要在石阶旁的密竹林中寻个隐藏的路口。隐秘的路口有很多处，两支队伍一前一后，各找到一处隐秘的路口，又在密竹林的另一端会合。

乱乱山友有句名言："艺术的提高在于体会。"竹竿大哥山友常说的一句话是："大家好才是真的好。"

大道明明，小径习习，殊途而同归。化化浪子八水河，白云悠悠青龙河，蓝天翠谷远也近，涓潺流声似无痕。就这样，在行走中相遇，就这样，在山水间会知。昨天遇到，今天遇到，将来遇到。遇到就是遇到，念想之遇，神思之遇，行走之遇，遇而再遇。元亨利贞，万千时空一定有万千之遇，万千之遇一定有万千的气象。

竹竿帮一周年庆典记

这晚，"神舟"七号顺利归来，这晚，竹竿帮举办一周年庆典。

谁是时间的开始，谁是时间的归来，谁是回忆，谁是梦幻呢。如果是语言文字，如果是色彩音响，如果有了进展，如果还是如果吗。爬山不是如果，物象不是如果，真情不是如果，过去过来的事物不是如果。

这晚，是竹竿帮登山群的一周年庆典，先后来了4桌朋友，有两桌是大桌，都在20人以上，4桌算来，大约有70多人了。有些到来的朋友明天不去爬山，有些没来的朋友明天要去爬山，明天有多少朋友爬山，谁也不清楚。竹竿领队早先发了帖子，竹竿帮要连爬7天崂山，爬山不累，行走不累，心无所累，何处能累。

这天下午我单位提前开了例会，我提前半小时从单位出发，来到新湛路的一家饭店，尚志山友和林仙花儿山友在一楼大厅迎宾，我上得三楼，格里大哥和笨笨山友已经早先到来了，后来，随风而过山友委托花店送来一个庆贺花篮。

生日蛋糕只有一个，竹竿大哥领队端着那蛋糕去每一桌道喜，众山友笑着闹着。

我们这桌 20 多人，由参谋山友和司令山友领酒，洋洋洒洒，酒随意动，无多无少，本桌的主管会计是欧地密山友，饭后她一一收取餐费，每人 45 元。最后 4 大桌结余 40 元，没法找零，有山友说就当打台球算了。

我不知道明天有多少人爬山，我也不知道，这一年多来，有多少人跟随竹竿帮爬过山，我更不知道，世事纷纭，我还有多少天能如此连续地爬山。

山是野山，爬的就是野山。

人是野人吗，也许，善美之野就是真实之野了。

写这篇文章之前，我给跟随零点队活动的世界的边打电话，可是他的手机关机了，我知道他们前晚乘火车去了河北坝上，他们带着所需的露营装备。我曾听世界的边说，乱乱领队知道竹竿帮要连爬 7 天崂山的消息时，说这是一次创举。我们只有 7 天的假期，我们来爬崂山了。

因为我们爱自然的山水，我们用最原始的行走方式，我们来了。

三顶礼赞

三顶是指崂山最著名的三个山顶，崂顶、天茶顶、大流顶。10 月 2 日是连七的第四天，竹竿帮按照计划，这天连爬崂顶、天茶顶、大流顶。其中竹竿大哥、还有八个月、齐福、骑马看海是连续第四天爬山。

早晨 7 点 30 分准时从李村包车出发，8 点 15 分车子到达仰口无名车站，32 位队员开始爬山，准确地说应该是跑山。8 点 25分到大水渠休整 3 分钟，8 点 28 分向庙岭口跑去。尚志山友用 22

分钟跑到庙岭口，冷风山友、还有八个月山友、听雨山友用 27 分到达，竹竿领队和我用 31 分到达。

途中遇到浮山登山队的 9 人小分队，他们的目的地是崂顶。我们在庙岭口共集合到 24 位队员。按照事前约定，这次爬山不设收队，想分流的队员可在庙岭口、滑溜口、崂顶自行分流。尽管这样，我还是回走百十米，招呼后面的队员。我只遇到浮山登山队，随后我和他们回到庙岭口。9 点 28 分，3 位队员随浮山登山队活动，其余 21 位队员向滑溜口跑去。

10 点 20 分，竹竿大哥、尚志、冷风、还有八个月、骑马看海（若风）先行到达滑溜口。在滑溜口集合到 19 位队员，10 点 28 分，我们给未赶到的两位队员留下路标和纸条，接着向崂顶方向跑去。

11 点 20 分，15 位队员到达崂顶北观景台，遇到从大河东上来的双节棍山友，他要跟随我们去天茶顶。等了十几分钟，后面 4 位队员没有赶到，包括隐名山友、齐福山友和一位老驴山友，老驴山友的儿子跟着我们，他联系老驴山友，手机没有信号，只好留在崂顶等候。

15 位山友 11 点 15 分从北观景台出发，一路急行军，途中补水几分钟，于下午 1 点 30 分到达天茶顶，期间老狼山友掉队，以为他在崂顶分流了。可是不久，他就随另两位山友追到天茶顶。

大约下午 1 点 45 分，从天茶顶赶往天泉，老狼山友、天兔山友，与另两位从崂顶送老狼山友到天茶顶的山友在天茶顶分流。下午 2 点 20 分，赶到天泉，在天泉稍事午餐，之前在滑溜口和北观景台，大家零星补充过食物。天泉的午餐是正餐，急忙用餐 15 分钟，随后 13 位队员向鸡石口赶去。大约下午 4 点，赶到鸡石口，休息几分钟后，韩山友和双节棍山友在鸡石口分流，其余 11 位山友向大流顶跑去。

25 分钟后赶到大流顶，11 位队员是，竹竿大哥、高山流水、秋风、海水浪、听雨、尚志、冷风、小飞小飞、还有八个月、凌寒、骑马看海（若风），其中凌寒和还有八个月是女队员。在大流顶的水泥墩子前合影留念，之后经南天门、天门涧赶往流清

河。大约在下午 5 点 35 分，赶到流清河村。这时天色还亮，大家准备的头灯和手电，都没派上用场。

连七的第四天，山是爬的，路是跑的，风景是匆忙掠过的。在天泉到鸡石口的途中，我不时回望远处的天茶顶。这时一位山友对我说，其实我们已经越过很多山顶了，这次穿越的何止三顶。我整理着思路说，三顶是有名的三顶，为什么这三顶有名呢，可能这三顶上都有军事标志，既是战略要点，也是人文景观吧。

随后我想，是什么样的军事景观能够变成人文景观，又变成文化景观呢。崂顶现有驻军，天茶顶有废弃的哨所，大流顶有军委测绘局 1953 年立的水泥墩子。这些景观或远或近，都在不同的时期，保卫着我们的海防，保卫着我们的和平。

那么何谓是有名的三顶呢。孔圣曰，名不正则言不顺。孟子曰，人之初性本善。古本《道德经》上说，有名万物之母。万物之母可理解为万物之善美，善美之心，就是那母性之心的本真。如此说来，文化景观就是那善美之心的隐微和表象了。

乡村豆腐三标山

欲去未去，欲归未归，不经意间，我和山色峪的卤水豆腐撞了个满怀，一路赶去，我和接连不断的三标大山撞了个满怀。豆腐是如此淳朴，大山是那等豪放。豆腐是在山下巧遇的，三标大山是扑面迎来的。

10 月 12 日星期天，晴，竹竿帮 80 余人，由竹竿大哥领队，海军老枪带队，冷风收队，刚走进山色峪的一个小自然村，就遇到那卖豆腐的中年汉子。我自言自语笑说，昨天爬山前遇到豆腐，今天爬山前又遇到豆腐，两天我们都买了豆腐，莫非这是两次豆腐之旅吗？

冷风提了两块豆腐，大标山才爬到一半，就把豆腐送给山友分享了。40出头（世界的边）提了一块豆腐，一路没顾上分享，从大标山提到二标山，在二标山前，才把那块豆腐分享了。在通往三标山的路上，有位山友采了一把黄灿灿的野菊花，她说她背来了一小瓶菊花酒，午餐时，要把这野菊花泡进从城里带来的菊花酒里。

豆腐没有了，来了菊花酒，这道山梁走过了，迎来那道山梁。高山深谷，秋色斑斓，从二标山到三标山的山脊小路两旁，竟生有连丛的碧绿艾蒿，我在艾蒿草丛边驻足，闻着艾蒿草的野香，感觉时间在和我捉着迷藏。

在大标山上，犹豫了片刻，没有选择经棉花村到三标山，而是选择经二标山到三标山，再穿越几百米的军用山洞，午餐后，过无名河涧到东葛村。这次爬山可以称为赶山，我们赶过很多无名山头，最大的几处山头，自然就是大标、二标、三标了。

一路赶山，队伍拉得太长，前队先行穿过山洞。我和那位背菊花酒的山友随前队到达午餐地，几个人找到附近一块小空地，摆开了饭场，面饼、炒菜、麻虾酱、葡萄、小零食等一一摆开。啤酒我们先喝了些，菊花酒留着，等着随后队来的山友。40出头另外带来两块山西月饼和两个内蒙古油饼，我们分享了一块月饼和一个油饼，把其余的月饼和油饼送给旁边饭圈的山友。

豆腐来自乡村，三标大山围在几个小山村边。沿着山脊一路赶去，秋高气爽，视野开阔，那山想来也是半野不野的山了。半野不野的豆腐，半野不野的三标，半野不野的深秋草木，半野不野的此心悠悠。欲野未野，欲彷徨而未彷徨。

混沌绵羊入梦来

阳光如洗，秋风硕美，竹竿帮100位队员踏秋而至传说中的

绵羊河谷，摆饭，烧烤，小饮，闲游。快慰之际，朵颐之间，秋风秋景几度，飞去飞回几番。河谷滚石如绵羊，峰峦卧石如绵羊，草木秋风皆有相宜，万丈蓝天露出笑靥。

绵羊河谷原先叫补水站，往来驴友常在那里用山泉水补充饮水，北侧山上有块白色花岗岩石，形似一头幼小的绵羊。后来，很多山友亲切地称那里为绵羊河谷。想来那绵羊河谷，确有偌多的意味。大的绵羊，小的绵羊，深白浅白之绵羊，欲静欲动之绵羊，形态各异之绵羊，诸神幻形之绵羊。

10月18日，晴，竹竿帮包车3辆，共有100位队员，在仰口无名车站下车，经大水渠、庙岭口到达绵羊河谷，期间在大水渠稍事休整，在庙岭口多时休息。午餐地是绵羊河谷，午餐主要内容为石板烧烤。我提前准备了两样烧烤食物，看烧烤现场围坐了近20人，便和几位同来的山友，在几米远的一块大河石上另摆饭场。我带来了啤酒和杧果，笨笨山友带来了即墨老酒和吟酿清酒，紫衿山友带来了煎饼、红枣、葡萄，还有多样小菜。

上午10点半多来到绵羊河谷，不到中午12点，我已吃了个大半饱。看烧烤现场空出几个位置，我和两位山友，拿着准备好的烧烤食物，去赶场子。像这样的队员大约有几拨，烤猪肉，烤猪腰，烤大虾，烤蛤蜊，烤鸡翅，烤大蒜，烤些七七八八的，总之都是美味。这是一种原始和现代相结合的聚餐方式，期间我品尝了一小杯的鹿胎酒，入口黏稠，另有雄壮。

虽然是两个气炉和两块石板，烧烤手们忙来忙去，大约有40余位山友先后品尝了烧烤美味，20余位山友亲自参与了烧烤。开始的烧烤主操盘手是两位年轻女队员，两位男士为烧烤助理，后来烧烤助理换了多位，我插空当了一小会儿烧烤助理的助理。两位主操盘手累了，换上两位厨艺高超的女队员。后来，有一饭盒切好的猪肉烤不下去，我背上那饭盒猪肉，到北九水公交车站时，把它转交给了参谋长山友。

大约下午3点，留在最后的40多位队员，整队前往滑溜口，在滑溜口休息长时后，急行军赶到蔚竹庵，在一棵大银杏树下休息片刻，经一隐蔽山道，绕过北九水景区，于下午5点多到达北九水公交车站，随后联系到两辆包车，乘着夜色返回李村。

这天夜里，我梦到了绵羊河谷，我又来到那层林尽染、无边秋色的混沌缝隙处。我在梦里，绵羊河谷在醒处，一如我曾行走、停留于绵羊河谷的梦境中。《书》曰，如保赤子。另《书》曰，如迷途羔羊。我想我醒时，我看那万象的混沌，若是那混沌醒时，可曾看那万象的行走呢。

飒飒秋雨白云幻

迟来的秋雨也是秋雨，其实那山野草木，以及那滚石河谷，也已在等候中，又生出新的等候了。以山野问秋雨，以秋雨问白云，以白云问我心，怎样的霎来霎去。

10月19日，星期天，天气预报多变，秋雨迟来了。秋雨只是秋雨，秋雨也有秋雨的自在吧。这天早晨，竹竿帮84位队员在李村集合时，这秋雨就有细微的降落了。这天我没带任何雨具，我早早躲在包车里，偶尔探头探出车外，心想这雨来雨去的，不一定会跟着竹竿帮爬山吧。

没想到这雨就断断续续跟来了，跟我们到仰口，跟我们到关帝庙，跟我们到白云洞前。我大概观察了一下，84位队员，不到1/3的人带着雨具，大部分人是冒雨爬山。从小雨渐到中雨，到二仙山半途的霎雨分流地时，雨越发下得大了。竹竿领队停住队伍，号召部分队员原路返回，因为从白云洞到明潭瀑间，有一段极险的下坡山道，平常都很小心，更别说在雨中了。

之前我们劝说了少部分队员原路返回，等我回到尚志收队和冷风收队旁边时，尚志肩上背着一个小女孩，冷风背着尚志的大背包，还有孩子妈和孩子姨，坚持跟着队伍，我只好接过孩子姨

的大提包，和他们赶到霎雨分流地。

霎雨分流地有几块大石头，高处一石台上有多块散落的碑石。通常，那里是去白云洞时的半途休息处，不想，现在却是临时的分流地了。海狼78师、尚志、我爱崂山、自由、我，领着部分队员原路返回，我们一直把30余位队员送到大水渠，海狼78师山友继续领他们到仰口车站。从霎雨分流处到大水渠，尚志一路背着那个小女孩，我一路提着孩子姨的大提包，听说他们准备了很多食品，准备跟我们去明潭瀑河谷烤肉的。

其中两位在公交车上遇到的老年山友，先是跟随战歌登山队上山，这时也随我回到山下。在大水渠辞别返回队员，一路急行军，追赶前面竹竿大哥带领的主队，路遇逍遥登山队和一无名登山队的队伍，超过他们一路赶去，在"海天一览"处赶上在那里等候我们的主队，最后32位队员一起往白云洞而去。

说来奇怪，这飒飒秋雨跟随我们到白云洞，就悄然离去了。不知什么时候，白云骤生，蓝天骤显。我们从白云洞出来，赶往竹林小道时，远望二仙山主峰上有另外山友的身影，他们似乎在展臂欢呼，时隔不久，我们也眼看到白云蓝天的到来。

上午11点半，赶到白云洞水库的上游，离明潭瀑只有一箭之地，考虑到雨后路石湿滑，有些队员已在途中摔了几跤，包括竹竿大哥、参谋长等多位老驴队员，于是大家在明潭瀑前不远就地扎营，摆饭，烤肉。

虽然这天的烤肉规模比前一天略小，但是大家都品尝到了烧烤的美味。烤猪肉，烤牛肉，烤鸡心，烤鸡肉，烤蛤蜊，烤蘑菇，烤得不亦乐乎。竹竿大哥煮泡五六小锅崂山绿茶，冷风山友倒茶，一小伙子山友打水，每位山友都品尝到了热茶。

下午近3点，大家慢悠悠离开午餐地，半小时后到达雕龙嘴村车站，随后包车回到李村，我到家时才5点半左右。

前时阴雨后时晴空，白云洞的白云，就在阴中晴中到来了。子曰："可与共学，未可与适道；可与适道，未可与立；可与立，未可与权。"这天的飒飒秋雨，这天的白云幻变。白云生在蓝天，白云生在阴雨，白云是不是白云呢。白云何所谓，白云何所在，也许那白云之心，或在于幻变，或在于心感吧。

野走阳阴线，探幽虔女洞

2月22日星期天，正月二十八，雾转多云。据说昨夜崂山下了小雪，城内起了夜雾，早晨在李村大石头集合时，那夜雾还意犹未尽，和早春的寒气开几句玩笑，不紧不慢向远处的山野弥散而去。

竹竿帮这天是野走崂山阳阴线，特邀风水二人组带队，山海观客、世界的边同行助阵。早上7点30分，50位山友从李村大石头乘车出发，经卧龙村到磅石村。在磅石小停车场遇冬日暖阳、恩子，他们带领的一队山友正在下车集合，线路与我们不同。竹竿帮在风哥、竹竿大哥带领下，步行沿磅石村后的蒿草河谷去看阳刚石，走到近前，因山中大雾，阳刚石隐于山雾之中，竟不得见。

后队变前队，大家沿左侧山道往南，经前磅石村后的蒿草山谷去口子泉。在前磅石村，遇多支登山队，看来磅石村的村民非常友善，既未设卡也不阻拦，把来自城内的驴友当作本地人。一个全身装备的小伙子山友，手拿地图来问我，这里是哪里。其实我也是第一次来，看他那么热情，我就细看地图，指着地图上的前磅石村说，这里是前磅石村。在蒿草山谷漫长的陡坡路上，有位女队员体力不支，我从后队追到前面，叫回她的几位同伴。他们共6位队员，有老驴，在此分流。

在金刚崮眺看处前的村边岔路，海军老枪等5位山友走另一路口，喊不回来，我只好给海军老抢打通两次手机，等他们5位

上来。这时前面队伍已不见了踪影，问几位后队队员，说是大队往左边路口去了。我到前面去追，不见踪影。这时齐福回来接我们，原来该走右边路口。这一折腾后，有位戴眼镜的美女队员出现问题，一会儿走不动，一会儿腿抽筋，尚志收队为她背着背包，一慢再慢。

在金刚崴眺看处，竹竿大哥等到我，我接着等尚志后队，等不来我便回身接他们。在扇子石，风哥等到我，和我说了几句话，就和竹竿大哥带领前队赶路。我等到尚志和后队队员，再往前走，一个问题出现了。那位眼镜美女实在跟不上队伍，要尚志护送她和女伴分流。我留在前方几十米远处几次催喊他们，海军老枪等几位队员在一个山坡下等着我，因为他们不知道前面怎么走。我用对讲机和前队联系，没联系明白。我担心尚志他们迷路，急着催喊，其实我催他们来走的才是迷路。

在河谷找不到路口，往河谷下蹦了一段，感觉方向不对。几位队员想大家一起分流，我不同意，商议后往扇子石方向回走，前后迷路三十几分钟。途中我批评了那位眼镜美女。我说还没走到蔚竹庵，两位收队因这点困难一同分流，完不成线路，岂不传为笑谈。

我先爬上迷路陡坡，看到尚志所说的岔路口，心说刚才忙着赶路没注意到，一定是这个路口了。这时我看到扇子石附近有很多山友在那里休息。我走到近前，遇到秋水寒冰，这次她跟姜老师的队伍去人面狮身石。秋水寒冰好奇地问，你怎么一个人跑这里来了。我苦笑着说，刚才迷路了，几位队员在山坡下面，一会儿上来我们去蔚竹庵。姜老师和竹竿帮爬过一次山，有些印象。他友好地对我说，左面那个路口通往蔚竹庵方向。

我和几位山友赶到蔚竹庵前时，竹竿大哥正在路旁午餐，风哥、水姐已午餐完毕，和我说几句话后先行赶路，约好在蝴蝶泉等候。大约 10 分钟后，尚志带眼镜美女和她的女伴赶到。海军老枪带来自烙的鸡蛋饼，笨笨带来自炖的猪蹄子，另有小菜多样。眼镜美女坐在另一个饭圈旁边，说是累得吃不动午饭。我为途中批评她的话向她道歉，把海军老枪带的鸡蛋饼递给她一张。

在蔚竹庵，20 多位队员在此分流，我将眼镜美女和同伴托付给酷儿和果果。一路急行，经冷翠峡、蝴蝶泉、小石桥、黑风口赶到虔女峰字刻处，和风哥、水姐等众山友会合。至此全队共有 23 位队员，合影后沿军用公路前行约 15 分钟，于下午 2 点 15 分左右到达 121 号电线杆处。我们沿峡谷陡坡而下，几经犹疑，大约在 25 分钟后，探到传说中的虔女洞。虔女洞躲在崖根一石壁后，不走到近跟前几步，绝难发现。虔女洞有上下两个洞口，上洞大而通天，下洞深而通地，上洞两端有细微石缝，下洞石壁有零星滴水，幽幽邕邕，不胜形容。

之前，风哥、水姐、山海观客虽然来过一次虔女洞，但是这里行人罕至，路迹非常模糊，他们在草丛灌木中相互几次印证，才如愿找到虔女洞和一线天。我们在虔女洞和一线天逗留了近 15 分钟，其间世界的边攀上 10 多米高的一线天石壁，找到洞藏瓶（漂流瓶），将一张写满此行山友名字的纸片装入瓶内。据说，此处在 2004 年 12 月被岛城山友正式发现至今，共有 4 批 49 位山友来此在洞藏瓶内留言。

这天探幽虔女洞的 23 位山友是，风水二人组（风哥、水姐 2 人）、竹竿大哥、山海观客、世界的边、齐福、旖旎大海、碧海游、白雪、蓝色混沌、笨笨、老狼、蓝天、双节棍、海心、海鲜可乐、闲游草、云上游、王老哥、隐名山友 2 人、尚志、骑马看海。

大家从虔女洞沿陡峭坡路下到石门涧河谷，蹦河谷经团团崮、石门涧到石门，用时约 50 分钟，在石门再次会合。我和竹竿大哥、尚志、旖旎大海、笨笨、蓝天到大河东车站的时间是下午 6 点左右，20 分钟后，等到风哥、水姐、世界的边、双节棍。下山途中因行军速度过快，双节棍先后崴了右脚与左脚，他坚持着跟上队伍。

野走阳阴线的一天，早春里的寒冷，白昼中的暗影，此来彼往，难测。从雾隐阳刚石，到幽藏虔女洞，从峭壁一线天，到滚

石蹦河谷，探见奇景如何，遇到仙迹怎样，以个我之心想神思，会天地之设景摆物，来可有来，归可有归。所叹，哲学为善美之永动，善美为天地之开物，野走野爬，遇自在道心于沿途。万象一象，万遇一遇，如如善美，不胜形容。

从野性呼唤石到化化浪子

这似乎是另外一个春天。另外一个春天对这个春天说，昨天还是 2 月，今天就是 3 月了。这个春天对另外一个春天说，昨夜还是 10 年前的梦境，今夜却不知梦在何处了。说到野爬，这似乎是另外的野山吗，这似乎是另外的野人吗。

3 月 1 日星期天，阴历二月初五，晴。竹竿帮这天的野爬线路从奇石道开始，网上的召集帖子里写，周六白云洞看花，周日奇石道看景。周六我未参加，周日我起了大早，提前到流清河集合地。在车站遇到零点分队、福娃分队。8 点零 5 分，竹竿大哥带领主队出发，我和尚志留在后面等候迟到队员。十几分钟后，我带着后队十几个队员，在鲍鱼岛山追上主队。今天的活动有 100 多位队员参加，路上不时有山友问，奇石道上看什么景。我笑说，自然是看风景了。

奇石道是指从鲍鱼岛山到南天门之间，沿山梁而上跨越几处岭峰的山道。一路上象形石很多，有南天仙桃石，有老鼠无忧石，有竹竿小道石。其实此行着重要看的，几位相熟山友早晨在西麦窑村石牌前谈论过，是一块仰卧在山坡上的圆柱形大石头，我暂称为野性呼唤石。谈论中有山友插言笑说，这是一块颇具特色的象形石。所谓象形石，也只有看到才能想象。相同之看已有不相同之想，何况更有不相同之看，更有特立独行之猜测了。

到达南天门坡口前，我和参谋长走在最后。之前看到山下河谷里有支长长的队伍向南天门赶来，我还在想，这么多山友组成的队伍，怎么没在流清河遇到呢。不久我听到山坡下树林草丛中一阵响动，看到 10 多米远处一位身着红衣的女子，正在没路找路向这边闯来。我在上面看得清楚，她怎么一个人跑到没有任何路迹里的野坡里去了。我大声问她是哪个队伍的。她说她哪个队伍也不是。我匆匆而问，略有关心。她匆匆而答，似乎毫不在意。我边走边对身旁山友笑说，看来是独驴，不是迷路的。

我赶到南天门坡口时，另一个登山队的山友也在那里休整，听说有近百位队员，从南天门去八水河，是休闲游。要出发时，有位红衣女子跑入我们队伍，将一大包吃的、喝的、用的交给尚志，还有一大瓶特制金奖白兰地酒。我来不及多问，心说那位红衣女子莫不是在此遇到了熟人，她背一大瓶酒来给谁喝呢。匆忙中队友们纷然而去，我留在队尾招呼后面队员。

我在天门后和福娃分队的几位山友合影时，后面赶来 4 位竹竿帮的队员，两位年轻女子、一位老哥、一位老姐，听说他们是一家人。他们问我，到大流顶要多长时间。我笑着说，我自己 8 分钟能到，你们估计要 15 分钟。这么多队员，到大流顶不难，难的是都摸到大流顶的水泥墩子，要穿越大流顶和鸡石山，难的是整个队伍的时间与节奏。上午 10 点 15 分左右，我登上大流顶峰顶，为十几位队员拍了合影，在水泥墩子那里待了约 10 分钟。

过鸡石山有两处瓶颈路段。一处是小陡坡下坡，有冰，老杨和一位小伙子山友在坡下接人，有些女队员的下坡速度极慢。一处是小峭壁下行，尚志用拉绳接下大部分队员，后队十几位队员跟着我从一豁口处下来。我们的队员下来后，有 11 位陌生山友由鸡石口而来，要经小峭壁上行，几乎毫无经验。尚志把那 11 位山友一个个拉上小峭壁，我在下面拍了些照片。在收卷拉绳时尚志对我说，这次有点儿累。我说，我在下面看着都累，别说停都不停，一个个拉他们上去。我粗算了下时间，从大流顶到鸡石口，100 多位队员用去 1 个小时。而去年连七第四天 10 月 2 日穿三顶那次，我们 11 位队员从鸡石口上行到大流顶，没用拉绳，

用了 25 分钟。

急行军约 30 分钟，我带后队赶到化化浪子，途中有位女队员崴了脚。去化化浪子的路上，我忘了是哪位队员问我，为什么叫化化浪子呢。去年我写过一篇《从大流顶到化化浪子》的文章，这次我直白答道，化化浪子是浪子回头的意思，化化出自《黄帝内经》，浪子喻指迷途未悟之人，比如现实生活中很多人，实际也是某种程度上的浪子。后面两句我说得较快，不等说完我就忙着赶路去了。

本来预定在化化浪子午餐到下午 2 点 30 分，后来起了一阵大风，主队在下午 2 点离开化化浪子，之前我到竹竿大哥饭圈，把剩余的小半瓶白兰地酒拿过来。白兰地酒是杉树山友带来的，她有 6 年未见竹竿大哥，这次在山中巧遇，便加入到我们队伍。我说呢。

从八水河暴走流清河，路遇那块前些天从山上落下来的据说有 100 多吨重的大石头，已被分解去大半。大约下午 5 点，我们先后赶到流清河车站，分批返回市区。

还有 4 天是惊蛰日，通常的春天似乎还未醒来。这天我在时间的角落里野爬、暴走，上午我在奇石道上看到野性呼唤石，在大流顶触摸那年代未远的水泥墩子，中午我在化化浪子午餐小饮，下午我看到那块已被分解的百吨落石。驴友们的欢乐，在时间的流逝中流连，我的想象，在行走中再次组合，从善美的哲学，到哲学的善美，从时空光明处，到时空光明处，遇而再遇，化化飞翔。

第一次穿汉服

3 月 7 日星期六，惊蛰后第二天，阴历二月十一，晴。我应邀参加零点队的活动,之前听说,此次有汉服爱好者同行,在山上为众山友展示汉服。我提前半小时到达李村大石头,见竹竿大哥,并与司令、兽兽、娘子等山友合影,目送竹竿帮的 3 辆包车离开大石头。竹竿帮线路是从燕石村经化化浪子、青峰顶到小崂顶,零点队线路是从太和村到太和水库。

零点队从李村出发时,20 多位队员乘一辆包车,20 多位队员乘 109 路公交车,20 多位队员乘 111 路公交车,大家在云头崮村前会合。我随山里人家等山友,寻一条小路赶到霸王寨,自己去了一趟霸王寨前寨,回到太和峰前的山亭时,大队人马陆续赶到。

此次共有 7 位汉服爱好者同来,天涯孤客和一位年轻女子在山亭前换好汉服,与众山友合影。待天涯孤客换下汉服后,我试穿了他那件汉服,并与那位身着汉服的年轻女子合影。我穿的那件汉服是家用礼服,右衽,系带,宽袖,大摆,深蓝色,端庄,简捷,流畅,飘逸,在山野中穿着别有风色。

汉服爱好者的领队名叫山东,在汉网注册的。来太和景区的途中,我和她交换了些有关汉服的想法,好像是我讲的多些。我所试穿的汉服是不适于爬山的,听说爬山应穿短装窄袖的汉服,类似古代那种农用或军用的汉服。乱乱领队曾说,要设计一件爬山穿的汉服上装。我个人感觉所谓汉服,只要有基本的汉服元素,其余尽可千变万化,多途适用、自然环保为好。所谓汉服元素,最好在唐朝之前的经文典籍中寻找,比如《诗经》汉服,比如《地理志》汉服,比如《太初历》汉服。

山东队友的腿伤未愈,我们后队去豹子洞和圣乳峰时,她在路口等候我们。乱乱领队没去豹子洞,他走近路,在圣乳峰刻字的高坡上等候我们。大家赶到太和水库时,是上午 11 点 40 分左右。听说觉民和无缰各带一支小分队先行爬山去了,海关后队友也带几位队员在圣乳峰和后队分流。汉服队友们的爬山速度太慢,一位小伙子和一位小姑娘有一阵子嚷嚷着要休息,我笑着劝他们再坚持一会儿。

在太和水库旁我们遇到昨天在此露营的老孙和山泉，他俩收拾好行装，特意在此等候乱乱领队。在大峡谷午餐地，我先遇到闲云野鹤等 3 位山友，喝了一小玻璃杯白兰地酒。他们记错了集合地点，在戴家山没等到队伍，自行向太和水库赶来。我们后队一行 10 余人，于中午 12 点到达午餐地。摆两个饭圈，喝酒的一个，不喝酒的一个，喝酒的全是几位老驴山友，乱乱、老孙、世界的边、山泉、若风（骑马看海）。小啤酒，小白酒，小葡萄酒，盘盘盒盒佳肴，浓浓淡淡酒意，都随那明媚春光流浪去了。午餐后，大家经大峡谷到下书院村，看黄嘉善书院旧地，遇红芽绿枝灿黄迎春花，坦坦荡荡，春风万里。

在源头村乘上 111 路公交车，遇单驴等几位山友。在李村公园乘上 318 路车，遇无缰、山里人家、大猫等队友，他们一行 10 余人，在太和水库先行分流，经戴家山、卧狼齿山到东李，从东李暴走到李村公园。听他们笑说，爬一天山，每人花费公交车费 3 元，比我少花 1 元。我到家时，大约是下午 4 点半多。

春光乍泄，迎春花初开，行走于半野不野的山道中，远近景象交叠，梦境依然朦胧。在太和峰前，我第一次穿汉服，闲野信步，执手以礼，既觉新奇又感平静，松翠水碧，峰耸谷幽，衣影飘幻，欲说还休。

三八节野游三标山

3 月 8 日星期天，惊蛰后第三天，国际劳动妇女节，晴有少云，微风。竹竿帮这天的活动是穿越大标山、二标山、三标山，踏青山，钻山洞，欢度妇女节。7 点半多，竹竿帮 121 位队员乘 3 辆包车到水色峪，经槐花谷前往大标山，竹竿大哥领队，尚志收队，海军老枪、旖旎大海、参谋长、老狼、骑马看海、司令等老队员随队助阵。

这天队伍里的女队员居多，还有一位金发碧眼的俄罗斯女郎。槐花谷是一个大河谷，路长坡陡，爬不到1/4，有位女队员不停地喊累。我鼓励她道，坚持一会儿，看情况再说。我等到尚志断后的后队，有一位穿白衣服的女队员走得很慢。我看她背个挎包一走一扭的，问她包重吗，她说里面有吃的喝的，有些重量。我接过她的包，鼓励她几句，就向前面赶去。后来尚志用对讲机跟我说，那位女队员真走不动了，要原路返回。我只好跑回去，把她的挎包给她。我说我到前面问问，看有没有也想返回的，你们好一起撤退。我沿途问了好多声，没人愿意回去，包括开始叫累的那位初次爬山的女队员。

在鹰扑顶我追上竹竿大哥和海军老枪带领的前队，说过几句话，我随队赶到一处山顶，留在原地等候后队。我左等右等，从高处望过去，还不见尚志的身影。用对讲机问他，他说他还在槐花谷。我说那穿白衣服的女队员呢。他说上来一个，另一个已经原路返回了。

等也是等，不如我回去接接他们。不久我在鹰扑顶前接到后队，尚志带了4位女队员上来，还多背了两个背包。走不多时，遇一处坡度很大的下坡，行军速度慢极了。有8位结伴而来的年轻人，7女1男，两位女队员不用照顾，加上后行的4位，共9位女队员，好像不会走路一样。我们3个男队员只好把她们一个个接下坡来。有位大姐跟着我走在最后，她不时嚷嚷着要休息，她的背包已被我从尚志那里接过来。有一阵子我急了，我说要回去早说，都走到这里了，在槐花谷已经有个小姑娘早早撤退了。她说女儿走在前面，没办法。

我只好追上她女儿，在一个山坡上等到她，等着她俩吃了点零食。我心平气和地对她俩说，去年3月8日我第一次跟竹竿大哥野爬，野爬正好一年，今天也是3月8日，我总不能跟不上队伍，和你们一起分流吧。她说她没事，就是速度慢些。好在此处景色秀美，有几位年轻队员在忙着拍照。我对她说，我领你女儿

赶前面队伍，你若再走不动，我回来接你。

尚志领着7女1男在我前面老远，参谋长停下来等他们。我领着小姑娘一路急行，超过一女两男3位队员，追上参谋长他们。我望见两位男队员和那位大姐走在最后，后来3人坐在一个高坡上休息，有他们相互照应，我放心了。

前队等在一个坡口，等了我们大约半个小时，我为大家拍照时，尚志回身去接后面几位队员。我赶到军用山洞洞口时，是上午11点50分左右。我问那位撤退女队员的女伴，说是撤退队员来过电话，她已顺利回到家中。海军老枪和AK留在最后一个高陡坡下接应大家，尚志带后队到军用山洞洞口前时，是中午12点10分左右。

借用头灯、手电，穿过几百米长的军用山洞，在一浅水井旁的开阔地午餐。竹竿大哥、参谋长、海军老枪、旑旎大海、司令、两男两女4位陌生队员、尚志、骑马看海，11位队员围在一简易石条桌旁共进午餐，午餐丰盛，小酒两种，你说我笑其乐融融。下午1点10分左右，主队离开午餐地，经小桥山涧向东葛村赶去。一个小时后，大家陆续赶到东葛村车站，乘公交车返回李村。

3月8日国际劳动妇女节这天，本想在途中给全体女队员照个合影，可惜队伍拉得太长而未得。此次活动新队员较多，途中长时等候，本不愿有任何队员分流或返回，不料才进槐花谷，便有一位女队员撤退。野爬野游，乐在过程，合影与否顺其自然，撤退与否安全第一，无论怎样，都是一个美丽春天的花絮。

从去年3月8日到今年3月8日，我跟随竹竿帮爬了近百次野山。为什么爬山，怎么样爬山，本是两个不同的哲学问题。也许对于爬山来说，前一个问题是永恒问题，后一个问题是时遇问题。今年的3月8日，春光明媚，野风扑迷，120位队员野游三标山，无限春意，感而记之。娥媌姽婳，婆娑婀娜，春风春景，春山春谷，春之思虑幻影，春之野游遇在。

彩云新天遇有时

2009 年 10 月 1 日至 8 日，国庆假期有 8 天。竹竿登山队组织了 8 天连登崂山活动，庆祝新中国成立 60 周年。鲜艳的五星红旗，在竹竿登山队队员的护卫下，高高飘扬在崂山之巅。在崂顶、天茶顶、大流顶、三标山、石门山，在庙岭口、滑溜口、凉水河、南天门、龙潭瀑，在大水渠、关帝庙、白云洞、明道观、华严寺，在崂山的南麓、西麓、北麓、东麓，队员们展开五星红旗与崂山的风景合影，把 60 年的沧桑爱恋，铭刻在记忆的最深处。

连八第一天，10 月 1 日国庆日，晴有少云。早晨在大河东集合，经凉水河、王子泉、黑风口、崂顶五峰仙馆、崂顶坤门、朱雀石、天地淳和返回大河东。30 余位队员参加活动。在崂顶五峰仙馆，展开"庆祝建国六十周年/竹竿登山队八天连登崂山"大红横幅，高擎五星红旗。国庆日，五星红旗飘扬在崂山之巅。

连八第二天，10 月 2 日，阴历八月十四，晴有少云。早晨在李村大石头集合，乘包车到寨上村前，经寨山村、长涧、黑风口、崂顶坎门、子英庵口、天茶顶、天泉、天门后、大流顶、南天门、天门涧到流清河停车场。90 余位队员参加活动，竹竿大哥、旖旎大海、兔兔、笨笨、小龙女、海的男人、老狼、云飞扬、乔峰、雪舞飞扬、空白、淡若茶香、VICKY、天边的云、谢山友、骑马看海等 25 位队员，完成小三顶线路穿越。

连八第三天，10 月 3 日，阴历八月十五，中秋节，晴有少云。早晨在流清河停车场对面的西麦窑村石牌集合，经鲍鱼岛、奇石道、南天门、先天庵、八水河、上清宫、龙潭瀑返回流清河

公交车站。22 位队员参加活动。这天是中秋节，大家在下午 2 点 50 分左右，赶到流清河公交车站。

连八第四天，10 月 4 日，阴历八月十六，凌晨雷雨，其后晴空。早晨在李村大石头集合，乘包车前往仰口，从仰口紫薇山庄经大水渠、庙岭口、绵羊河谷、滑溜口、泥洼口到北九水公交车站。70 余位队员参加活动。

连八第五天，10 月 5 日，晴有少云。早晨在李村大石头集合，乘包车至百果山下，从百果山经三界、石门山、天落水、华楼山到枣行村公交车站。120 余位队员参加活动。是八天中参加队员最多的一天。

连八第六天，10 月 6 日，晴有少云转云雾再转多云，崂顶、天茶顶、大流顶时有云雾弥漫。早晨在李村大石头集合，提前合影，准时出发。乘包车至仰口，从仰口紫薇山庄经大水渠、庙岭口、绵羊河谷、滑溜口、北观景台、崂顶坎门、子英庵口、天茶顶、天泉、天门后、大流顶、南天门、天门涧到流清河公交车站。70 余位队员参加，竹竿大哥、旖旎大海、兔兔、岭南风情、小龙女、海的男人、乔风、云飞扬、海军老枪、小牛、清茶、蓝玫、执着、独行山客、乐山水、人生、许山友、一隐名男队员、骑马看海等 19 位队员，完成大三顶线路的穿越，当天下午 5 点半到达山下的流清河村。此天线路是 8 天中强度最大的线路。

连八第七天，10 月 7 日，晴有薄云。早晨在李村大石头集合，乘包车至山色峪，从山色峪经槐花谷、鹰扑顶、大标山、二标山、三标山、盘山公路到棉花村。80 余位队员参加活动。一路赶山，匆忙午餐，下午 1 点 30 分左右到棉花村停车场。

连八第八天，10 月 8 日，寒露节气，晴有少云。早晨在李村大石头集合，乘包车至仰口，从仰口紫薇山庄经大水渠、关帝庙、白云洞、白云洞河谷、明道观、那罗延窟到华严寺停车场。50 余位山友参加活动。连续 8 天参加活动并完成穿越线路的有 4 位队友，竹竿大哥、旖旎大海、兔兔、骑马看海。

连八活动召集帖子的跟帖里说明，川月户外提供部分赞助，奖励完成连八线路的队员。竹竿大哥在 10 月 9 日发帖，定于 10 月 12 日晚上，在锦涛园酒楼举办"国庆连八总结颁奖大会"。巍巍崂山，红旗飘飘，彩云追月，天地焕新。崂山在伟大祖国的怀抱里，我们在神峻灵秀的崂山中行走、觉悟。万千物象，万千善美。彩云新天遇有时，人间正道是沧桑。

崂山五顶穿越记

2009 年 3 月 14 日，星期六，春分日的前六天，一场春雨、春雪后的隔天，晴。对于竹竿登山队的 10 余位队员来说，这天有两个哲学问题在野山之巅相遇，一个问题是为什么穿越五顶，一个问题是怎么样穿越五顶。

去年 11 月份，格里写过一篇有关五顶的文章，五顶指崂山的五大著名山顶，大流顶、天茶顶、崂顶、青峰顶、小崂顶（寨青顶）。一天穿越五顶，不仅是一个强驴的梦想，也是对一个登山队的强、智、勇、合等方面的综合考验。听说在 12 个小时内穿越五顶的驴友，当为青岛强驴，名号可上登山社区光荣榜。

竹竿帮于 3 月 9 日发出五顶穿越英雄帖，计划在 3 月 14 日当天穿越五顶。3 月 14 日这天，我不到 4 点钟就起床，发现昨晚有两个未接电话，是竹竿大哥打来的。我赶忙回电。竹竿大哥说，早班第一辆 104 路车是 5 点始发，不是之前说的 5 点半。我 5 点钟赶到远洋广场车站，世界的边接着赶到。十几分钟后我俩乘上 104 路公交车，见到竹竿大哥领队。

早晨 6 点，竹竿大哥、世界的边（40 出头）、骑马看海（若风）3 人到达流清河车站，在西麦窑村牌前等候。6 点 15 分，一轮红日从海面喷薄而出，我向海边跑去，拍下几张照片。6 点 50 分，集合到 12 位队员。之后 10 分钟内，等到 10 位队员。

　　我在将军槽进山处为 7 位队员补拍合影时，是上午 7 点 15 分，我到天门后的时间，是上午 8 点 5 分，到大流顶的时间是 8 点 20 分。这次我背的东西比平时要多，对五顶穿越的难度估计不足，往大流顶奔走的路上，觉得有些吃力，速度竟比不上往次。

　　在大流顶北面山口，我望见竹竿大哥带领的前队。这时一位文友打电话来，咨询爬山线路问题。我讲快了她听不清，也不明白穿越五顶是什么，我只好耐心说明。等我收起手机，竹竿大哥带领的前队已不见踪影。我在鸡石山追上北冥飞鱼和木子，他俩的速度较慢，耐力还行，但不熟悉路，我带着他俩追赶前队。8 点 36 分，到达鸡石口，9 点 12 分，到达小天泉，9 点 35 分，到达天泉。

　　上午 10 点零 2 分，我赶到第二营房处的山口，可以望见天茶顶和哨所前队友的身影。听竹竿大哥在对讲机里讲，他于上午 9 点 57 分到达天茶顶哨所。15 分钟后，我赶到天茶顶，途中雪坡道滑，木子表示要在天茶顶分流。等到北冥飞鱼，合影，向痴迷石缝奔去，陆续穿过痴迷石缝不久，木子山友赶上来。

　　从第二营房开始，崂山就是冰雪的世界了。有的路段泥雪交加，一步一滑，根本谈不上速度，下山时坡道积雪更多，让人心疑这里是否还在冬天的深处。原来 3 月 12 日山下下雨，山上却是下雪，不大不小的春雨、春雪，同时滋润了不同的世界。11 点 2 分，我到达子英庵口，25 分后，到达崂顶巽门下的岔路口，这时全队共有 11 位队员。

　　我到杜鹃坡的时间是上午 11 点 35 分，两条长椅上的春雪还是那么洁白无瑕，如同刚刚开始的一场风花雪日的梦事。我到崂顶坎门的时间是 11 点 55 分，到五峰仙馆的时间是中午 12 点 5 分。今年元旦我来过崂顶，那时山上也有积雪，但是不如这天的多。小心走在仿木梯的水泥梯路上，部分路段上的雪竟冻成了冰，踩上去连个脚印也没有，我是扶着栏杆走上去的。狼人队友停在五峰仙馆前的坡道下吃苹果，我和前队保持着 3~5 分钟路程，我遇到狼人时，他刚把一个苹果啃完。狼人队友对我说，怎么这爬山不带吃午饭的。我笑说，竹竿他们都是赶着路得空吃饭，没有专门的吃饭时间。我和狼人最后赶到五峰仙馆时，竹竿大哥他们正在得空吃饭。我把准备的炒菜拿出，他们等不得拿筷子，下手就抓，我受感染，戴着手套跟着抓了几把。

紧急用餐大约 5 分钟，大家就沿军用公路向黑风口方向奔去。我到黑风口的时间是中午 12 点 26 分，这时前面路段已渐无积雪，从春雪后的世界，又回到春雨后的世界。迎面路遇几支小队伍的山友，他们友好地为我们助威，好像不少人已知道我们在穿越五顶。大约下午 1 点 28 分，我和后队赶到柳树台一号电线杆处。从五峰仙馆到柳树台有 10 千米长的军用公路，我用 1 小时零 23 分钟走过来。大家在路旁简单用餐约 10 分钟，狼人队友在途中掉队，这时仍未赶到，我们以为他已放弃五顶穿越。

从柳树台沿水泥公路到青峰顶下的大平台，是下午 2 点 5 分，大约 12 分钟后，我和后队赶到青峰顶。大家在青峰顶休息约 10 分钟，接着在竹竿大哥带领下，向慕武石村方向赶去。从青峰顶下山，开始是长段陡峭的下坡山路。换在平时，我蹦跳着就下山了，可是这时我的大腿肌肉酸痛，右小腿有拉伤的迹象，我只好一步步移下山去。为了减轻腿部压力，下山后我留意被山民整理下来的树枝，不久我在路旁捡到一根灌木枝子，淡青黄色，有弹性，长短粗细也够，后来这根灌木枝子一直伴随我到第二天穿越三瀑。

下午 3 点 45 分，我随后队到达大石村水库。尚志到小超市买了两斤西红柿，在店里洗好，我吃了两个。毛毛 Q 队友在大石村与我们辞别，自己打车返回市区。沿鹅涧河谷赶往小崂顶，这时的行军速度明显放慢。在防火道前沿一小路上山，途中在两个路口有所犹豫，商议后很快判断。我和后队在下午 5 点顺利到达小崂顶，前队提前 7 分钟到达小崂顶。小崂顶风大，停留片刻，感觉气温骤降，我们沿清凉涧赶往山下。正下到半山，狼人给竹竿大哥打通电话，说是他刚赶到小崂顶。竹竿大哥说，我们沿清凉

涧下山，在汉河车站等他。下午6点，我随后队赶到山下水泥公路，前队比我早到几分钟。下午6点半左右，赶到汉河车站，30多分钟后，等到追来的狼人队友。

此次活动，天亮后上午7点开始爬山，天黑前下午6点到达山下，全程估算约有70千米。竹竿队共有10人穿越五顶成功，这10位强驴是：竹竿大哥、40出头、流浪猫、岭南风情、凡夫子、无疆行者、北冥飞鱼、狼人、尚志、骑马看海。

春雨春雪，缠绵于春分日前不远的某天某夜，五顶穿越，遇往日缤纷之梦境。这个白天似乎是在梦中度过的，而那个梦中的梦，是不是曾经来到面前或者身旁，可以触摸的梦中梦，可以感知的有淡淡甜味的梦中梦，而所有追忆，会在真切感知后无端来临，或如野山之巍巍，或如春海之荡荡。

为什么爬山和为什么生活有何异同，怎么样生活和怎么样爬山有何异同。也许，为什么是永恒问题，怎么样是时遇问题，当永恒问题和时遇问题相交，这是不是另一个哲学问题，这另一个哲学问题，是否就是传说中的梦想呢？问题中的问题，和梦中的梦有何异同，另一个问题能够回答吗？那个梦想会等候在时间的渡口吗？巍巍荡荡，焕焕生生，五顶穿越，此心悠然。

花花飞龙潮音濺

星期六竹竿登山队有10位队友成功穿越五顶，当天下午6点，前面9位队友沿小崂顶山下公路往回走时，说到第二天的穿四瀑活动。竹竿大哥、世界的边、骑马看海表示参加。尚志要看感冒是否能好。流浪猫、岭南风情、凡夫子、北冥飞鱼、无疆行者等5位山友，因各样原因不能参加第二天的活动。

当时我挂着那根淡青黄色的灌木枝子，略微瘸着走到汉河车站，心想休息一晚体能有所恢复，穿个四瀑应不成问题。我把那根灌木枝子带回家中，把当天活动照片整理出约 1/3 发到网上，吃点水果和零食后，一头扎到床上，这真是一个好觉。

3 月 15 日星期天，春分日的前 5 天，微风，晴。早上我带着那根灌木枝子到李村广场时，有位相熟的山友笑说，怎么强驴也拄上杖了。我笑答，可不是嘛，没想到五顶穿越还挺累腿的。本来我想，这次先到包车里坐着。不料这次来的人太多，两辆包车不够，最后是 4 辆包车，我上车后座位都满了，后排 4 位山友挤了挤，为我凑出块空来。

这天有 130 多位队员参加活动，女队员居多，浩浩荡荡如同过节一般。路上我问几位女队员，今天是穿越四瀑，你们能行吗。她们笑说，先跟出来，能走多少算多少。昨天竹竿队穿越五顶的队友，今天来了 3 位，竹竿大哥、世界的边、骑马看海。我想，在家休息的时间比穿越五顶的时间还短，这次能跟着出来就不错，能否接着穿越四瀑，要看今天的运气，因为飞龙瀑的进山大路被人拦上了大铁门，河谷中也建了几道陡坝，前两次我们攀着河谷边的峭壁过，很危险，这次人多，我们想试走条新线去飞龙瀑，不知能否顺利。

上午 7 点 30 分，4 辆包车从李村出发，不想车到燕石村入口，竟被燕石村人拦住，简单交涉无果，又不愿耽误时间，包车只好绕道神清宫，在神清家园楼前下车，合影，这时是上午 8 点 10 分左右。先跑水泥山道，再赶石铺山道，绕过三道山梁。我随前队赶到飞云瀑时，是上午 9 点 17 分，这时还有近百位队员落在后面很远。飞云瀑也叫泻云瀑，石壁上刻着花花浪三个字，大家俗称那里为花花浪，是四瀑中最小的一个瀑。

若不因为穿四瀑赶时间，从神清家园绕行到花花浪的这条山路还是不错，青松白石，风景秀丽，但对赶时间的大队人马而言，这一路急行奔走，耗去很多宝贵的体能与时间，仅时间就多花近一小时。从青峰顶大平台到北九水停车场，前队花去约半小时，前队有 35 位队员。大部分队员远远跟在后面，参谋长在后

队用对讲机不时和前队联络。中队有两拨共二十几个队员，听说电话没问明白路，有去崂顶的，有去降云涧的。

从北九水停车场到飞龙瀑，用去一个半小时，近一半时间花在探路上。后来海军老枪与两位男队员找到飞龙瀑，我和世界的边、笨笨随后赶到，见两位常跟竹竿帮爬山的山友在那里午餐。竹竿大哥等 6 位队员在山坡上的路口等候，看着几个队友的背包。飞龙瀑飞流如练，澎澎瀺瀺，藏在深谷游人少至而越显幽静，果然名不虚传。

我们 6 位队员在飞龙瀑戏水几分钟，找到飞龙瀑刻字，在那里合影，和竹竿大哥联系，他们在山坡路口休息，准备午餐。十几分钟后和竹竿大哥会合，一起午餐花去约半小时，一看时间，四瀑是难以在白天穿越了，决定放弃。12 位队员先后赶到蔚竹庵的前坡口，竹竿大哥带几位队员沿沈鸿烈小道返回北九水公交车站，我带几位队员去蔚竹庵，在蔚竹庵遇到几位队员，这时是下午 1 点 18 分。钙奶饼干和世界的边很想穿四瀑。我不愿意去，几个原因，一是时间太晚，到龙潭瀑时天早黑了，不符合我白天野爬的习惯，再是崂顶和天茶顶有雪，昨天踏雪穿五顶，今天再踏雪穿四瀑，担心体能跟不上。他俩仍坚持，但不熟悉路。我笑说，先走到潮音瀑再议。

潮音瀑是四瀑中的第二大瀑，比飞龙瀑要大，瀑声如潮，波光潋滟，我到潮音瀑的时间是下午 2 点 10 分。在潮音瀑停留了约 10 分钟，钙奶饼干、世界的边去龙潭瀑，海军老枪和两位女队陪同到黑风口，从黑风口去大河东。我和几位队员过冷翠峡后，海军老枪追来，说是不想去黑风口。我用手机和世界的边联系，他说走错路口，迷了，走到哪里算哪里。

我和几位队友，下午 3 点 20 分到达北九水公交车站，乘上 3 点半的 110 路公交车，在卧龙车站见到在那里转车的竹竿大哥、参谋长、安全距离等众多队友。那根淡青黄色的灌木枝子，被我留在北九水公交车站的水杉树旁。当晚 6 点多，我得知钙奶饼干等 4 位队友回到北九水，刚乘上出租车，至此，一天的野爬才告完毕。

星期六穿越五顶有22位队员参加，最后10位队员走完全程，登山踏雪，奔行暴走，行程约70千米。星期天竟有130多位队员前来穿四瀑，让人感动，虽然他们很多人是陪着来走两瀑或三瀑的。最后，我们前队只穿了三瀑，其中五顶队员中三位前来，又绕路又探路，似乎是上天特意安排的美丽曲折。

花花浪潺潺，花去这天不少时间，飞龙瀑幽幽，多出一些扑朔迷影，潮音瀑滟滟，似乎是山野中偶遇的红颜，龙潭瀑在崂顶雪道的那边，我能想象到它的洁白。有的洁白我们经过了，有的洁白，与我们隔着一层浅浅的夜色，有时这些无端的惆怅，让人感受到真实清醒的存在。

五顶四瀑春夜宴

圣诞节的前夜，通常称平安夜。春分的前夜叫什么，开始我不知道。后来我给它想了个名字，叫"五顶四瀑"鸳鸯夜，简称鸳鸯夜。

鸳鸯夜这天下午，格里和骑马看海应邀陪两位MM吃晚饭，顺便探讨崂山驴界的"五顶四瀑"问题。听说夜宴在唐家老院子，我很开心，说到吃火锅，我有点儿皱眉，后来看到是鸳鸯火锅，盘盘碗碗鲜亮生动，顿时眉开眼笑起来。后来我另点一盘老醋花生，请服务员多开几瓶青啤，女人忙吃菜，男人忙喝酒，如此那般，轻松惬意与这春夜同宴共饮了。

去年11月份，格里写了篇文章，《五顶四瀑，一天暴走崂山的终极目标?》里面写到一天穿越"五顶四瀑"的终极目标。没穿五顶之前，我以为那是个超级理想，作者自己也承认过。今年3月14日，我跟随竹竿登山队，在11个小时内踏雪穿越崂山五

顶成功，第二天我想接着踏雪穿越崂山四瀑，因村民设卡拦路，绕行，只穿越了三瀑。回来后的几天中，我心里有些郁闷，看来五顶和四瀑连续两天穿越有其难度。是否想想办法，一天穿越如何。这个问题不仅是我一个人在想。那天我听宝宝他小姨在电话里说，竹竿大哥也在考虑这个问题。那天竹竿大哥在电话里对我讲，一天穿越"五顶四瀑"，要在早晨5点开始爬山。当时我说，出发时间可能早了点，到时再研究。野爬有远有近，野爬是个群众性活动，毛主席说："发展体育运动，增强人民体质。"眼前这大好的野山，正是天然的超级运动场。

春分前夜，鸳鸯之夜，有两位MM在座旁倾听，我和格里谈到一天穿越"五顶四瀑"的几个问题。我的初步设想是这样，乘早晨第一班104路公交车到西麦窑车站，大约6点开始野爬。具体线路：西麦窑——将军槽——大流顶——鸡石口——化化浪子——上清宫——龙潭瀑——明霞洞——天泉——天茶顶——子英庵口——崂顶——五峰仙馆——黑风口——蝴蝶泉——潮音瀑——留韵亭——飞龙瀑——飞云瀑（花花浪）——青峰顶——大石村——小崂顶——汉河。全程估算约有90千米。

3月14日穿越五顶那天，崂顶、天茶顶有积雪，我们穿越五顶用了11个小时。这次穿插加入的四瀑行程大约有3个小时，正常情况，我们在14个小时内穿越"五顶四瀑"是可行的，能否在12个小时内穿越"五顶四瀑"，目前看来有较大难度。穿越崂山"五顶四瀑"的日期，最好选在春分前后，根据青岛春暖较晚的特点，在惊蛰和清明两个节气日之间为好。中国有"五四"运动，青岛有"五四"广场，崂山有"五顶四瀑"。为纪念五四运动90周年，我很想在今年春天，和竹竿登山队众队友一起，穿越一次崂山的"五顶四瀑"。

鸳鸯夜的鸳鸯火锅，我只吃不辣的这边。蘸菜的调料有二十几种，我配了些带南方口味的。青岛啤酒，我喝了4~5瓶。传统涮菜，我吃得多些。毛肚、黄喉什么的，我基本没碰。菊花茶，王老吉，还有只听说没细瞧的小头绳。春顶春瀑，嶒崚婉娴。春夜小宴，饪馐酒酣。"五顶四瀑"的设想线路，未曾行走，已然陶醉。

春分后的第一场雨

昨天是春分，白昼与黑夜的时间相等，今天山中下了一场春雨，我身在山中，遇到的雨便是山雨，我在雨中爬山，我爬的山便是雨山。从哲学论上看，你存在于某时某处，你便是某时某处的存在，大凡存在过的事物，便拥有了穿透时间和空间的本能。

3月21日星期六，春分后第一天，小雨。竹竿帮70余位队员，在竹竿大哥和海军老枪带领下，上午8点多从西麦窑出发，经将军槽往八水河方向进发。我到西麦窑车站之前，神秘女郎电话对我讲，他们有12个人，其中8位新兵，正在公交车上，可能迟到几分钟，让我等等他们。竹竿帮大队浩浩荡荡前往将军槽，我回身跑到马路对面，到零点队集合的地方，见到乱乱、风、山海观客、世界的边、五星、海关后等山友，几分钟后，一辆104路公交车过来，神秘女郎、生鱼片、瑜伽等12位队员赶到。

这12位队员中的几位新兵走得极慢，刚进将军槽，我让后面的三女两男走在一起。我笑着对他们说，第一次爬山先试试看，跟不上队伍就一起原路返回。后来我又追上12位队员中的两位女队员，让她俩和同来的5位同伴一起，别走散了。大约上午9点20分左右，山上下起小雨，我遇到10余位回行的竹竿帮队员，问之，说是下雨了要赶紧下山。我笑着对他们说，这次是休闲游，遇到下雨算是有缘，正好欣赏雨中的山景。此时我口中说雨，心里还想着和雨有关的山事。迎面而来的队员中，两位队员家中有事，两位队员要赶下午的火车，其他几位队员拿出雨具，跟着我上山。

到天门后大约是 9 点 50 分，零点队大部队赶上山来，大家一同休整片刻后，我和几位竹竿帮队员往先天庵赶去，参谋长和几位队员断后，竹竿帮大部队已在先天庵等候我们。途中，我遇到一枝枝春雨中的山姜花，黄灿灿开放在烟雨缥缈的山野里。

半小时后，我们到达先天庵，竹竿大哥说下着雨，计划中的天泉就不去了，改为去八水河、上清宫，准备在上清宫景区午餐。途中雨停了一会儿，竹竿大哥说，可到八水二河午餐。不想我们才赶到八水二河，雨又下了起来，竹竿帮前队从八水二河午餐地撤下来，与赶来的零点大部队会合，一起向上清宫赶去。

大约上午 11 点 40 分，我们赶到上清宫，雨仍在下，几位队员提出要吃农家宴，不少队员赞同。于是我们二十几位队员先行赶到山下的八水河车站，分别乘 3 辆小面包车到东麦窑。一共 18 位队员，7 位女队员，11 位男队员，在麦窑海鲜饭店会合。

我们在麦窑海鲜饭店等了十几分钟，才等到二楼空出的两个房间，这时是下午 1 点左右。两个房间一大一小，隔着不远，喝酒的一桌 10 人在大房间，不喝酒的一桌 8 人在小房间，参谋长和我去给大家点了 6 个菜，大家把自带的饭菜摆出，非常丰盛。

趁着酒兴、茶兴，在小房间里，骑马看海、参谋长、海军老枪向大家提出了下周穿越"五顶四瀑"的设想。为纪念五四运动 90 周年，竹竿登山队组织穿越"五顶四瀑"爬山活动，估算全程约 90 公里，川月户外提供部分奖品，兔兔山友组织庆贺酒宴。初步设想，3 月 28 日早晨，竹竿大哥带一分队从西麦窑出发，经大流顶、龙潭瀑、天茶顶、崂顶、潮音瀑、飞龙瀑、飞云瀑、青峰顶、小崂顶到汉河，当天穿越崂山"五顶四瀑"，海军老枪、参谋长带二分队早晨从大河东出发，在黑风口、五峰仙馆一线迎接一分队，部分二分队队员再赶往汉河，与凯旋的一分队会合。

2009 年春分后的第一场春雨，存在于怀念它存在的存在，存在于它欲想存在的存在。崂山的千思万想，和善美行走者的百感交集相遇了。什么样的山水，是我此生的追念，什么样的追念，是我此生的行走。《易传》曰："鼓之以雷霆，润之以风雨。"吾辈后生，念天地之昭昭，想人生之坦荡，感风物之流转。万山万水，万物万象，一路行走，一心贯之。梦如醒幻如真，天行健地势坤之如如善美。

深秋三顶穿越记

真正的勇驴，敢于面对怎样纵深的山野，真正纵深的山野，又在行途所遇的何时何处。青岛的秋色，晚于相同纬度的内陆地区，崂山的秋色，又有更多挺拔更多遮隐了。10 月 26 日，星期天，晴有少云，前两天是阴历霜降日，后 12 天是阴历立冬日。于这深秋处，竹竿帮集合部分强驴，本月内第二次穿越崂山的三大山顶。

上午 7 点 35 分左右，75 位队员乘两辆包车，8 点 10 分到达竹窝村。一下车子，发现停车地有另两车山友正在集合。竹竿大哥大声说，大家跑起来。领头向寨上村方向跑去。大约 8 点 23 分，竹竿帮在一空阔地集合，整队，合影。竹竿大哥说明爬山注意事项，再次重申，此次活动没有收队，跟不上队伍的山友请在黑风口、崂顶两处自行分流。说完他便和尚志一路小跑而去。

到达军用盘山公路之前，我一直跟在队伍后面，向队友们说明前期速度的重要，能跟上队伍的尽量跟上，跟不上的请为后面赶上来的队友让路，不能勉强。路上我遇到一位老驴山友，我对他说，早上我乘 318 路车时，车载电视上播出福建泉州全国农运会的节目，有个民兵传统三项运动，其中一项是负重越野 5 千米，参赛者要身背一支步枪、一条子弹带、4 颗手榴弹、1 个水壶，但是没带午饭和水果什么的。

我遇到爱崂山山友，他是位老驴，但没穿越过三顶。我边走边对他说，到崂顶前要尽量赶上主队。他说没问题，他熟悉路。

我特意对阿嫚姐和她的同伴说，要想爬三顶，就要尽量跟上前队，别拉远了。阿嫚姐和她的同伴曾跟我们在雨中爬山，那次的前期线路是从寨上走军用公路到黑风口，这次是从寨上经长涧河谷到黑风口。

笨熊探幽山友在连七第四天10月2日穿越三顶那次跟随我们，在到北观景台前与另3位山友落在后面迷路，迟到半个多小时到北观景台，只好在崂顶分流，引为憾事。所以这次，我叫他注意别掉队。我在长涧河谷中间赶过多位队员，接近前队的冷风等几位山友。

赶过长涧河谷，我在崂山落叶松林中的山道上，遇到秋迹山友，她是广西人，今年5月曾随竹竿帮成功穿越三顶，是那次的12位三顶队员之一。10月2日穿三顶那次，不知何故，她没有参加。这次我看她步伐有些慢，就带着她走了一段山路。遇到较平的山路，我就对她说，跟着我，一溜儿小跑跑起来。

到达黑风口时，秋迹、一陌生小伙子山友，已经赶在前队队尾不远处。但步伐仍然有些慢，我只好一个人加快速度，赶上前面的冷风、流星、迎风提香等队友。昨天爬山时，海军老枪和我们相约，今天上午8点，他同几位山友从大河东出发，上午10点在崂顶的五峰仙馆与我们会合。

竹竿大哥带领的前队在9点35分到达五峰仙馆，冷风和我等候几位山友，几分钟后赶到。尚志山友得空在五峰仙馆石台下，伸手采摘红彤彤诱人的苗榆果，那果子少食可治腹泻，这个季节容易着凉伤胃，准备一些很有用处。

大约9点50分，集合到17位队员，海军老枪的手机一直接不通。我们17位队员合影后，急往山下赶去。听说海之浪山友已快跟上来，尚志山友想到五峰仙馆大门去接，竹竿大哥看他背了很沉的背包，没让他去，让身背小包的陆强山友去接。他对陆强山友说，接到接不到都要赶快归队。

我知道尚志多背了两个人的饭，是林仙花儿和她同事的午餐。在五峰仙馆石台下，尚志一边采摘苗榆果一边还在打听后面的队员。我笑着对他说，在上军用公路前的陡坡路上，我遇到林仙花儿和她同事，她同事体力接不上，停在路边休息，她留下来照顾同事，肯定赶不上队伍了。尚志问："那午饭怎么办？"我笑着说："她们说午饭都给你吃好了。"后来，谈起午饭的事。尚志笑说，他替她们背的全是水果和粗粮，连饼干都没有，感情那些精细的午饭，她们都随身带着了啊。实际一路之上，根本没有平时那么多的午餐时间。

后来陆强山友领着海之浪山友赶上队伍，在朱雀石，遇到一位鹤发蓝衣的老汉，他执意跟随我们去天茶顶。我在途中拍照延误一点时间，算是计划外的三顶收尾队员。赶到崂顶巽门时，竹竿大哥带领的前队在前面等候，互相说了几句，他带队先行往子英庵口赶去。

流星和秋迹在巽门吃了点零食，我陪着她俩作为后队。等三人赶到子英庵口岔路口时，叫回前面几位埋头赶路的迷路队员，一起沿右侧小路赶往天茶顶。我离开子英庵口的时间是10点28分。途中，前队在五岔路口等待后队。统计人数，一共是19位队员，从这时起，是不会让任何一位队员掉队的。

上午11点15分，竹竿大哥和尚志到达天茶顶，后续队员过痴迷石缝用了十几分钟。在天茶顶合影的时间，大约是11点46分。五岔路口统计人数后，我不时询问陌生队员的网名。接连两位陌生队员说，无名，无网名也无QQ名。后来，我为那位蓝衣老汉拍照，再次询问称呼，他笑说叫他王老头儿好了。还有一位身着冲锋衣的老者，在我问过他两次之后，他才笑说，他有一个临时的名字叫游舸。

从天茶顶到天泉的行途中，冷风不时与掉队的山友电话联系，得知大部分队员已赶到崂顶。这次来爬三顶的队员大多是老驴，在崂顶分流，无迷路之忧。途中迎面遇到秋水寒冰等几位山友，他们从流清河去天茶顶，让开山道，先让我们赶路。

大约12点15分，前队赶到天泉午餐地，遇到几位在那里就餐的另外队伍的山友。前队等候后队，然后大家一起在天泉午

餐。我离开天泉的时间大约是 12 点 50 分。午餐时，和昨天的情形一样，无数的野蜜蜂在周围争抢着食物，主要是争水果和别的什么食物。流星、迎风提香、秋迹 3 位女队员哪见过这等阵势，小心翼翼躲着那成群飞舞的野蜜蜂。不久流星还是被野蜜蜂蜇在手上，竹竿大哥掏出虎标万金油为她涂抹。我眼见一位医生为另一位医生疗伤，笑着说昨天午餐时我也被野蜜蜂蜇了小腿一下，当时抽空看一眼，现在也不知怎么样了。我卷起右裤腿让两位医生看，已经化脓，也给那里涂了万金油。当时在到黑风口前，跟我赶路的那位小伙子山友，到五峰仙馆时为笨熊探幽山友带话给我，腿部劳累，赶不上队伍了。在天泉午餐时，他说这天是他生日，我们祝他生日快乐。

下午 2 点，我们赶到鸡石口，集合后统计人数。据说王老头山友在天泉没有停留，自己往明霞洞方向而去，游舸山友在天泉分流，其他队员都赶到了。随后我们向大流顶赶去，2 点 25 分到达大流顶。到大流顶之前，有一段极险的下行陡坡。竹竿大哥让我临时收队，提醒后面各位队员注意安全。

到达大流顶的山友共有 18 人，竹竿大哥、流星、秋迹、迎风提香、晓明、陆强、过去、琴岛男人、增压器、海之浪、听雨、冷风、尚志、骑马看海以及 4 位无名或隐名的山友。其中流星、秋迹、迎风提香是女队员，竹竿大哥、海之浪、听雨、冷风、尚志、骑马看海（我）6 位队员是本月第二次穿越三顶队员。

经天门后、南天门、天门涧到流清河村，到达流清河村的时间大约是下午 3 点 35 分，比 10 月 2 日那次穿三顶少用了两个小时。平心而论，连七第四天 10 月 2 日那次穿三顶的行军速度快于这天，就是说，从仰口经庙岭口、滑溜口、北观景台、坎门、子英庵口、天茶顶、天泉、鸡石口到大流顶那条线路，比起今天从寨上经长涧、黑风口、五峰仙馆、子英庵口、天茶顶、天泉、鸡石口、大流顶的线路来，至少多出两个小时的急行山路。

有一件事要说明，此次活动出现多位无名或隐名的陌生队员，分析了几次合影照片，一位无名或隐名山友，是在从天茶顶到天泉的路途中，临时加入到队伍的，在跟随我们经鸡石口到大流顶后，在天门后自行分流了。因为在南天门统计人数时，是17人，前队赶到流清河村时有15位队员，确定有两位队员在我们后面不远处。

这天晚上，穿三顶的5位队员，竹竿大哥、迎风提香、冷风、尚志、骑马看海，还有从崂顶分流后从大河东赶来的4位队员，燕儿满天飞、颓废不同往日、一男一女两位隐名山友，共9人在麦岛路一酒店相聚共饮，算是本次穿三顶爬山活动的小总结会。

深秋之深，情种之种，勇驴之勇，三顶之顶。行走者之行走，爱山者之爱山。那些赶路前行的人，那些魂牵梦绕的事物。气象之万千，万千之和合，此心醉否，此人归否。山野纵深处，我心纵深处，何物何象，何分何离呢？子曰："天下何思何虑？天下同归而殊途，一致而百虑，天下何思何虑？"这次三顶归来后我想，山野何思何虑，山野同归而殊途，纵深何处，三顶何处，纵深在思虑善美处，三顶在思虑善美处。

瑞雪迎舞之崂山如此多娇

白马银鬃，琼驰玉舞，千山万水之芸芸空色，天地万象之湿润记忆，都在2008年我最后一次野爬崂山的途中相遇了。

阳历12月28日，阴历腊月初二，星期天，崂山大雪。竹竿帮的爬山线路是，从西麦窑经鲍鱼岛山、奇石道、南天门、八水河、上清宫、龙潭瀑返回。这天是本年度最后一个周日，从理论上讲，这是竹竿帮2008年最后一次野爬崂山。我听竹竿大哥领队说，今年的节假日里，他带队爬了114天野山，是竹竿帮爬山最多的山友，估计在岛城驴头界，也是节假日带队爬山次数最多

的。今年3月8日我第一次跟队野爬，坚持了80次左右，大多跟随竹竿帮，偶尔跟随别的队伍。

天气预报说这天有小雨雪，准不准确，少有人管。早上我在家中电脑上转存周六的照片，耽误了一些时间，迟十几分钟到达西麦窑集合地。我在海滨公路中段追上竹竿帮大队，我拍了几张海景照片，感到湿度较大，抬眼望去，天空布满苍茫的冬云。

40多位队员在竹竿大哥带领下，上午8点30分左右从鲍鱼岛山的西南侧登山。20分钟后，天空飘起小雨，有3位女队员原路返回。再向上爬几分钟，天空落下黄豆粒大小的雪花，算得上鹅毛大雪，十几分钟的工夫，山林已经一片素白。雪仍在下，有位60多岁的男队员主动要求原路返回，我给他和司令山友拍了张合影。在追赶前队的途中，我遇到一位中年女队员。她发愁地对我说，有点儿跟不上速度。我问她平时体能怎样。她说没问题。我说那好，前面有条大沟，接着还有陡坡，前队速度会慢下来，再跟一段若还不成，我把你的同伴从前队追回，陪你返回好了。

鹅毛大雪越来越大，真正的鹅毛原来是这样洁白和飘逸，那大雪有羽毛有眼睛有双翅有胸怀，那是通天通地通往心灵的洁白景象。瑞雪迎舞的崂山，景象如此多娇。在一段10多米长的石梁上，竹竿帮大队略作停留，等候收队司令山友。我对周围的山友说，这条石梁叫竹竿小道。司令山友走上来对我说，这条石梁是今年早春，大雪封山，他跟随竹竿大哥爬山时首次发现的。离开竹竿小道时，雪仍在下，时间大约是9点25分。

大约10分钟后，赶到西瓜岭，雪势稍停，竹竿帮在西瓜岭休息长时。后来另一支登山队走上来，他们队伍里有几位山友原想跟随竹竿帮，在流清河跟错了队伍，这时遇到，便高兴地加入竹竿帮的队列。

上午10点5分左右，路过野性呼唤石，未作停留。经过野性呼唤石上行约20分钟，我跟随中队到达南天门。南天门北坡的雪情较大，我们在南天门稍事休息，集合队伍后，沿密林雪道，向先天庵进发。上午 11 点，我随前队到达先天庵。我迎面遇到两女一男 3 位山友，问他们情况。他们 3 人自行组队而来，没想到遇见这么大的雪，可惜没带相机。我为他们拍了几张照片，告诉他们下载照片的地方，他们开心地与我挥手而别。

在先天庵，等候十几分钟，直到司令收队走上来，确认无任何队员掉队，竹竿大哥带领大家向八水河而去。十几分钟后，大家来到八水河河谷，自由结合，摆开饭场午餐。午餐中间，天空又飘起了雪花，时断时续，仿佛心中有无限的依恋。中午 12 点 20 分，大家收整行装，冒着小雪向上清宫方向走去。

2008 年最后一次野爬的午餐景象。2008 年只有一次，而那行走者的行迹，还有无数的年际可以跨越。2008 年之前有什么，2008 年之后有什么。京台蜀藏，亚非美欧，2008 年是怎样的物象，2008 年有怎样的情怀，2008 年会归去再来吗。2008 年对于崂山来说，是否只算一瞬中的一瞬呢。我在漫雪中与那洁白的精灵共餐共饮，这样的一回野爬，竟与雪天雪地雪山雪林雪餐雪饮相遇，这该是何堪的场景。山野自在，我已陶醉，我欲平静，那雪已在漫空迎舞。

我心自在之万象归一洁白，瑞雪迎舞之崂山如此多娇。奇哉秀哉，善哉美哉。

元旦祈福越崂顶

蓝天辽阔，白云驰骋，阳光冰雪，松青草黄，苍石高卧，深谷迷踪。所寻由所想而起，所虑因所思忘怀，所有祈福为所有善美而来。

2009 年元旦，晴有少云。早晨 8 点钟的大河东车站，众多山友整装待发，沸沸扬扬，攒攒移移，为这隆冬的季节，增添了无

限的春意。前一天晚上，竹竿帮年末同乐酒会，50多位山友参加了聚会，欢歌笑语，酒酣意美。元旦早晨，只有竹竿大哥、酷儿、灵灵、海沣、蓝天、海狼78师、尚志、若风（骑马看海）等聚会山友，赶到大河东车站。

竹竿帮这天的线路是经蟹夹石、自然碑到崂顶，登灵旗峰、丹炉峰，经五峰仙馆、黑风口、王子泉、大河东水库返回大河东车站。从大河东车站出发的成百上千的各登山队山友，大多经王子涧或迷魂涧前往崂顶，相对来说，竹竿帮的线路难度较大。竹竿帮出发较晚，主要为等从即墨赶来的20几位山友，有的队员等不及，跟随别的队伍先行出发。

竹竿帮20多位队员与即墨分队20多位队员会合后，从大河东水库东侧，沿一无名山涧向蟹夹石进发。急行军20多分钟，先是灵灵原路返回，后是一小伙子队员留守车站，带领4位美女队员追来，我和无线耗子留在后队，等候追来的5位队员。

蟹夹石线路崎岖蜿蜒，前队和后队一直拉开不小一段距离，若云、奶酪、晓燕、无线耗子、若风5位队员，大多时间走在后队，后来在崂顶的西侧山梁上，追上前队收尾的尚志山友，穿过一长段林海雪地，追上毛毛Q等山友，这时我们已接近午餐地自然碑。

竹竿帮全体到达自然碑的时间大约是中午12点15分。在自然碑下空地开始午餐时，已有100多位山友在那里午餐，我遇到跟随锻炼登山队而来的天边的云和他的同伴。下午1点，竹竿帮离开自然碑，十几分钟后到达朱雀石。朱雀石有大约200多位山友，还有更多山友排着队，从崂顶返回路过这里。眼看这么多来客，让我想起十几年前中山路上的游人。在朱雀石，遇到温柔山友，她随海滨队前来。遇到轻舞飞扬山友，她原是跟随竹竿帮，后来登山心切，随意跟了个队伍先行出发。遇到传媒网的傻哥领队，与他在朱雀石前合影。

在朱雀石停留约10分钟，在往灵旗峰的石阶上，遇到三姐、咖啡两位山友，她们跟随传媒网登山队前来。遇开心狂人、青岛蛤蜊等三位山友，为他们拍了合影。下午1点40分，竹竿帮全体到达在灵旗峰。遇到袭明一家人，袭明、若风在灵旗峰合影留念。毛毛Q山友带领即墨分队20几位队员，在灵旗峰分流。

从灵旗峰下来，只有海洋、笨笨、若风走在后队，和竹竿大哥带领的前队拉开较大距离，双方不时用对讲机呼叫。从巽门往北，是崂顶的北坡，林木挂霜，积雪盖路，往来山友很少。在往子英庵口的岔路附近，遇王师傅和游舸两位老哥山友，为他俩拍了合影。前行不久，遇MEC的文公子，多年未见，寒暄数语，和她合影留念。不久，遇小飞小飞山友，与他合影后话别。

下午2点20分左右，我们3人遇到从丹炉峰返回的竹竿大哥带领的前队，海洋随前队行动，笨笨、若风前往丹炉峰，路遇从丹炉峰返回的海狼78师等山友。丹炉峰风大，只有几位山友在那里，和灵旗峰的几百位山友相比，这里似乎是个被忽略的世界。从五峰仙馆到黑风口的盘山公路上，遇到十几位年轻男女，背着大包的露营装备。问之，说要去太乙泉露营。我说那里是阴坡，太冷，建议他们去阳坡，最好到自然碑下露营，那里避风，还有饮水。他们接受了建议。

竹竿帮全体在黑风口集合的时间是下午3点半左右，之前海狼78师等数位山友，由五峰仙馆提前下山。当时从黑风口下山的山友大约有六七十人，也没问是哪个队伍的。下山途中，竹竿帮队员被众多外队的山友冲散，一路之上，前后都有山友。我到达茶园时，大约是下午4点18分，那家农舍上空，飘扬着一大一小两面国旗。几分钟后，我们到达王子泉，我单手掬水，喝了几口王子泉泉水。竹竿大哥和尚志一路领先，尚志在对讲机里说，他遇到一棵山丁子树，树上有可食的山丁子，味美。我一路注意着路旁的山丁子树，在尚志所说的地方，遇到一棵挂有暗红色浆果的山丁子树，我匆匆品尝山丁子时，听到近处有小鸟的叫声。

后来遇到一个河谷，禁不住一湾清澈泉水的诱惑，我又单手掬水，大饮了几口，感觉比王子泉的泉水更为甘甜。过第二道河谷时，我超过两位不知名的大姐山友，顾不上问她们是哪个登山

队的，山路上满是下山的山友，问与不问已没多少区别，我们把她俩带上陡峭的河岸。在河岸上，又遇一棵挂着零星果食的山丁子树，我随手摘了一颗山丁子，急着向山下赶去。

大约下午5点20分，蓝天、笨笨、若风赶到大河东水库，踏上水泥公路。这时，天色完全暗了下来，家越来越近，山越来越远。举目望去，大河东村远近的灯火，与那满天星光交相辉映，为新的2009年默默祝福着。

仲秋山野逍遥游

还有3天就是秋分，秋分节气，白昼与黑夜的时间相等。9月20日星期天，多云转阴又转小雨。前一天我随众文友去平度茶山采风，拍了一些照片，写了一篇游记。这天竹竿登山队的野爬线路是，经寨上、黑风口、蝴蝶泉到北九水，休闲游。

上午8点20分，50余位队员在寨上村前下车，步行10余分钟到寨上村内消空地集合，合影，然后沿军用公路往黑风口进发。竹竿大哥领队，骑马看海收队。竹竿帮狗群小分队7位队友，在军用公路途中自由活动，远远落在主队后面。

听队友说，天气预报这天有小到中雨，要下大半天的雨。我一般不迷信这个天气预报，海边的天色飘忽，山里与山外又有不同，预报只是个参考。早晨的天空多云，到达军用公路，天色有片刻的放晴，不一会儿，天又阴了。军用公路上视野开阔，秋色已然斑斓分明，路旁石壁上的爬山藤叶子，已经被秋风染红了。

在李村大石头集合时，有两位女队员担心跟不上竹竿队。我笑说，这次线路超级休闲，能逛街的就能爬山，所经军用公路，有近7千米，所经蝴蝶泉河谷，全是下坡。这次我们走得慢，新队员只要有正常的心态与体能，跟下来没有问题。后来这两位女队员跟上我们，其中一位女队员，在途中告诉我有关竹竿队的几个传说。我笑着给她解释了一下。

这次沿军用公路行进，带相机的队友很多。有近一半的队友开始是陌生面孔，有位帅哥山友，在黑风口与我们挥别，自己去崂顶。一位红衣美女，爱让身旁的山友给她照相。我到黑风口的时间，是上午10点38分。到蝴蝶泉河谷午餐地的时间，是上午11点。

早上看天色，阴有多云，感觉会下点儿小雨，山野中的秋雨，是有些凉意的。出门时，我背了两罐青啤，忘了带小白酒，到寨上村时才想起来，村里没遇到小卖部，小憾。在军用公路小憩时，笨笨说她带了半壶小白酒，我转小憾为小喜。我可以用小啤酒换小白酒喝了。饭圈在仙胎潭旁，我到那里放下背包，先到潭边去看仙胎鱼。一眼看不见有仙胎鱼，也许仙胎鱼在想别的事情，已经离开了这个地方这个时间。

北冥飞鱼带来两罐青啤、一大罐可口可乐。我去潭水里放啤酒与可乐时，看到潭边的浅水里，有很多条1厘米多长短的小野鱼，我不知道那是不是仙胎鱼。笨笨带了烤鸭、猪头肉、绍兴老酒兑小白酒。加菲猫带了蛤蜊、香蕉。北冥飞鱼带了活虾、活八带、小白菜、菠菜。我带了凉拌木耳、香菇肉酱罐头、西红柿、鸡蛋。我们煮了一锅蛤蜊、两锅汤，分给相邻饭圈队友。相邻饭圈用石板烤肉，送来一些烤肉。饭后煮泡了两锅崂山绿茶，请碧海游、香山红叶队友过来同饮。

大约中午12点10分，天空飘起零星小雨，这时我们已经吃过午饭，正在品茶。有些队友早已吃好午饭并收拾好行装。我看看天色对他们说，下雨了，不要久留，他们可先行经河谷、北九水回市区。下午1点10分，我们一行7人离开午餐地。竹竿大哥等8人随后不久撤离午餐地。我到北九水公交车站的时间，是下午2点20几分。乘小公共汽车，下午3点10分到李村。随后转乘公交车返回家中。

秋分前3天，是秋天的第二个月中旬，应该是仲秋之月，这

是太阳历法的秋天。离秋分最近的一次月圆，为月亮历法的八月十五，这是我国传统节日中的中秋节。今年的秋分，在中秋节前10天，2008年的秋分，在中秋节后8天。两年的月历差了18天，今年有次闰五月，闰29天。秋分日比较固定，中秋节也有规律，两者的距离，在一定范围内飘忽不定。关于美的心想，关于美的形容，有时竟然是朦胧的。

逍遥在山野光阴的流动中，有些快乐与美好的往复。不知这时，是自己的时间围着自然的时间流动，还是自然的时间围着自己的时间流动，或者是所有的时间，都在围着另一个时间流动。另一个时间是什么模样，另一时间，是否隐藏在一颗善美之心的深处。如果感觉到另一个时间，会忘却自己的时间，会忘却自然的时间，会忘却所有的时间吗？关于对象物及其所在，关于矛盾体及其围绕，关于山野及其行走，关于逍遥及其化一。这个秋天已经很久了，这个秋天在欲想中沉浮，这个秋天，极具朦胧之美。

羔羊如来，滚石如过

9月26日星期六，阴历八月初八，秋分后第三天，多云无阴。这是国庆节前的最后一个公休日，竹竿登山队的野爬线路是，从仰口经庙岭口到绵羊河谷下游，蹦河谷上行至绵羊河谷，休闲野餐，烤肉可选。共有30余位队员，其中4位"五顶四瀑"穿越队友参加活动。

早上6点半多，我在江西路车站等公交车时，遇到迷途老羊队友，他是我一位诗友的老同事。我与迷途老羊谈起28日晚上竹竿登山队成立两周年庆典聚会情况，问他是否有时间参加。迷途老羊很高兴，说回家去传媒网跟帖报名。

　　车上的座位大约刚好坐满的样子，大约两站路后，我旁边一位乘客下车，过来一位面熟山友。待他坐定，相问，原来是飓风队的资深驴头野舟横渡。他与我谈到崂山穿越的几条大强度线路，以及老一辈山友对穿越过程的一些约定要求，比如拍照留影、经过著名景点、人数 3 人以上等。谈到崂山的五顶穿越、四瀑穿越、五顶四瀑穿越、大三顶穿越，以及飓风队将要组织的崂山南北大穿越。崂山南北大穿越，从东葛经三标山、劈石口、崂顶到大河东，强度在五顶穿越之上。

　　在李村大石头集合时，遇爱山乐水资深驴头万年青，竹竿大哥、骑马看海与万年青握手寒暄，说到 28 日晚上的聚会情况。在李村集合到 20 多位队友，乘一辆面包车前往仰口。另有多位队员，分乘几辆私家车先行。我到大水渠的时间，是上午 8 点 38 分。

　　竹竿大哥领队，骑马看海、北冥飞鱼收队。一个小时零几分钟后，我与后队到达庙岭口，见一棵高大的野山桑树上，有一个矫健的身影。这天尚志没来爬山，一定是岭南风情了。走近看，果然是。休息几分钟后，上午 10 点 4 分，大队人马离开庙岭口。8 分钟后，在庙岭口与绵羊河谷约 1/3 距离处，左拐进入绵羊河谷的下游河谷。

　　下游河谷水流细小，一看望去，竟看不到流水的影子，也听不到潺潺的水声。硕大滚石，仿佛静止的巨浪。感觉一个人蹦跃行进在滚石之间，就像波浪中起伏的一片秋叶。河谷太长，路险，我从后队赶到前队，与竹竿大哥、岭南风情，3 人分头在前面蹦河谷探路上行。蹦河谷大约 40 分钟，我率先到达绵羊河谷午餐地，这时是上午 11 点 50 分左右。

　　一个超级天然的花岗岩大石桌，10 多位队友在上面野餐。两个炉灶用石板烤肉，两个炉灶煮汤、煮茶。北冥飞鱼、加菲猫各带来一袋海虾，还有蛏子、蛤蜊等。随风而过带来一瓶半斤装酱香型白酒。北冥飞鱼、骑马看海带了几罐青啤。岭南风情等 4 位队友在另一块天然石桌上，现场包水饺。我品尝了一个水饺，味美。现包水饺与石板烤肉相比，是两种风格的美味。

午餐后，顾不上品茶，我加入竹竿大哥、旖旎大海等队友的升级纸牌大战。我方牌势不盛，一位联邦有次抓牌，最大的竟是老K，还要上贡，全场笑倒，允许重新抓牌。大约下午2点30分，参谋长、岭南风情、兔兔等队友离开午餐地返回仰口。大约下午3点20分，收拾牌局，7位队员最后离开午餐地。蹦河谷约10分钟，到达绵羊河谷路口。从庙岭口到大水渠，竹竿大哥带头一路小跑，一位女队员竟能跑着下来。我称奇，问之。她笑言，在群里与我说过话，叫海底水晶，已报名参加国庆8天连登崂山活动。

从庙岭口到大水渠，竹竿大哥、海底水晶、骑马看海用了22分钟，在中途等候后面4位队友几分钟。我到仰口公交车站时，是下午4点40分左右，乘5点的110路公交车返回市区。途中接山友短信、电话，约好在老船夫酒店小聚。晚上10点左右回家，整理、发帖当天照片，直忙到深夜12点左右。

秋分后的第三天休闲野爬，背着沉甸甸的双肩背包，往上蹦河谷探行，确实是一件较为吃力的事。好在3位队友分头寻找，很快到达午餐地。羔羊如来，滚石如过，秋色如染，我心如洗。前两天我在网上读到一篇帖子，谈到人为什么活着的问题，具体写了些什么内容，已忘了。当天，我与文友谈到过这篇文章，谈些什么，也忘了。忘情于文意，忘情于山水，忘情于自然。为什么忘情，是为情在那里吗，为什么爬山，是为山在那里吗？崂山深处，野色纵横。渐来的秋意，渐过的光阴。羔羊滚石，此起彼伏，如来如过，如如善美。

无限风光在险峰

我赞美崂山，崂山有隽永的传奇，我歌唱崂山，崂山有神峻灵秀的美丽。崂山巍然屹立在伟大祖国的海岸线上，眺望沧海，俯瞰桑田。时值新中国 60 岁华诞之年，10 月 6 日，国庆假期第六天，竹竿登山队公开召集岛城强驴，从接近海平面的仰口出发，经庙岭口、滑溜口，穿越崂山三大著名山顶：崂顶、天茶顶、大流顶，让鲜艳的五星红旗，在崂山三大顶上迎风飘扬。

当天上午 7 点 28 分，在李村大石头合影，展开"庆祝建国六十周年/竹竿登山队八天连登崂山"大红横幅，高擎鲜艳的五星红旗。7 点半，准时从李村大石头出发。8 点 20 分前后，70 余位队友从仰口开始登山。主队在上午 9 点零 8 分到达庙岭口，集合到 25 位队员。前队早出发十几分钟，有十几位强驴队友已先行赶路而去。

主队到滑溜口的时间，是上午 10 点 25 分，集合到 18 位队员。主队到北观景台的时间是上午 11 点 16 分，18 位队员全数到达。从仰口到北观景台，行进途中，主队略有等候，主要是等几位女队员。竹竿大哥领队，骑马看海、岭南风情收队，3 人为"五顶四瀑"穿越队友。连续 6 天野爬的队员有 4 人：竹竿大哥、旖旎大海、兔兔、骑马看海。

主队在北观景台合影后，急行军经栈道赶往崂顶坎门。主队到坎门的时间，是上午 11 点 33 分，途中有一位队员掉队。在崂顶坎门，大家展开大红横幅，高擎五星红旗，合影留念。约 10 分钟后，主队赶到八卦池，简单午餐，补充饮水，午餐时间约 17 分钟。之后，经艮门、仙洞、震门赶往巽门下通往子英庵口的岔路口，3 位队员在此分流，包括一位女队员。

主队到子英庵口的时间，是中午 12 点 55 分。途中，清茶崴了脚踝，小龙女片刻为她接好。我问小龙女，是不是专业的。小龙女边走边说，是业余练的。主队到达痴迷石缝的时间，是下午 1 点 30 分左右。为赶时间，我先带几位队员快速攀过石缝，再回头接应几位女队员，有两位女队员是第一次穿三顶。

主队到天茶顶的时间，是下午 1 点 40 分，在天茶顶停留约 8 分钟。在天茶顶，展开大红横幅、高擎五星红旗合影。岭南风情登上石砌哨所屋顶，单臂擎旗，挥摇招展，好个威风。主队 14

位队员中，有 5 位女队员：旖旎大海、兔兔、小龙女、清茶、一隐名队员。

下午 1 点 43 分，竹竿大哥、骑马看海率先到达天泉，遇先行分队 5 位男队友，他们正在天泉石屋前午餐。随后，19 位队友一同赶往八水河。我们到八水河的时间，是下午 3 点零 6 分。在八水河河谷，大家休息约 5 分钟。我们到达先天庵的时间，是下午 3 点 16 分，未停留。到天门后的时间是下午 3 点 43 分，停留两分钟，集合到所有 19 位队员。

我们到大流顶的时间，是下午 4 点 1 分，在大流顶停留约 12 分钟，擎起五星红旗，展开大红横幅，在大流顶的流风中留影。大流顶下有一棵苗榆果树，我得空摘了几颗苗榆果品尝，甜蜜、焕然。

下午 4 点 36 分，我们到南天门，未停留。从南天门经天门涧急行，途中未休息。下午 5 点 26 分，我们到达山下的流清河村。这天穿越大三顶的 19 位队员是：竹竿大哥、骑马看海、旖旎大海、兔兔、岭南风情、小龙女、海的男人、乔风、云飞扬、海军老枪、小牛、清茶、执着、独行山客、乐山水、人生、许山友、一隐名女队员、一隐名男队员。

去年的国庆假期有 7 天，我随竹竿登山队，在连七第四天完成崂山大三顶穿越，当时有 11 位队员完成穿越，其中有两位女队员。当时到达山下的时间，是下午 5 点半左右。今天是新中国成立 60 周年大庆，10 月 1 日在首都北京，举行了盛大的阅兵活动。连八的第六天，70 余位岛城强驴，接连赶到接近海平面的仰口，共登伟大祖国海岸线上第一高峰崂顶，大部分队员在崂顶分流，19 位队员勇穿崂顶、天茶顶、大流顶。五星红旗飘扬在崂山之巅，满怀豪情激昂于行走之中。

我们热爱我们的家园，我们的家园在崂山，我们热爱伟大的祖国，崂山屹立在伟大祖国的海岸线上。行走于山野之间，山野给予我们无私的友爱。山野行走在哪里，天地行走在哪里。时间可有来去或者去来，行走，是从起点到终点还是从终点到起点。

是哲学思路的不同，还是不同的哲学思路，或者都不是，而是善之善在，美之美在，行走之行走在，善美行走而善美行走在。崂山三顶，无限友爱，海天共色，行者慷慨。

金秋山野，觉悟情者

苍穹如盖，碧海如烟，金秋山野，觉悟情者。10月8日星期四，国庆长假第八天，阴历八月二十，寒露节气，晴有少云。竹竿登山队的野爬线路，是从仰口经大水渠、关帝庙、白云洞、明道观、那罗延窟到华严寺停车场。有50余位队员参加活动，其中连续8天爬山的队员有4人，竹竿大哥、旖旎大海、兔兔、骑马看海。

上午8点二十几分，大家分乘两辆包车到达仰口紫薇山庄。之前，笨笨开车与旖旎大海、兔兔先行到达。竹竿大哥领队，骑马看海、岭南风情收队。我走在队尾，遇后面赶来的锻炼登山队众山友，他们去日起石。两队队员混队，我站在岔路口说明所去的方向。先遇到山岗，接遇到锻炼，握手，互致节日问候。

众队员在大水渠合影的时间是上午8点37分左右。10分钟后，我带大部分队员去关帝庙。金秋时节，关帝庙依然是沧桑扑面的模样。我似乎是自言自语说，关帝庙有两处圣迹。有的圣迹留在一个地方等候来者，有的圣迹永藏在相看者的内心深处。在关帝庙院内，我展开一面五星红旗留影。在关帝庙门前，10位年轻女队员，展开一面五星红旗合影。

这条线路有3个文物遗址，三大遗址的院里院外，都有古老苍劲的大树。关帝庙有大槐树、耐冬树、流苏树，白云洞有玉兰树、银杏树、紫薇树，明道观有银杏树、黄杨树、拐枣树。古树在而故人去，秋风凉而行者至，时间生生不息，空间层层相叠。

在海天一览石刻处，停留约5分钟。在白云洞，停留约10分

钟，大家展开"庆祝建国六十周年/竹竿登山队八天连登崂山"大红横幅、高擎五星红旗合影。期间有位女队员，独自去了一趟二仙山。竹竿大哥带前队赶往白云洞河谷。后队速度较慢，前面队员两次迷路。我赶到后队前面带路，由岭南风情收尾，顺利通过密竹林道。从白云洞河谷往上，有个大陡坡，陡坡顶的海拔高度是 580 米，后队的几位女队员速度极慢，我只好赶过前去，到坡顶的眺望台等候。

明道观前大陡坡的海拔高度是 780 米，明道观海拔 640 米。我到明道观的时间是中午 12 点左右。在明道观的古银杏树下，展开大红横幅、五星红旗合影。大部分队员在明道观午餐。10 多位队员前往棋盘石河谷午餐。连八连到第八天，我的肚子老是提前叫饿，看来还是体能的问题。我们饭圈有 5 人，竹竿大哥、旖旎大海、笨笨、兔兔、骑马看海。煮面条、炸酱、咸花生、香菜炒羊肝、辣大肠、老醋木耳、潘家酱牛肉、素木须、八宝酱菜、面饼、罐装青啤，林林总总，大快朵颐。

下午 1 点 50 分左右，大家在明道观集合，经那罗延窟赶往华严寺停车场。在寺门口的东海观音塑像前，展开大红横幅、五星红旗合影，连续 8 天爬崂山活动，至此结束。当晚，4 位完成连八的队友：竹竿大哥、旖旎大海、兔兔、骑马看海，在东晖国际大酒店小聚。这天下午，剑指南天将中国戏剧出版社出版的《月亮在大海燃烧》新书，送到东晖酒店前台，书中有我写的《五顶四瀑春夜宴》、《五顶四瀑穿越记》、《五顶四瀑颁奖记》系列文章。

连八第八天的野爬，穿越崂山三大文物遗址，关帝庙、白云洞、明道观。在华严寺观音菩萨塑像集体合影前，我双手合十，心中默祷，山友合影，有所打扰，望菩萨海涵。由这塑像的名字想来，观音意指慈悲，菩萨意指觉悟情者。对行走者来说，慈悲、觉悟、情感，渐行而渐明。对一个野人来说，还有更多的善美，渐明而渐行。苍穹如盖，碧海如烟，起伏的道路，浸染的层林，过去的梦境，如来的飞影。

天茶顶的痴迷石缝

金秋 10 月看苍茫，痴迷石缝有柔肠，海空辽阔怎相连，天茶顶上意彷徨。天茶顶的旁边，有道一线天的石缝，很难攀登，那石缝连接着天茶顶与崂顶间的近途。曾经听零点队的乱乱大哥讲过，那石缝是一位山友在去年早春之前发现的，那位山友的网名我已忘了。也许，很久前更原始的山友发现过，早年驻守天茶顶的解放军战士发现过，但已无从考证。

去年 3 月 8 日，我第一次随竹竿帮野爬，走的是南天门、天茶顶、长岭一线。我们到达天茶顶哨所，没听谁说起那个神奇的石缝。去年 5 月 1 日，我随竹竿帮穿越崂顶、天茶顶，第一次经过天茶顶的神奇石缝。当晚我写了一篇游记——《崂山之巅，谁为情种》，文章中，我把那石缝称为痴迷石缝。之前，我曾迷恋于一个童话小说的创作，题目是《自由的怜悯之猫猫流浪记》，童话小说中有一条痴迷山谷，连接着童话小说中的万象群山。

第一次穿越痴迷石缝，我与大部分队员一样，搜着宽边拉绳攀上去。后来世界的边说，可以徒手攀上去。去年国庆假期有 7 天，我随竹竿帮，连续 7 天野爬崂山，在连七第四天的 10 月 2 日，完成大三顶穿越，我徒手攀过石缝。当晚，我写了游记《三顶礼赞》。去年深秋，我与众山友第二次穿越崂山三顶，从寨上出发，俗称小三顶穿越，第三次经过天茶顶的痴迷石缝。那天的穿越，我写了游记《深秋三顶穿越记》

今年我与竹竿队队友，3 月 14 日完成崂山五顶穿越，3 月 28 日完成五顶四瀑穿越，5 月 1 日完成大三顶穿越，国庆连八，第二天完成小三顶穿越，第六天完成大三顶穿越，自然都经过了痴迷石缝。今年 5 月 1 日那次，发现痴迷石缝有了一个窄洞，有些

队友，从下面的窄洞钻了过去。

今天我与60余位山友，走泉心河、牧场、子英庵口、天茶顶、天泉、明霞洞一线。我到痴迷石缝前的时间，是中午12点20分左右。尚志、老狼带前队正在穿越石缝，竹竿大哥、骑马看海（我）带后队赶上。此行有大半队员，是第一次穿越石缝。我在途中笑说，首次穿越痴迷石缝，是登山活动中的一个升华。幸好没人当场问我，为什么升华怎么样升华的问题。不然我又陷入哲学话题的海洋了。

中午12点半，我到达天茶顶哨所，比预想的时间要快。穿越痴迷石缝前，我想钻次窄洞体验下，待到跟前，还是麻利地攀上去了。途中，竹竿大哥对身旁第一次穿越石缝的队员，笑说起爬山的升华问题，我跟着笑了。升华是个什么问题呢，我想升华应该是个哲学问题。曾经，同行业的朋友聚会，都说实在话。一位朋友有个观点说，丈母娘也是娘。很多人不赞同，说娘是娘，丈母娘是丈母娘。话题转到我，我简说，马非白马，白马非马，娘不是丈母娘，但在特定情况下，可以有感情的升华，升华以后，丈母娘也是娘。至于怎么个升华，为什么升华，事后我想，可能与类似爬山的道理有关。

这天有深湛的蓝空，这天有波浪般透明的风影。金秋10月，层林尽染，万千思绪，行走则个。天茶顶的痴迷石缝，以其相连相通存在着；天茶顶的痴迷石缝，以其相往相来幻变着。行走的山友，穿行于这相连相通的缝隙里，何为沧海，何为桑田，相遇、相感、相化而已。骑马看海（若风）说：行走何在，行走在于升华，痴迷何在，痴迷在于升华。

深拥山海秋

深深一次呼吸，深深一眼凝望，深深一个拥抱，深深融入山海相连的秋色里。我从哪里来，我到哪里去，我是谁，所有疑问，需要一个自然贴切的不是回答的回答。秋风黄马，海碧山苍，蓝烟郐寰，红叶斑斓。这天上午，我与70余位山友一道，经庙岭口、三将军山探行。上攀下探，宛如沧海中的巨浪，曲径通幽，又似柳暗中的花明。

一次迷离休闲游，引多位久不爬山的美女队员出来爬山，行进的速度可想而知。前队左等右等，我与后队才赶到庙岭口。途中我与一位小伙子队员，替3位女队员背过背包，有位女队员，替一位初次野爬的男队员背过背包。有位女队员今年第一次爬山，累得不想要自己的背包了。我对她笑说，一次只能帮着背5分钟包，爬山不累有啥意思。

从大水渠到庙岭口，我用了约58分钟，最后3位队员多用了十几分钟。路遇两支登山队，我领后队赶进，秋季凉爽，速度不算快。我在庙岭口等候十几分钟，等到跟上来的所有队员，有3位队员在不到庙岭山1/3处原路返回。

庙岭口共有3支登山队伍，我们先行在庙岭口集合，合影后整队出发。尚志、兔兔带队，竹竿大哥、骑马看海收队，大家沿一陡峭山道，向三将军山方向攀爬而去。一条陌生的山道，四处相似的山色，只是以前是从彼处看此处，这天是从此处看彼处了。高耸的三将军山峰，可看而不可攀。朦胧的大海，朦胧地在海面上奔跑的阳光。奇石异景，掩映在山海秋色中，浑然而然。

有的阳光从远处的海面折射而来，有的阳光从草木枝叶上弹跳而来，有的阳光在高大的岩石上停留，有的阳光在莫名的梦境中冥想。越过三将军山，沿一陡峭的山坡下行，后队逐渐与前队拉开距离。灌木丛生，山石横亘，路迹迷离。我在后队的前面辨析路径，走出一小段，再等候。这些空隙中的时间，让我得空领略四周山峰上的奇异景色。

一块与四周石色不同的立石，好似崂山绿石的浅色。远看像一位在殿堂高台上站立的古代文臣，近看像一位披甲的古代武将，再近些看，又像未来世界的宇宙战士了。我在端详那块淡绿

色的站立人形石时，回看到身后一处奇异的连架巨石，架构粗犷，联想恣意，洞天圆润，若有遐思。

沿三将军山下的大陡坡下行，到前队午餐的超级大石台，我与后队用了40余分钟。超级大石台，能容50多人同时午餐。站在超级大石台上，前眺仰口海滩，后看奇峰异石与斑斓的秋林。微风飘过，如熏如醉，疾风袭来，万木潇潇。这是怎样的野秋，这是怎样的浸染。当我站在高处的山道上，第一眼看到超级大石台，以及石台四周斑斓的秋色。我激动地大喊，我要拥抱大海，我要拥抱秋天。

在超级大石台上，我们午餐一个小时左右，大约中午12点，我们离开超级大石台，沿山林间小径行约10分钟，进入仰口景区。大部分队员穿越景区到仰口公交车站。20余队员分3队，游览了觅天洞、天苑、混元石等处，拍了不少精美的照片。我与5位后队队员，最后到仰口公交车站的时间，是下午3点左右。

阴历九月初一这天，我与众山友走了一条新的线路。线路的开始一段，我经过多次，线路的最后一段，我也经过多次。深深呼吸，深深相看，深深拥抱。山海相连野秋色，超级石台大饭桌，奇石异景藏幽处，从来自在遇行者。相看明空色，深拥山海秋。一个时间在另一个时间里生出，一个梦境在另一个梦境中出现。

千红飞渡小鹰黄

秋色无边秋彷徨，花花浪外绕山岗，大平台旁芦花白，青峰顶上风飘荡。伟人石像艳阳金，水库大鱼碧月光，蜿蜒峻嶒寨青顶，千红飞渡小鹰黄。10月24日，霜降节气后第一天，晴有薄云。竹竿登山队这天的野爬线路，是穿越青峰顶、小崂顶（寨青顶）。

上午 8 点 20 分，80 余位队员，分乘 3 辆包车、一辆越野车至神清园。沿山间小道急行军，转过几个山岗到花花浪岔路口，用时约一个小时。大部分队员从路口直接去青峰顶前的大平台。10 余位队员分流经花花浪、燕石村返回。我带兔兔、一隐名男队员去花花浪，来回用时约 15 分钟。

我到大平台的时间是上午 10 点。竹竿大哥、海军老枪、兔兔、淡若茶香等队员留在大平台。我与乐山者、笨笨、幸福女人等队员去青峰顶。20 分钟左右，我返回大平台，等到玄易、参谋长等。玄易带上来 3 位女队员，3 位女队员当面感谢他，我为 4 人拍了合影。大约上午 10 点 30 分，大队人马离开大平台。

沿水泥盘山公路前行约 5 分钟，观瞻石像，一边走一边探讨观瞻的最佳角度。从大平台到柳树台，用了大约 23 分钟。在柳树台，10 余位队员分流去北九水。从柳树台到大石村，用了约一个小时。在大石村，10 余位队员直接沿公路去汉河。从大平台到大石村一路，走的全是水泥公路。途经大石村水库时，竹竿大哥带领的前队队员，看到水库岸边有一尾几十斤重的大鱼。大石村水库的水位很浅，不知那大鱼是被网上来的，还是自个跳上岸来的。秋季久旱，上周经过泉心河时，泉心河水库已经滴水无存。

中午 12 点半左右，在鹅涧通往小崂顶岔路口不远的小河谷午餐。笨笨特意带来苏州陆稿荐的酱汁肉、咸水鹅，酱汁肉、咸水鹅各装一个小饭盒，酱汁肉若含桃花胭脂的浅色，咸水鹅似有高原野牛的劲道。胭脂花色，千里野牛，想起从前苏州的一些印象，心有所动。午餐约 50 分钟，我们到达通往小崂顶的岔路口时，是下午 1 点 26 分左右。到达小崂顶主峰的时间，是下午 2 点 10 分左右。一位女队员在到小崂顶主峰前，精神近乎崩溃，我连哄带劝，鼓励她前行。她随我攀过一道山梁，看到主峰近在眼前，方才定下心来。

小崂顶的山道蜿蜒，山势崚嶒，相比崂顶，玲珑另有，气度不足。很多队友是第一次来小崂顶，在小崂顶，我们停留了约 15

分钟。从小崂顶到汉河，用了约两个小时。下山途中，路遇一只受困的小鹰，它被一张很大的鸟网缠住了，我与队友小心地清理缠网，解救了小鹰。开始时我救鹰心切，右手食指被那小鹰的爪子划破，当时见有星点血迹，下山时再看，却无从寻找了。

那小鹰有成年喜鹊或者鸽子般大小，素毳苍翎，喙黑爪黄，眼圈与鼻梁也是纯正的黄色。从前，我见画面上的鹰眼，感觉那眼圈的黄色略有单调，也形容不出那是怎样的黄色。这次，我在山中偶遇这只受困的小鹰，我想它眼圈的黄色，就叫鹰黄色吧。那小鹰是哪一个种类的鹰，山鹰、隼鹰、苍鹰、鸶鹰，已经无关斑斓的秋染了。

这天线路的大半程，有石阶路与水泥公路，可随选花花浪、柳树台、大石村 3 个分流处，毫无迷途之忧。从神清园到大平台，前队无等候。在大平台，前队停留约 40 分钟。之后，一鼓作气赶到大石村。从青峰顶到小崂顶，是崂山五顶穿越中的后半程路途，若从燕石村开始野爬，时间更有宽裕。

深秋里的行走，深秋里的相遇，深秋里的风景，深秋里的寂静。小鹰有鹰黄的眼圈，小鹰有飞黄的趾爪。小鹰在崂山的坡口停留，小鹰在深秋与我相遇。小鹰有稚色宁静的眼神，小鹰是否看到近处的别物，小鹰的飞翔是否在别物的想象之外。我看此在的深秋，层林尽染，千红飞渡，举目寥廓，天外飞天。

长天秋水仙胎鱼

前一天晚上，有位朋友短信对我说，借用了我文章中的一部分给学生做家乡美展示。我问是哪篇文章。她说，写那个什么仙胎鱼的，因为很新奇，可是她也不知有没有这种鱼。结果一群人受到蛊惑要去找仙胎鱼，找了一天，都没找到。我安慰说，以前有过，以后也会有，现在有没有我也不知道。当时我想，明天的野爬线路，是从寨上经蝴蝶泉到北九水，我要去蝴蝶泉河谷的仙胎潭瞧瞧，还有没有仙胎鱼。

这天是周日，霜降后第二天，晴有薄云。我与120余位山友，分乘4辆大、中型包车，早晨7点40分从李村出发，上午8点20分左右先后到寨上村前下车。在寨上村，我与几位队友，各买了带缨的寨上大萝卜，两块钱一个。经过寨上村后坡，90余位队员随主队沿军用公路到黑风口。20余位队员随分队经长涧到黑风口。

秋高气爽，秋色斑斓。在走军用公路途中，我遇到一棵挂满粉红果实的苗榆果树，可惜崂山久旱，那些苗榆果，只有十之一二可食。若有一场雨雪的滋润，更多的苗榆果都会变成美味。挑选品尝过苗榆果后不久，我与旖旎大海、兔兔、萧雨及另3名女队友两名男队友，分享了我带的寨上村大萝卜。大萝卜清脆滋美，从头到尾被大家品味。

小龙女母女，去年10月2日跟我们穿三顶，出发不久就掉队了。那天有30余位队员参加活动，只有11人完成穿越。小龙女写过一篇游记，前一天怎么精心准备，爬山时又怎么跟不上前队的。一晃一年过去了，我们在这天的活动中相会。这次小龙女母女带了一条白色的宠物小狗狗。听说小狗狗很内向，但爬起山来毫不见外，一路跑在小龙女的前面。

在军用公路5500米处休息时，梦想成真从背包里掏出一瓶法国荔枝酒，转移到我的背包里。后来这瓶荔枝酒，午餐时被10余位山友分享。我快到长涧通往军用公路的出口时，玄易与我电话联系，他们比我们后队慢几分钟。我让先到军用公路的两位长涧分队队员在路口等候，我放慢步伐，沿途多拍了些照片。

我到黑风口的时间是上午10点26分左右。之后看见海军老枪，他独自从大河东出发，赶来黑风口与主队会合。在小石桥休息时，竹竿大哥与大家商议，因天旱缺水，主队不去飞龙瀑，改为在蝴蝶泉河谷午餐，经北九水返回。在大家商议时，我没停住

脚步，边说边往仙胎潭方向赶去。我对身旁队友说，我先去河谷拍些照片。我不说去看仙胎鱼，我怕在那里见不到仙胎鱼。

我第一个赶到仙胎潭，仙胎潭的潭水不到一半。若不是上流一条不易发现的细小溪流，仙胎潭就是一个半大的积水湾了。原先通往下游的水道已然干涸，里面垒了个1米多高的石灶，内有燃烧树枝的痕迹，肯定不是驴友所为。仙胎潭里漂了些五颜六色的树叶，有的如同花瓣一般。在水潭旁，有两根粗长的树枝，一头烧得焦黑。还有一团白色的网状物，近看是一个白色纱网的蚊帐，用4根小树枝绑着，想必是个简易的渔网。

看到这里，我想仙胎潭里的仙胎鱼，不久前会经历一场怎样的劫难呢，仙胎潭里还有仙胎鱼吗？我走近漂着斑斓落叶的水潭，从斑斓的宽宽窄窄的缝隙里看去。我看到了，仙胎鱼，很多的仙胎鱼，一手掌多长的仙胎鱼有数十条，半大长的有数十条，更多半寸长短的，怎么也有上百条了。仙胎鱼自由自在的样子，没有躲避我，也许它们已然知道，我是怎样的心意了。

以前潭水流溢时，潭水中央有些淡翠的色彩，微荡的涟漪，让人看不清潭底的模样。如今的潭水不到一半，潭底的模样朗然。我伸手划动水面，让斑斓的落叶漂开一些。那些仙胎鱼转了半个圈子，又游近我的面前。我看到，潭底有高低不平的石块，有些仙胎鱼就在那些石块缝隙里穿游。我明白了，仙胎鱼若真有灵性，人们是很难捉到它的，除非它愿意让你捉到它。这些石缝里的潭水，可能连通更多地方的潭水，可能连通大海，可能连通任何可以想象到的地方。

后来，我在主队午餐的下游河谷的溪水湾中，发现几条很小的仙胎鱼，那几条仙胎鱼很胆怯，在石缝里躲来躲去的。后来，主队赶往北九水，我独自去了趟蝴蝶泉。蝴蝶泉里的水比仙胎潭要深很多，石缝也大，但是仙胎鱼不多。有几条大点的仙胎鱼，始终躲在石缝的阴影里，我跺了几脚石壁，那些阴影里的仙胎鱼不为所动。有几条半大的仙胎鱼，倒是自由自在来去着，我只好拍下几个镜头，离开蝴蝶泉，追赶前队而去。

不久我追上前队，我和身旁山友，谈起一些仙胎鱼的事。有时我似自言自语说，前两次来这儿我没发现仙胎鱼，这次来这儿又发现从前的仙胎鱼，仙胎鱼难道死而复生了吗？仙胎鱼有大有小，难道一年几季都能繁殖了吗？以前遭人劫掠过的仙胎鱼，难道只劫掠了它的肉体而那灵魂又借助什么复活了吗？不知对谁所言，不知所来谁答。

曾经，有一个奇特的梦境，曾经的往后，是否有一个梦境中的梦境，我不知道。想起昨晚与朋友的短信对答，想起仙胎鱼，一时竟然语噎。这是怎样的斑斓，这是怎样的相看，秋风时密时疏，秋风浩荡而无形，秋风从野山野水间穿过。

天心池游记

天心池，是崂山东麓日起石峰顶上一个心形水池，面积有两张乒乓球台大小，据说池底水深有 1 米半左右，常年不涸。自今年春天，零点队山友登上日起石，贴出大量天心池的照片以来，天心池引起众多岛城驴友的关注。日起石峰高路险，有的石壁很难徒手攀登，天心池在一绝壁崮顶上，藏晶莹碧波于巍巍峣峣中，纳悬天泉水于气息交感处，窈窕捉摸，不胜形容。

11 月 8 日星期天，早晨大雾，能见度只有三五米远。我乘坐的出租车驾驶员说，雾太大，本想歇一阵，更不想去远处。我只好请他将我拉到公交车站，转乘公交车前往李村大石头。雾大，很多队员迟到。大约 7 点 50 分，竹竿队队员分乘 4 辆包车前往仰口。在仰口，遇零点队总领队乱乱，他带新启点队去泉心河。之前，去过天心池的老驴山友对我说，天心池太险，一次最多上 20人左右为好。

上午 9 点 9 分，竹竿登山队 100 余位队员在长岭村下车，竹

竿大哥领队，岭南风情带队，尚志收队。上午 9 点 36 分，我与大家在一开阔山坡合影后，便与几位队友，先行赶往日起石。在狮子石前，前队集合到 10 位队友，但没人上过日起石。这次活动人多，还有两个小孩队员，没有分组。根据老驴山友的告诫，我想拉开队伍，分组上天心池为妥。凭着对山友以前照片的记忆，以及路旁五颜六色的路条，探行顺利。我到日起石峰下时，是上午 11 点。左拐沿石缝处下一石洞，前行五六分钟，遇一棵挂满红果的苗榆果树，在那里休息片刻。几分钟后，遇即墨飞扬登山队，带队山友是毛毛 Q 的朋友，大约 20 人，正拉着绳子攀爬一处石壁。

之前听岭南风情说，可以不用拉绳上去，但我们前队没找到那个山洞。当时我见过那个洞口，我让小伙子队员去看看情况。他简单看了看说，山洞可能通不到上面。3 位小伙子队员从旁边的大石头上攀爬上去，没有借助拉绳。我与其他队友，借助飞扬队的拉绳攀爬上去。回头一望，看到元宝石，惊喜，可惜没有时间去近距离接触。在元宝石前，我为旖旎大海、笨笨拍了个照。之后穿过一个窄长的石缝，这石缝，比天茶顶的痴迷石缝要窄要长，略微体胖的人很难通过。

前行分队中有 3 位女队员，其中一位女队员，刚开广交会回来，体能尚未恢复，好胜来看天心池，从攀爬日起石开始，我一路照顾着她。本身我有些恐高，之前有山友几次约我来看天心池，我以恐高为由谢绝了。夏天时，尚志、齐福等山友来过日起石，但没上天心池。这次 100 余位队员，听说只有岭南风情上过天心池。

日起石上，高高低低的圆石崮顶有多处，形状不一的水池也有多处，最大的心形水池在主崮顶的北侧，近看是墨绿色的，菠菜汤一样，远看是一湾清水，如若悬泉，流溢着细微的波光。我到天心池旁的时间，是上午 11 点 50 分左右，在天心池，我为几位女队员拍了照片，又为部分山友拍了合影。中午 12 点左右，竹竿大哥、过客李林、兔兔、酷儿、海底水晶、幸福女人、清茶等 10 多位队友到达天心池。这时日起石的崮顶周围，涌来时浓时淡的山雾，风渐大，为安全计，我们赶忙撤离。

我离开天心池时，清茶等山友还在那里，我到陡峭石壁前，尚志攀爬上来，问我怎么去天心池。我站在陡峭石壁上，看到崮顶下有近百位山友，心想体能好的都上来了，我都爬得双腿发软，体能弱的最好别上了。竹竿大哥当即说全撤。我对石壁下的山友喊，天心池有雾，石头滑，不要上了。岭南风情执意要带一些队员上去。我多说几句话，劝住一些队员。体能好的不用说，攀爬上去就是。之后我与大部分队员，随竹竿大哥穿过窄长石缝下山。大约 10 多位队员，在岭南风情的帮助下上了天心池。

半个小时后，我们到达日起石峰下，准备在高石屋午餐，并等候后队队员。途中不时有大雾漫来，有一阵子，那大雾把整个日起石峰顶都笼罩起来，我担心日起石上的山友，是否全部回到安全地带。午餐地点有很多平整的大小石头，我们饭圈有 10 位山友，菜肴丰盛，小酒随饮。大约下午 2 点 5 分，我们离开午餐地。大约下午 3 点 50 分，全体队员安全返回长岭车站，分乘 3 辆包车返回李村。

在天心池，我对身旁几位山友说，今年 3 月 8 日，零点队的风水二人组山友，重新发现这里时，为这个水池起名天女池，纪念三八妇女节。后来接受上山虎山友建议，把这里定名为天心池。有人说这里是崂山之心，就有点言过了。后来一位山友称这里为泉心池，我说也有道理，因为日起石旁边就是泉心河，崂山矿泉水的商标，就是日起石的侧影形象。在天心池上，我特意为10 位女山友拍了合影。

立冬节气后的第一天，这天早晨有弥天的大雾，这天上午有蔚蓝的天空。我克服自己的恐高心理，带着 9 位前队队员，一边探路，一边思虑，第一次登上日起石，第一次看到天心池。我不想在那里停留多长时间，甚至早晨大雾弥漫时，我都没想要攀爬日起石，别说再上天心池了。后来，我受到同行女队员和小伙子队员的影响，一鼓作气，蹦石头，钻石缝，恍然惚然，飘飘然，

荡荡然，匆忙间来到天心池旁。几乎是意料之外的相遇，天心池，在一个名物相杂的野山顶上，有些无辜的样子，天心池，若是一杯美酒，可否一饮而尽，若是一只蝴蝶，可否自在飞翔。

追看雾凇雪影的云空

初冬的晴空有柔软的云朵，云朵有无常变幻的面容，有时是毛绒绒的灰色，有时是毛绒绒的白色，有时是苍苍茫茫的勾勒涂抹。我在崂山脚下，眺望那无尽的云空，我想，市区昨天下雨，崂山昨天降雪，如今雨雪已去，此行可否遇看崂顶洁白的雪影呢。

11月14日星期六，立冬后第七天，晴有多云。我与60余位山友，上午8点15分，乘包车到达寨上村前，计划中的野爬线路是，从寨上经长涧、黑风口、崂顶五峰仙馆、崂顶巽门、子英庵口、天泉、上清宫到龙潭瀑，线路较长，有几处分流地点。竹竿大哥领队，骑马看海、北冥飞鱼收队。

才到长涧入口，一位女队员体能不支，问之，说是初次野爬，未吃早餐。老狼拿出巧克力给她，待她吃过后，我让她原路返回。这时，后队还有一位久不爬山的身着红衣的女队员，她脖下挂着一个大相机，行进缓慢。我接过她的背包，一直替她背到军用山洞，途中遇传媒网色行天下的笨笨驴等4位山友。我到军用山洞的时间，是上午9点25分左右，前队在那里等候我们。在军用山洞前的小开阔地，我停留十几分钟，前队停留时间更久。

离开军用山洞上行不久，在一坡口处，看到远山上的雾凇。快到军用公路时，红衣女队员惊说，她的太阳镜丢了。我细问。她说在军用山洞合影时还在。我想她的太阳镜很好看，或者价格不菲，或者是友人所赠，或者有别的纪念意义。我安慰她说，前面不远是军用公路，你沿公路慢行，我去找那太阳镜。我匆忙返回，途中遇 10 多位别的队伍的山友。问之。答曰均未看到那太阳镜。我只好一路赶回到军用山洞洞口处。在那里，遇到一位相熟女队员。她说起床晚了，没跟上我们，只好跟别的队伍前来。

我带女队员往军用公路赶去，途中看到坡口旁的雾凇，她很兴奋。在对讲机里我对竹竿大哥说，没找到太阳镜，但找到一位戴眼镜的美女，我带她来了。我到黑风口的时间，是上午 10 点 40 分左右，找太阳镜用了半个多小时。黑风口有一位执勤的年轻护林员，热情与我俩打招呼。

过虔女峰石刻后，军用公路旁就是雾凇的世界了。那洁白的雾凇，停留在落叶松树、青松树、红槐灌木、山苇子、无名草木等高高低低的枝叶上，似冰非冰，似雪非雪，有雪的影子，有冰的灵魂，而在晴朗的空中，风卷着白云灰云，飘飘洒洒，无限惆怅。我在这洁白的幻影中穿行，前队不时用对讲机询问我的方位，我一边赶路，一边抓紧拍些雾凇的镜头。在崂顶五峰仙馆前，我先追上前队，又等后面队员。我到五峰仙馆的时间，是上午 11 点 12 分。

崂顶是分流地点之一。前队在五峰仙馆等候太久，有数位老驴队友，先行往朱雀石方向赶去。在铁索桥上，我为队友拍了些合影，途中再未停留。我到朱雀石的时间，是上午 11 点 40 分左右。大家在朱雀石商议，因时间问题，此行不去天泉，改走天地淳和，在天地淳和前的河谷午餐后，经天地淳和去砖塔岭车站，乘公交车返回市区。我带未上过灵旗峰的 10 多位队员，专门上了一趟灵旗峰。

我到灵旗峰前的巽门时，是上午 11 点 50 分左右，在巽门等候后面队友几分钟。我到灵旗峰是中午 12 点左右。大家在灵旗峰游览约 10 分钟，经铁梯子返回朱雀石，未停留，直接去河谷午餐地。我到河谷午餐地的时间，是中午 12 点 56 分，我先拍了一张跃龙峰上雎鸠石的远影，这处河谷，我在今年端午节那天来过，我称它为雎鸠河谷。

午餐到下午 1 点 40 分左右，我们后队 3 个队友，先品尝了兔

兔煮的热汤馄饨，味美。潇潇带了女儿红即墨老酒，我带了小烧酒，竹竿大哥煮了面条，幸福女人饭圈煮了两锅丸子、鸡蛋、紫菜混合汤，潇潇煮了白菜、比管混合汤，其他菜肴丰富，品尝多样。红衣女队员带了两袋香肠，开始我没让打开。我到天地淳和的时间，是下午2点二十几分。

在天地淳和，略作停留。我看到远处草地上有只大花猫，我跑过去为它拍照，可惜相机供电不足。大花猫冲我喵喵叫着，毫不见外，一步步追着我的镜头让我后退。我知道大花猫饿了。这么冷的天，虽然晴空中的云色，茸茸的灰色是大花猫的灰色，茸茸的白色是大花猫的白色，大花猫还是饿了。红衣女队员的背包里有香肠，她离我和大花猫有10余米远。试了两次，相机电池仍然帮不上忙。我停下步子，站起身来招呼红衣女队员。北冥飞鱼拿来一个红烧鸡翅，放在大花猫面前。我找出一根大香肠，掰成3块，放到大花猫的面前。大花猫先吃香肠，后吃鸡翅，忘然天地的样子。我们悄悄离开了。

离开天地淳和不久，竹竿大哥对我说，他看到我和大花猫了。之前在自然碑，他们前队遇到一只小花猫，是只还没断奶的小花猫。喵喵待哺的小花猫，怎会独自待在自然碑那样的地方呢？竹竿大哥把自己的手套交给炭王队友，让炭王抱着小花猫赶到山下，找一个安全的地方或者人家。从天地淳和到砖塔岭车站，我用了大约一小时零十几分钟。经烟云涧村，先遇两棵大银杏树，再遇一棵大银杏树，两棵树叶是淡黄色的，一棵树叶是淡绿色的。

初冬的崂顶，淡淡的遇感。芦苇摇曳的一天，雾凇雪影的一天，灰云白云的一天，铁索桥铁梯子的一天，朱雀石灵旗峰的一天，红飘带红枫叶的一天，小花猫大花猫的一天。崂顶的季节，一面如是深冬，一面似是深秋，更深的深处有什么季节，有什么欲想，有什么升华。追看雾凇雪影的云空，随想大小花猫的身形，有常无常。千年一年，万马一马，却想，天地悠悠，怆然涕下，但为哪般深情所染。

初冬品蟹记

初冬时节，崂山下了几回小到中雪。周日这天我与众山友野爬崂山，风雪间歇时在山上午餐，午餐中飞雪又来，疾风劲舞，冰芒纷扬。午餐意犹未尽，当晚，几位文友相约，在崂山人家饭店，品尝友人送来的太湖大闸蟹。俗话讲三人为众，三口为品，这晚我们3位文友，面对8只太湖来的肥蟹，配几样崂山小菜，烫一壶10年陈酿的即墨老酒，把那无边的风花雪月，款款斟酌，娓娓道来。

庄子《逍遥游》里写："藐姑射之山，有神人居焉，肌肤若冰雪，绰约若处子，不食五谷，吸风饮露，乘云气，御飞龙，而游乎四海之外。"文人骚客，野人驴友，比起那神人仙子来，自是有天上人间的时空距离。好在，神人仙人的放浪形骸，与文人骚客的浪漫情怀，皆有相同的只可意会不可言传处。

送螃蟹的文友说，这时是太湖大闸蟹最肥的季节，据说天下名蟹，湖蟹排第一，河蟹第二，海蟹第八。我笑问，那第三到第七排名的是哪些蟹呢。她笑答，暂时忘了，今天的蟹每个均有3两至3两半重，是太湖蟹中的上品，嘿嘿。我看着那苍爪黄壳的大蟹，拿在手里一掂，热乎乎、沉甸甸的，蟹黄饱满，蟹香飘溢。以镇江香醋泡鲜姜丝为作料，以陈年佳酿老酒为伴饮，正当时日的大闸蟹，确实当得蟹中的上品了。

我对蟹知之甚少，有时遇到品尝，因食之费时而匆忙了之。以前，留意过青岛石甲红海蟹、莱州梭子海蟹，美味大同小异。至于湖蟹、河蟹，我分不出来，也许未逢肥美时节，也许心有旁骛，也许那时，对风花雪月的感觉，没有什么真切的认识吧。席间一位文友说，最好的螃蟹，据说是广州珠江口的黄油蟹，可是

没有见过。品过大半只的太湖大闸蟹，我已彷然徨然，满口溢香，望影饫餍，不知所在青岛，还是所在太湖了。

其实所在哪里并不重要，重要的是，以文会友，以山会友，以大千世界会大千世界，真情所至，百花盛开。曾经，有一个关于"五顶四瀑"的传说，曾经有一个关于野爬的故事，什么是我的表象，我是何处的风景，一风一花，一雪一月，一前世一后生，一忽然一追想。太湖的湖水，青岛的海水，相遇的不同或者相同的时空。

想来，太湖大闸蟹中的上品，算是大闸蟹中的名蟹了，若同，百花中特别红艳的一朵，月色中特别销魂的一瞬，相遇相融，相感相忆。庄子《齐物论》里写："非彼无我，非我无所取。"谈到对象物与对应面的问题，当然这是一个哲学问题。遇雪崂山的白天，彩灯璀璨的夜晚，3位文友相约，品时令的太湖大闸蟹，饮10年酿的即墨老酒，不在名物，而在相遇时畅言的情景。

徜若以蟹喻物，那物不过是两只蟹子而已，一只是梦中的蟹子，一只是做梦的蟹子。为情所困者，被情所感者，往复徊徨，一条一伸一缩的蟹足而已。蟹子在梦中飞翔，蟹子有一个浪漫飞翔的梦，蟹子在崂山看到雪影雾凇，蟹子在滑溜口与冬雪共舞。初冬时节，蟹子来了，飞过五湖四海，穿越万水千山，月明心朗，赶赴一个梦中的约会。

崂山飞雪百千来

崂山飞雪百千来，漫卷红尘一与二，虬龙白象多寂寞，玉洁冰清无从猜。11月15日星期天，仰口晴，庙岭口晴，石镝庵晴，引点遇雪，落叶松密林雪大，滑溜口风雪交加。在无名河谷午餐，午餐中间，飞雪疾来。约半小时风雪后，众山友散撤。几分钟后到蔚竹庵，天色放晴，阳光洒在冬雪斑驳的石阶路上，仿佛一个远方来的游客。

这天有 60 余位队员参加活动，竹竿大哥领队，骑马看海、岭南风情收队。上午 8 点 30 分左右，大家在大水渠合影后向庙岭口进发。我与岭南风情在大水渠，等候刚乘私家车赶到紫薇山庄的一位女队员。约 10 分钟后，迟到女队员赶到大水渠，都是老驴，很快赶上前面的队员。我走在队伍最后，遇到返回来的两位年轻女队员，一位女队员体能不支，她说她是第二次原路返回了。我耐心对她说，跟我到庙岭口，看情况再说。

上午 9 点 45 分，我带两位女队员赶到庙岭口。途中一位男队员加入队列，庙岭口加入两位男队员，共 6 人组成后队，经庙岭林场 D 点，追赶竹竿大哥带领的前队。过 D 点后，我自己加速向前，大约 10 点 5 分，追上前面的 3 位女队员。7 分钟后，到达石嶂庵。据说石嶂庵是崂山最小的庵，庵房差不多一人高，纵深约有两大步，我不远不近看了几眼，往前赶路而去。几分钟后，见到在大石坡前等候的竹竿主队。

我在大石坡附近停留了约 15 分钟，最后两位女队员，比我晚到约 10 分钟的样子。大石坡前有一棵挂满红果的苗榆果树，前期天旱，苗榆果水分太少，好看不好吃。离开大石坡后，在落叶松密林中前行十几分钟，天空飘下细白的雪沙，开始零星，后来密集，十几分钟后，就有了林海雪原的感觉。上午 11 点 15 分左右，我与后队队员，遇到在前面路旁等候的岭南风情，他没戴帽子，雪沙已把他的头发染得花白。岭南风情、南方局、我，冒雪为部分队友拍了照片。

风雪交加的滑溜口，就像电影里的风雪情景一样，狂风漫卷，飞雪劲舞，冰凉的雪沙打在脸上沙沙作响。我和岭南风情在滑溜口集合到所有后队队员后，带领大家向北九水方向赶去。前方已无迷途之忧，我越过队友，冒雪向山下飞奔。直到追上前队的两位饭圈队友，才放慢速度。不久，岭南风情飞身前来，越过我们向前赶去。

大约中午 12 点 10 分，我赶到无名河谷午餐地。竹竿大哥、旖旎大海、蓝玫、海底水晶、岭南风情等队员在准备午餐。不久，又有 20 多位队员赶到午餐河谷，一些队员到前面景区午餐，一些队员直奔到车站乘车。大家在无名河谷午餐地，煮水饺，煮馄饨，煮面条，煮菜汤，煮丸子汤、煮羊肉，煮其他，热气腾腾，就像过年一般。不料，半个小时后，大约 12 点 40 分左右，风雪渐来渐大，打伞都挡不住。大约半小时的疾风劲雪，把大多数队员的午餐热情，全刮跑了。听一位后到午餐河谷的女队员说，他们饭圈本想煮两锅馄饨，冒着风雪只煮了一锅。

我离开午餐河谷的时间，是下午 1 点零几分，风势略减，雪仍在下着。几分钟后赶到蔚竹庵，雪停了，不久，一缕缕金色的阳光，已自由自在地在山林间穿行。一小时后，全体队员到达北九水公交车站，乘坐包车返回李村。

从蔚竹庵到二龙门途中，遇见多棵高大的挂满红果的苗榆果树，那些在寒风中挺立的红彤彤的苗榆果，仿佛苍茫中的情缘，如同寒冬里的薪火，好像旅途中的驿站，又似飞雪中的红尘。来到山下，飞雪无踪，好像曾经的飞雪，只是一场想当然的艳遇而已。那些虬龙白象，那些草木枝叶，那些风景，那些无猜。

文学的阳光

曾经有一个梦境，远离风花雪月，远离红尘熙攘，远离了哲学上的远离。在梦里，阳光坦坦荡荡，自身自心自在，若想无想，若遇无遇。在济南舜玉路，在省作协二楼会议室，来自省内各地作协的 60 多位文友，参加 2009 年《新世纪文学选刊》文学笔会。这个冬天，阳光与阳光在另一个空间碰撞，文心自在，文学与阳光共舞。

虽然每个汉字是独立存在的，每个汉字也可以独立存在，每个汉字还要争取独立的存在。比如说，人之初，性本善。比如说烟花三月的长江，从南岸望不到北岸，春水流淌，渡舟彷徨。看上去时间并不重要，因为时间已经很重要了。想到这里，你可以与时间握一握手，你可以向时间问好。

笔会由谢明洲社长主持。11 月 20 日上午，开幕式，王兆山主席代表省作协讲话，他讲了当前文学的形势，以及作家的责任问题，有些是中宣部话语，有些是作协主席话语，有些是文人墨客话语。左建明主席讲了对于艺术创新的感受，谈到了爱尔兰，谈到了现实主义，谈到了文学的高贵。20 日下午，李掖平主席讲了几个主要的文学问题，作为文艺创作家最重要的精神素质，当下文学创作的时弊何在，当代文坛缺少的是什么。她谈到纸上的行走，谈到悲剧意识，谈到写作境界的升华，洋洋洒洒，如入幻境，3 个多小时的演讲，触说到文学的本质，深刻，独到，灵性，美妙，余音绕梁，哲思隽永。讲者如醉如痴，听者心花怒放。用谢明洲社长的话说，听了李掖平主席的讲课，才知道什么是出口成章，什么是文采飞扬，什么是诗意盎然，什么是妙语连珠。

11 月 21 日上午，刘新沂主编从编辑家的角度，谈了关于小说创作的主张与体验，谈到文学的状态，谈到《山东文学》的办刊情况。谢明洲社长谈了诗歌问题，谈到什么是好的诗歌，诗心，童心，爱心，他讲述了一些亲历的人与事，感动。下午，王夫刚诗友谈到诗歌与阅读，谈到用汉语写诗要回到汉语本身的问题。刘锐主任介绍了省作协《文学选刊》的情况，实在。刘君主任谈了对于散文创作的体会，说到几篇散文的读后感。文学培训专家刘强，回顾了山东省文学讲习所的历史，谈到对文学创作中的几个基本看法，对于文学创作中的"窗户纸"问题，有一个非常生动的比喻。

11 月 22 日上午，举办闭幕式与颁奖仪式。王兆山主席讲话，谈到此次笔会的感受。吕凤强局长讲话，谈到爬山与文学，形象生动。李掖平主席评析了部分征文作品，细致入微，会言会意，再次给予听众以幸福的享受。于向阳（海歌）代表青岛市作协的 10 位

参会会员，做了热情洋溢的发言。文学笔会暨省作协第17届文学讲习班，于22日上午结束。中午，众文友在华国宾馆聚餐畅饮。下午，海歌、格里、若风（骑马看海）、海云怡人、于娟、王惠娟、魂断蓝桥等青岛文友，先后乘"和谐"号列车返回青岛。

对于文学，对于诗歌，对于评说，很久以来，我已如一个若有若无的旁观者。扪心自问，还是有些不甘寂寞，还有一个梦。开始，以为那梦是我自己的，后来，就朦胧了。有一段时间，我分不清自己，也分不清朦胧。又有一段时间，我忘记了那些所想。后来，那些所想自在了，我也自在了。可是，还有忧伤，还有相遇。相遇是曾经的梦，相遇曾经在梦里，相遇要走出来，相遇要在这个冬季飞翔。

初冬的济南，初冬的阳光，我们莞尔微笑，我们谈论文学。有人在说无因无果时，我想到遇花为花遇果为果，想到看山是山看水是水。有人在说无形的墙壁时，我想到崂山道士，想到一只嫩黄色的小鸟。有人读到一些优美的诗句，我听着，我陶醉了。

幽幽邕邕虔女洞

影影翙翙崂山冬，幽幽邕邕虔女洞，纵横山野千百度，一处风景一从容。虔女洞在虔女峰下的深谷峭壁中，密林遮阻，人迹罕至。今年早春，竹竿队由风水二人组山友带队，野爬阳阴线，初探虔女洞。虔女洞在一石壁后，不到跟前难以发现。上洞石缝可见阳光，洞壁圆润，线条柔美。下洞纵深数米，能钻入一人，石壁上端涿涿滴水，若悬泉天露。今年初冬，竹竿队在由寨上往崂顶途中，临时调整线路，再探虔女洞。

上午8点多，50多位队员分乘两辆包车到达寨上村前，经长涧、黑风口前往崂顶五峰仙馆。竹竿大哥领队，司令、骑马看海收队。在长涧沈鸿烈小道，遇朱老哥带领的无名登山队，他说10年前登崂山，军用公路还没修好，他有一些那时的照片。在黑风口，10位队员分流去北九水。海军老枪从大河东赶到黑风口与前队会合，与几位队员远远走在主队前面。主队过虔女峰石刻处后，不知是谁提到虔女洞，很多队员想去。最后有20位队员前往虔女洞，其中去过一次虔女洞的，有竹竿大哥、笨笨、骑马看海3人。

　　原计划来回一个小时，实际用了50多分钟。从军用公路到虔女洞，用了20多分钟，在两处岔路口略有迟疑。上午10点40分左右，找到虔女洞，逗留七八分钟时间。众山友闲说之际，竹竿大哥讲，是个什么样的洞，先要从哲学上认识。大家笑了，我也笑了。笨笨自己去攀一线天，一线天在虔女洞旁，块石叠垒，有10余米高的石壁。她说要找那个漂流瓶（洞藏瓶），里面装着早期探洞山友的签名字条。我没去帮她，而是把她从半高处劝下来。我说一线天过于高险，不是一般人能爬上去的。今年早春，世界的边攀上一线天石壁，取下漂流瓶，把大家的网名写在一张纸片上，塞入瓶内，又把漂流瓶放回一线天上的石缝里。

　　我站在一线天石壁下，我的跟前有棵不高的苗榆果树，上面有零星的红色果实，我注意看了几眼，发现苗榆果树后的石缝里，有一个彩色的塑料瓶子，里面隐约有物，很像那个漂流瓶。我提醒刚下石壁的笨笨，笨笨顺手拿过那个塑料瓶子，说是看到里面的字条了。后来她取出一张纸条，是2007年3月3日零点队写的。她想把里面的字条都取出来看。我说时间来不及，把漂流瓶放回刚才的石缝里算了。

　　当时我想，漂流瓶为何从一线天上面落下来，夹在下面的石缝里。如果是被风刮下来的，为什么没有刮到别处，而是刮到一个伸手可及的地方。有人想看漂流瓶，漂流瓶突然出现，你找不到它，它却能找到你，不知是一个巧合，还是一次奇遇。上午爬山时，我没想过虔女洞，途中有人忽然想到，我就一同前来。虔女洞是不是从前的模样，虔女洞是不是从前的心情。若从哲学上

分析，虔女洞也有它时间、空间的所在了。

我从虔女洞回到军用公路的时间，是上午 11 点 5 分。我到五峰仙馆的时间，是上午 11 点 22 分。我到午餐河谷的时间，是中午 12 点 38 分，途中先遇拾级而上的斑嘴大花猫，后遇在路旁石坡上的黑嘴小花猫，不知道那俩猫是个什么关系。两只猫与一只猫是否是同一个问题，两个人与一个人是否是同一个问题。一个早春与一个初冬，是不是可以有两个虔女洞，是不是可以有两个崂山。也许，都是，都不是。

这天是小雪节气后第六天，崂山多云，小北风与小南风时时互转。二探虔女洞，少了一些新奇，多了一些冥想。幽幽邕邕是此在，影影翩翩是流浪。空间是此在的，时间是流浪的。时光流逝而不拘万物，空色此在而痴迷众生。也许，空间是时间的本质，时间却是空间的无奈。野遇野感，野逝野忆，虔女洞是一个野洞，虔女洞是一个美好奇妙的野洞，幽幽邕邕，过目不忘。

铁锅馒头一小鸟

梦中的八仙墩，云彩在石崖中，碧空在海水里。云彩之外另有云彩，碧空之上另有碧空，只是那似曾相识的梦境，已在八仙墩的海天相接处，化为一道朦胧的弧线。

那青山村出品的崂山铁锅馒头，依然是久远以前的模样吗，丰满的面身，尖尖的面角，底部有苞谷叶的焦香，合着那沉甸甸的麦香，自由挥散着，土地的乳味，草木的吮吸，行走者在行走的途中，能够触摸怎样细微甜蜜的颗粒。

元月 3 日早晨，竹竿帮 27 位队员乘一辆包车，由李村到仰口，人车分流，竹竿帮大队徒步经大水渠、关帝庙到沿海公路，再乘车前往青山村下车，徒步经小梦幻海滩、大梦幻海滩赶往八仙墩。这天的活动休闲，听说是由旖旎大海山友建议的，只是她临时有事，未能随队前来。

这天是腊八节。骑马看海说早晨在快餐店喝了八宝粥。一山友说今天要是能在八仙墩放挂鞭炮就好了。骑马看海特意绕道去青山村，找到一家小卖部，买了两盘鞭炮和两瓶崂山矿泉水。竹竿大哥在对讲机里说，最好再买几个崂山铁锅大馒头。于是骑马看海一头扎进路旁的馒头店，买了5个崂山铁锅大馒头。竹竿大哥说，已让冷风在途中等候，帮忙拎那节日的物品。

在小梦幻海滩，众山友分享了3个热腾腾的铁锅大馒头，先争后让，意犹未尽。竹竿大哥说，两个铁锅大馒头到八仙墩再分，午饭够了。八仙墩量着步走也很快到了。竹竿帮摆开饭场，支起炉灶，亮出大馒头，开始放鞭炮。

鞭炮隆响，似在瞬间，在八仙墩过腊八节，不亦奇妙快乐乎。

不知何时，一披彩披翠之小鸟，悄然来到众山友的眼前。那小鸟比鸽子小些，比麻雀大些，那小鸟只身在一人多高的石崖间漫步，没有远飞或者逃避的意思。奥运福娃、杖棍走天涯、过去、骑马看海等山友，手抱相机忙个不停，那小鸟漫步自如，好像竹竿帮的山友，在那小鸟看来，也是海天云崖间的美丽幻象了。

那铁锅馒头是美丽幻象吗？那小鸟是美丽幻象吗？那行走者是美丽幻象吗？何之谓美丽，何之谓幻象，何之谓停留行走，何之谓相忘于八仙墩的梦中。幻动之物必有幻动之心，只是那美丽的梦境在流浪着，朝来夕往，往而复来。

洁白的梦境为谁而来

高石皑皑，林雪沃沃，傲走崂山，行者如烟，那洁白的梦境为谁而来。郏郏河谷在梦境遇到什么，崂山落叶松在梦境遇到什

么,草虫鸟雀在梦境遇到什么,竹竿帮队友在梦境遇到什么,北滑溜口的雪在梦境遇到什么。

二十四节气中的小寒、大寒,两寒之间寒风如如、寒雪如如,阳光、月光如如,元月11、腊月十五的善美行走如如。天之欲高,地之欲厚,白龙、玉凤欲相忘在那银装素裹的山林旷野,白云遇雪而为之停留,雪遇白云而随之流浪。

早上8点,竹竿帮30多位队员,乘一辆包车到仰口,竹竿大哥领队,若风(骑马看海)、尚志收队,众驴友踏雪经白龙洞、无名山岭到二龙山,经晓望河谷,过飞碟石、如意石、含苞欲放石到无名山口,经北滑溜口河谷、北滑溜口、泥洼口、蔚竹庵、北九水车站到卧龙村,在卧龙村先后乘112路公交车返回李村。

在白龙洞,若风与齐福拐道去看冬天的仙人桥。过白龙洞,遇6人友情小分队,领队山友认识我们,我为他们拍了合影。在二龙山一号天棚,有两位队员分流,有5位队员长时商议后,尾随来追竹竿帮大队。

竹竿QQ第五群的万里雪飘是位美女,以前爬山遇到过两回,这次她叫来千里冰封山友护行,千里冰封人高马大,听说当过特种兵,此来专当万里雪飘的"超级拐棍",他俩一路同我走在后队,后来我相机里的电池电力不足,万里雪飘把自己的电池借给了我。

过泥洼口后,遇到两位飓风队队员,寒暄几语,他们超过我们赶路而去。大约下午1点,布衣、lisa、果冻、恍然如梦4位队员先行午餐,竹竿帮大队继续赶路。遇到在路旁午餐的7位飓风队男女队员,我为他们拍了张照片。途中万里雪飘的膝盖肿痛难忍,我为她涂抹了虎标万金油,虎标万金油是笨笨从香港捎来的,她送给我们几位山友人手一盒。大约下午1点30几分,竹竿帮在一无名河谷午餐,之后赶到蔚竹庵路口,穿过景区去北九水公交车站。千里冰封之前没去过蔚竹庵,我陪他专门走了一趟。

北九水的雪比北滑溜口的雪略小,路上我没遇到一个游客,天寒地冻,连这著名景区也变成野乎乎的野景区了。万里雪飘和千里冰封怎么走也走不快,我陪他俩走过一程后,加快速度,只身赶向冷翠峡，去看我以前文章写过的那个狻猊石像。我独自从冷翠峡返回，在北九水公交车站追到雪飘和冰封，大约是下午4点10分。我见那里还有七八位陌生的山友，不知是哪个队伍的，我没有问。我大声对他们说，竹竿帮的跟我步行去卧龙村，非竹竿帮的建议也跟我去卧龙村。一位红衣女子问我为何不在此处等车。我答曰一二三。然后和雪飘、冰封快步前行。不久，那些陌生山友也跟随我们而来。

竹竿帮大队先行赶到卧龙村，竹竿大哥和尚志不时用对讲机和我联络。我说我和雪飘、冰封3人会一同乘车回李村。竹竿大哥说他在李村广场车站等我们。途中我一阵小跑，先到卧龙村找车站，因为这是我第一次步行到卧龙村。我手拿对讲机一路急行，看到路对面的112路车站空无一人，路这边也无站牌，心想车站可能是在前方路桥那边。正思忖着，迎面走来一年轻女子，明眸皓齿，悦色和颜，讲一口标准的普通话。她问我是不是要去李村。我答曰是的。她说去李村的车站在我后面。我问具体在哪里。她抬手指着说具体在哪里。我回身与她同行几十米，到远洋职业技术学校门口。我到校门对面等车，她向校门里面走去。

我在没有站牌的112路车站，冲上一杯麦斯威尔咖啡，保温瓶我背了一天，这是今天第一次喝里面的热水。从北滑溜口下山时，我见布衣山友抓雪吃，也随手抓了几把雪吃。午餐时我喝了两杯即墨老酒兑小白酒，还有一杯面条汤，没顾上喝这保温瓶里的热水。一杯咖啡的工夫，112路车来了，万里雪飘、千里冰封来了，红衣山友和她的同伴们也来了。下午5点10分，我们乘上112路公交车，晚上6点到达李村广场车站。

听说今年的冬天，是1985年以来最冷的冬天，1985年我在厦门读书，20多年后的今年，我在青岛上班、爬山、过日子。星期六这天，我把自己当成一个野人，跟着另外一些野人，走进冰天雪地的崂山。高石皑皑，林雪沃沃，野人是否也有野梦，若有野梦，那野梦是否自由自在，那野梦是否如如善美，那野梦是否知道那就是野梦呢。

野爬崂山的几个哲学问题

什么是哲学,这是个不大不小的问题,大至无可探究,小到须臾难离,野爬崂山的哲学也是如此。当以哲学主体入言,先谈哲学是什么,哲学不是什么,野爬为何态,崂山在哪里,野人乎野山乎,思考乎梦幻乎,爬非哲学之爬,所思之爬当为哲学之爬。

哲学不是柴米油盐,哲学不是酱醋酒茶。野爬为什么是野爬,是需要野爬,还是野爬中在思考野爬问题,这是野爬哲学中最先面对的问题。从哪里爬起才算野爬,从野山开始吗,谁来野爬才是野爬,是野人吗,还是觉得是野人时才是野爬,这是野爬哲学的第二个问题。野山何在,野人何在,这是野爬哲学的并列第三的问题。粗略算来,野爬崂山先有这4个哲学问题,其余野爬崂山的大小哲学问题无不散在于其中。

笔者在《竹竿帮一周年庆典记》中写:"山是野山,爬的就是野山。人是野人吗,也许,善美之野就是真实之野了。"青岛几个著名登山队、竹竿队、零点队、飓风队、锻炼队等,会遇几位野爬哲学家,乱乱领队、竹竿大哥领队、格里山友、世界的边山友、司令山友、一米阳光山友、菩提山友、万里雪飘山友等,还有笔者未遇之众多大小野爬哲学家,扬洒陶冶,行远若近,或显或隐,哲思纷纭。

野山无住,而生其形而上之千钟百斛,行走无住,而生其道心之万象时空奔流。野爬崂山之哲学,欲得而未得,欲知而未知,马非白马,白马非马,此亦有思。一年来之春夏秋冬,笔者随众山友野爬崂山80余次,会遇野山、野人、野思之哲学,不亦奇妙快慰乎。

月亮小年八仙墩

月亮小年是指月亮历法的十二月（腊月）二十三，青岛当地俗称小年。月亮小年这天是星期天，早晨有迷蒙的薄雾，阳光似乎睡了一个懒觉，偷懒的阳光让人觉得，昨晚它是不是熬夜和谁约会去了。

早晨的李村维客广场，聚集的驴友并不很多，更多驴友是不是也睡了一个懒觉，这不是一个哲学问题，因此就算不上一个问题。我提前几分钟来到那里，比起昨天我算迟到了，这也不是一个哲学问题。按计划竹竿帮8点出发，出发前我遇到提着早饭的栈桥路灯，他同袭明和我寒暄数语，之后登上另一辆包车。维客广场有两辆包车，我们这辆去仰口，另外一辆去太和，之后的维客广场就空落了。

竹竿帮30余位队员在仰口下车，经大水渠、关帝庙到环海公路，再乘专车到青山水库，下车步行经青山村、试金石湾、梦幻海滩到八仙墩，预计11点30分左右到达八仙墩。

到青山村前的途中，几位老驴友相议，各拿10元在青山村办点小年年货。当时我笑说，来过两次以上八仙墩的相熟驴友才可出资，凑几十元就行。竹竿大哥、紫水晶、雨儿、安全距离、尚志、参谋长、骑马看海7人，凑资70元。别的驴友也想出资，我说办小年年货的款子已经够了，多谢。我和安全距离、参谋长先赶到铁锅馒头店买铁锅馒头，6个大馒头需要热一热，等铁锅馒头的时候，竹竿大哥率大队驴友赶到，即兴参观铁锅馒头店。我在馒头店发现一只灰纹白嘴的大猫，它见我端起相机，迅速离开我，一头钻到小饭桌底下，我只好把相机伸到桌底，为那大猫拍下张特写，那大猫又跑了。

　　我和安全距离、参谋长先行离开馒头店，去青山村内的小卖部，买到两盘湖南浏阳鞭炮、两挂广西鞭炮、一瓶崂山春白酒、一袋海之情萝卜酱菜。回来路经铁锅馒头店时，我跑到店内，又遇那只大猫，这次那大猫略有犹豫，让我拍到两张照片。在试金石湾海滩，我们3人赶上大队人马，稍事休息后前往大梦幻海滩。在梦幻海滩没有停留，继续行军，于上午11点40多分，全队到达八仙墩。

　　八仙墩的阳光永远是那么多情，月亮小年的中午，阳光在八仙墩迎接我们，浪花在岸边等待我们，白云去哪里流浪了，我没注意到。尚志带来两挂土鞭，他先放一挂炸雷一样响的土鞭，接着把别的鞭炮一一挂起，不少驴友和鞭炮合影后，鞭炮们就放声歌唱了。

　　匆忙午餐的间隙，一只披彩披翠的小鸟立在近处的云纹岩石上，不断向这边张望。有队友认出来，是元月3号腊八节所遇的那只小鸟，那天我们在八仙墩停留较长时间，鞭炮响过不久，那只小鸟出现了。小鸟离我最近，我抓起相机朝小鸟走去，小鸟蹦蹦跳跳引我走出数米，摆出姿势，让我拍下两张照片，便消失在云纹石崖那边。我猜那小鸟是不想过多占用我的时间，今天是小年，大家急着要赶回市区。

　　下午1点，我们准时离开八仙墩，临走之前，几位男队员取出随身携带的空塑料袋，捡了七八袋垃圾带到景区。竹竿帮穿过大窝头山沿军用公路去垭口，我和袭明最后到达垭口，同来八仙墩的包车司机法拉利队友，提前将车从青山水库开到垭口，等候后队队员，我们离开垭口时，大约是下午2点40分。

　　这次八仙墩之行，是月亮新年之前竹竿帮最后一次爬山活动，众驴友安排出大半天时间，来八仙墩燃放鞭炮，欢度月亮小年。其中我面熟的两个3人家庭参加了活动，还有两位小声说外地方言的女子，带着一个小男孩，我不认识他们，也没问他们自何处而来。

　　月亮小年的这天，薄雾渐去，阳光漫来，双桃馒头，湘桂鞭炮，羞涩灰猫，自在翠鸟，倏忽之思绪，依旧之涛声。年去年来，光阴里有多少故事，故事中有多少角色，此情此景交融，若有八仙，可否去而复归，若有薄酒，可否与君共饮。

野马狂风大流顶

最冷的冬天还是来了，野马狂风还是来了，无象之野爬还是来了。曾经想过逃避，也找过两个借口。前一晚大风骤来，气温骤降，我打电话给相约山友，说是有寒流。人家坦言，天冷多穿点衣服。我又讲，有位文友从新疆回到青岛，晚上小聚，上次国庆节他回青岛，约在中午聚会，我说连续7天爬山不好断开，没去参加，这次得去，要喝啤酒。人家笑说，少喝点啤酒，第二天要早起。

流清河的寒风比市区更为凛冽，广告灯箱都被刮倒在公路上，只有一辆公交车晃晃悠悠从身旁经过，阳光在海面上不时躲闪着寒风，感觉近处的沙滩和远处的海水也被冻透了，我双手捂着防寒帽，怕那帽子被风刮掉，皮手套被冻透，下巴颏子被冻得生痛。

来到天门涧山前，风依然很大。一中年男子将我们让进护林屋，他对我说，怎么这天气还爬山，上面山口风大，人都走不过去。我笑说，真那么大风，就不过山，从别的山涧回来。我先前判断这道山涧里的风会小些，实际风一点儿也不小。我不知道那风是从哪个方向刮来，好像是从无数寒冷的松针里发射出来，奔突呼号，饿狼一般，一个人还真不敢来此，哪怕这人是个野人。我不再多想，鼓起勇气把自己当成风中的一员，向南天门坡口刮去。

接近南天门坡口时，风力逐渐减弱，我猜可能那风也刮得累

了，实际可能是，我大半心思已融入风中，已觉不出风大风小了，除非遇到更为生猛的野风。在南天门坡口小憩间隙，我爬上一截左侧天门峰，站在一块岩石上，远望大流顶、崂顶、天茶顶。这时大风又来了，大风先刮到我冻僵的耳朵，我撤下来，回到南天门坡口。

或顶风或踏风或披风，离开南天门时，是上午9点20分左右，我想崂山风口以大流顶山口为盛，今天的大风经年不遇，何不去大流顶看看那传说中的野风呢。大约9点27分我们到达天门后坡口，感觉这里和南天门坡口的风势差不多，头顶风呼号，身前风扑朔，还是冷极。休息2分钟，端详寒风中天门后坡口的四周后，我率先向大流顶方向赶去。

大约15分钟后，我先赶到大流顶山口，一个人试着往风口里走了几米，风势突变，刮得我站不住脚，我撤回来，根本没想越过山口或到水泥墩子下面。我对身后的山友说，这风大得能把新驴刮跑，我们不是新驴，但是大流顶的风口很多，前面风口的风会更大，也会把老驴刮跑的。身后的山友小步前去试走风口，同感。我拿过山友的手机，握紧，怕被风刮了去，扎着步子走进风口，拍下一张水泥墩子的远景，就招呼山友原路返回。

最冷一天的大流顶是想象中的大流顶吗，野马狂风是想象中的野马狂风吗？我能想象到狂风把人刮跑，能想象到野马把人卷入透明的洪流。相遇而感，我来到野马狂风的大流顶山口，我没想要穿越而过，或者攀登到最高处，我只是来到近旁，看看那虚空的力道，能把风刮跑的风会是什么阵势，无象之象会是怎样的浩然。

此在之遇如斯而逝，此在之思是哲学上的此在吗？时间隐于时间，此在隐于此在。最冷已是逝去的此在，那是哲学论上的最冷，最冷隐于最冷。狂风隐于狂风，狂风刮走狂风，狂风自在。野马隐于野马，有时为龙有时为马，野龙隐于野龙，万象一象。行走隐于行走，行走无住，生其道心璀璨曰思无邪。野马野龙、野天野风，混沌隐于混沌，明明隐于明明，无象之象隐于无象之象。

初探天地官财石

官财棺材，谐音如是，天石地石，方位如是。以野爬之纯粹，共行走之善美，天地设奇石以托风物之灵异，行而无思可乎，以思问思是否哲学乎。

竹竿帮第五QQ群有个小绰号，曰哲学群，偶尔谈及野爬而涉猎哲学，不一而论。初四晚上，众群友谈论初五、初六两天的野爬线路，有群友提议，可否变线去趟天地官财石，前几天他随零点队去过，若初六变线，他可为大家带路。众群友分析线路，感觉初五走仰口、二龙山、北九水一线，拐道去探官财石较为便利，可免去部分队员的分流之虞。这时一群友插言说，她今天才随风水二人组去了官财石，还在网上贴出很多照片。我问她，照片是按拍照时间顺序贴的吗，她说是的。我想这就好办。我在网上查地图、看照片，和竹竿大哥商议，决定初五顺道去探官财石。

正月初五，1月30日星期五，少云。竹竿帮53位队员，早上7点30分从李村乘两辆包车前往仰口，大约8点15分到达仰口宾馆，竹竿大哥领队，海军老枪收队。此次我为护队，主要在到达含苞欲放石后，与竹竿大哥一道探寻去官财石的路口，后来我们把那个路口叫初五路口。

队伍行进至白龙洞，一位山友给竹竿大哥电话，说他们打车刚赶到仰口宾馆。我接过电话告诉他们线路，他们不明白，我说我去接他们。他们一共两女四男6个人，我在小水渠接到他们，在白龙洞为他们拍了张合影，便领着他们去追赶前队。不想他们都是新驴，只有一位男队员勉强跟上我，等我和后队的紫水晶等3位队员会合后，再一提速，那位跟来的男队员有些吃力，同意

返回接到 5 位同伴，然后分流。紫水晶带着一个 8 岁的小女孩，小女孩越走越显吃力，晚秋山友一路陪着他们。紫水晶和晚秋都是老驴，而我要追赶前队，我手机里有风哥的手机号，心想找不到所寻路口时可向风哥求助。

我先陪紫水晶 3 人到二龙山主道，接后加速追上竹竿大哥和海军老枪。我不放心，又返回去接紫水晶 3 人，领他们到达飞碟石路口，再前去追赶前队，这时大约是上午 9 点半多。不久紫水晶给我电话，小女孩实在走不动，他们 3 人从二龙山返回。

这样全队还有 50 位队员。竹竿大队在含苞欲放石前休息时，有十几位队员先行出发，我只好去追赶，在晓望河上游河谷的竹竿帮夏季午餐地追上他们。等到竹竿帮大队后，竹竿大哥和我加快速度，远远走在大家前面。走到十八盘大约十二盘处，找到初五路口。

大约在上午 10 点 55 分，我们来到天官石的对面山岗，可以清楚地眺看天官石，而地官石据说在天官石的坡下，照片我们细看过。大家在天官石眺看处休息近 10 分钟，竹竿大哥和旖旎大海带着大家向坡下跑去，不想跑过了路口，我追到前面，和竹竿大哥分析片刻，感觉应是前一个路口才对，接着前队变后队，向山上赶去。途中我打电话给风哥，确认那个经过的疑惑路口就是去地官石的路口，我又跑到最前面，找到那个疑惑路口，第一个看到地官石，此时大约是上午 11 点 35 分。

大家在地官石停留片刻，集合队伍向山后赶去。中午 12 点，我们走到通往北滑溜口的山道，这条路走过多次，再往前行便能算出大概行程时间了。下午 1 点，我们来到蔚竹庵前的无名河谷，大队人马在此处午餐，自由活动。不久，后面赶来一个十几人的小分队，他们在二龙山遇到紫水晶 3 人，一路在后面追赶我们，由于我们在初五路口挡了几根树枝，他们得以顺道赶来，自然也看到了天地官财石。

在无名河谷，我们用石块砸开一个冰洞取水。竹竿大哥、旖旎大海、果果、酷儿、海军老枪和我，留在最后，煮了三锅绿茶，之后才慢悠悠向山下走去。过蔚竹庵第一道石桥，我遇到贝贝精灵等4人。在北九水公交车站，我遇到清风朗月和傻哥领队等十几位山友。清风朗月和一位山友先行暴走卧龙。随后我等到竹竿大哥、海军老枪，我们6位喝茶山友商议片刻，也暴走卧龙，这时大约是下午3点50分。一个小时后，我们看到卧龙村，一辆311路公交车应招而停，拉上我们6位队员。在卧龙车站，清风朗月两人也乘上这辆311路车，一同返回市区。

初五这天，竹竿帮探得初五路口，眺望天官石，抚触地官石，天石似远非远，地石似近非近，青松展绿，落叶松苍莽，残雪斑驳，一路风尘消迹。来于此而过往于此，行于思而过往于思，唯有思之而复来，复来之思而问过往之行，形象乎抽象乎。无数初五之初五，万来万往之野爬，万天万地之猜想，万思万感善美之流浪。

一根竹竿

一根竹竿，大约1米半多的长度，我见到它时，它正远离人群，横亘在一层梯田的土壤旁边，竹竿的颜色和土地的颜色那么相融，如果不是我碰巧看见它，也许我和它就永远错过了。今天早晨8点，是爬山网友约定集合的时间，我到流清河车站时，一看已有几个群落的网友。因为没有认识的人，我只好掏出手机，给召集人打电话。我从网上知道，召集人竹竿大哥的网名里有"竹竿"两字，召集帖子里说，要带登山杖（竹竿可选）。当时我想，也许队伍里真有好多根竹竿呢。等我找到竹竿帮的队伍，前后打量一番，发现队伍里根本没有竹竿的影子。我想，也许那些竹竿，只是漫想中缥缈的物象。本来我想找根废树枝当作登山杖，但在山脚下拍集体合影时，我发现了远处农地里的那根竹

竿。那根竹竿土色土香的样子，好像刚从土壤中移形而出。我紧跑几步，把那根竹竿拿在手里，上上下下打量着它。那竹竿一共有9个骨节，挺直坚韧，顶端两节，已被摩挲得光滑温润。我拿着它对空比画了几下，感觉它有秦朝兵马俑坑里出土的青铜长剑的长度，虽然那些至今锋利的长剑已出土几十把，而这根竹竿，只是孤独地来到我的面前。

我们一行60多人往天茶顶方向前进，第一站名叫南天门，我是第一次来。因为兴奋和新奇，我一马当先，冲在队伍的第一集团，第一集团大约六七个人的样子，我走在中间位置。我一边走，一边用竹竿碰触着黑松林里的路石，空竹碰石，响起一连串清脆的竹石之响，那似乎已是最原始的浪漫古音了。

开始，往南天门这段是急行军，召集帖子里说，这是一次中度偏强的爬山活动。走过大半路程，我已有了大汗淋漓、脚重如铅的感觉，急行军约一个小时，好不容易来到南天门，听说这才走了1/10的路途。当时我想随分流人群去八水河，我一看手中的那根竹竿，依然如故的样子，我犹豫片刻，决定继续向天茶顶进发。两队人马分流后，我们数了数去天茶顶的人，共有37位。有山友说，今天是三八妇女节，要是再来一位朋友就好了。我心说，就当队伍里唯一的这一根竹竿，也是我们的同行者好了。

第二站是天泉，第三站是天茶顶。我在12点多时登上天茶顶，接着在那里午餐，并稍事休息。不想脚步停得久了，寒气便逼上身来，我们有7个人，在一位熟路山友带领下，先行探路下山，到山下的长岭村车站集合。这样早晨8点爬山，下午3点半多来到山下车站，除去中间用餐半个小时，大家大约走了7小时的崎岖山路。快到山下时，我的右脚好像崴了，拉伤了小腿下侧的肌肉，迈一步痛一下，幸好有了那根竹竿。

在下山时我就想，那根竹竿来自山野，也应归于山野，我想把那根竹竿放在山下的路旁，以便别的爬山者能够用上，不想后来我崴了脚，不得不借助那根竹竿。后来在山下车站集合，发现只有去李村的公交车，大多数人都同意去李村转车。有位队员因为来时赶不上公交车，开着自己的车来，把车停在流清河，离这里有近 20 千米，一时没了主意。

我拄着那根竹竿，走到几位织渔网的村民跟前，请他们出车把几个人送到流清河。他们中两位中年人和一位青年人议论了几句，那青年人回家开出一辆面包车来，将我们 7 位队友送到流清河车站。这时差不多是下午 4 点多的样子，那位队友去停车场找车，我们 6 个在车站略等片刻，很快乘上 304 路公交车，顺利回到市区。关于那根竹竿，因为在山野中相遇，我觉得，我有我的自由自在，那根竹竿也应有它的自由自在。因为崴脚，我已经离开了山野，手里还拿着那根竹竿。我想，还是把那根竹竿带回家，等以后爬山时，再把那根竹竿带来，并把它留在山野中吧。

登山节在迷人河谷野餐

千树万蕊，野山百舸，不仅是肴酒之合、山水之聚，也有那春意飘展、心田如润了。登山节的一天，感受山李花的素丽，野桃花的娇艳，木瓜花的秀美，五星红旗的亲爱。

格里、彩霞、40 出头、若风，提前两天约好，一起报名参加社区论坛的爬山队。我们各自准备了丰盛午餐，准备穿越到北九水时，寻一处茶棚，便与那春色共饮了。没想到这天爬山的人很多，我们随前面的包车到仰口时，先是等待后面几辆包车。这时看到竹竿帮的包车驰过，他们队伍的爬山速度快，包车也一直开到山脚下。我们有点儿眼急心热，赶忙乘一辆出租车去追他们，只想赶早爬山，早些赶到北九水。

一下出租车，看到远处有几位山友的身影，我追上去打听，竹竿帮的队伍刚过去 10 分钟。我知道按惯例他们要在前方水渠边集合整队，我们加把劲，终于赶上他们。其实一路上，不光有

竹竿的大队，后面还跟着几支零散的小队，人家不慌不忙走走停停，不时站在路旁的山李花边拍照。于是我们也放松了，拿出相机边走边拍，身后不时有别的队伍超过我们。

格里和彩霞都是第一次去白云洞，我临时客串导游，还特意介绍路边那两棵有130年树龄的木瓜树。我们在探讨《诗经》中的木瓜诗篇时，彩霞兴奋地说，你们看，木瓜树开花了。木瓜花淡红色的花瓣是红色宝玉的颜色，仿佛是哪位神仙雕刻出来的红玉宝石，半隐半露向我们眨眼示意。40出头攀上一块大岩石，近距离为木瓜花拍特写，格里和彩霞在树下助阵，我站在岩石前远远看着绿叶丛中的小红花，漫想着小红花的馨香。

在白云洞的内院里，我们遇到一队佩戴国旗标志的山友，他们大多20岁出头的年龄，青春奔放，激情焕发。一个身着黑色短袖衫的美丽少女，她的肩臂和胸前，都贴着鲜艳的小国旗，她身材健美，行动敏捷，灿笑如春。美丽少女友好地和我们打招呼，格里激动地为他们国旗队拍照留念。他们中一位戴宽檐太阳帽的小伙子，送给我们很多小国旗，美丽少女热情地为我们把小国旗郑重贴在胸前和帽子上。我们问她是哪里的队伍。她说他们是腾讯国旗QQ群的。她帮我们贴好国旗便急忙追赶队伍去了。

一路上我为佩戴的国旗激动着。在山边高处的一块大石头上，格里、40出头和我并排站立，摆出手握钢枪的样子，让彩霞为我们拍照。当时我说了一句：国旗在我们心中，钢枪在我们手中。

经过庙岭口，我们来到一处野桃花盛开的地方，前后左右和地面，都有大块的花岗岩石，我称那里是桃花石瓣。桃花石瓣的近处，还有一棵大约是皂角树的大树，遒劲的枝干伸展着，似是几条飞龙的木质雕像。这时又赶上来一支年轻人的队伍，他们停住脚步，认真地看我们佩戴的国旗。彩霞微笑着送给他们三面小国旗，我们看着他们认真贴在左胸前，高高兴兴地离开了。

再往前走就是我曾路过两次的山泉供水处了。我们在那里休息补水，再前行时，我光顾高兴却没看路标，领着大家直奔棋盘石方向而去，走了很远却发现已经赶不到北九水了。后来我们离开山道，来到一处布满大石头的河谷，那里四周是密林灌木，两边各有一隆山梁，河谷中是深浅不一的大小组合的麻色花岗岩石，河谷里没有流水，耳边却传来山梁那边河谷里的哗啦啦的流水声。我们走进河谷，正好先踏上一块略有坡面的大石头，大石头旁边，有一棵开黄花的山姜树和一棵开红花的杜鹃树，我想它们很少遇到游客，今天它们遇到我们，一定是满怀喜悦，在对我们莞尔微笑呢。我们随遇而安，看了地图，决定在此午餐后，从庙岭口沿关帝庙方向回仰口。

迷人河谷是我事后想到的名称，我们随身带了很多好吃的。格里和彩霞整理场地，我和40出头抬来一块大平石，支起一个简易餐桌。酱牛肉、烧鸡、烤肠、鱼罐头、多种小菜、罐装青岛啤酒、赤霞珠干红葡萄酒、面包、单饼，我们如数家珍一一摆开，然后我们围石桌而坐，与山水诸神共享美味，同天杰地灵互感心得。那些山李花、野桃花和木瓜花的影像，也一簇簇飘过我的脑海。

登山节的这天，竟然在喧闹中觅得静处。我想，是那山水之心，和我们相遇在迷人的野域，是那国旗之爱，从博大处给我们力量。本心本色，本善本美。

崂山之巅，谁为情种

爱山之人自有爱山之心，爱山之心自有爱山之情。《文心雕龙》里说："情以物迁，辞以情发。"近期以来的每个周末与假日，只要有空闲的时间，我就跟随网络社区的网友爬山队，穿上登山鞋，背上双肩背包，走进崂山的深处与高处。时常我看崂山，一山中似有万千的峰峦，一峰一峦中似有百般的回转。

　　五一劳动节这天，我参加竹竿帮爬山队，从寨上经崂顶、天茶顶、天泉到八水河，穿越崂山两大高峰，行程大约 40 千米。爬山开始，我们穿过狭长闷热的长涧大河谷，有些队员就是在这段路上掉队的。有山友笑称竹竿帮的队伍为飞虎队，因为他们开始阶段的行军速度非常快。记得我刚在一棵野梨花树下拍了两张照片，一抬眼，大队人马已不见踪影。

　　到达黑风口前站时，已有近 20 人掉队，在那里休息片刻，招呼能赶上来的后续队员。不久我们来到盘山公路，在通往北九水的岔路口第一次分流，分流地点都是事先说好的。沿途之上，崂山落叶松特有的新绿，与迟开的杜鹃花交相辉映，那些新颜之绿，那些迟暮之红，就这样错落于山道两旁，它们在说些什么，我不知道，我在想些什么，也只是我的自在了。

　　大家在盘山道旁散坐小憩时，有人问友人，那件登山用具是在哪里买的？友人说，这是去年在家乐福买的。大家听后一阵哄笑，友人脸一红笑说，以后不会去那里买什么了。大家又是一阵嬉笑。我不知道在这些笑声闲语中，是否也有蓝天白云的落影。

　　沿盘山公路到达巨峰风景区时，队伍第二次分流，这是最后一次分流，之后便有收尾队员了。收尾队员名叫菩提，每走一段看到队伍拉开一定距离，领队就停下来大喊菩提的名字，菩提听到了就回答一声，领队接着快步前行，我感到这呼应和春光山色是同在的。

　　今年 3 月 8 日那天，我第一次随竹竿帮的队伍爬山，第一次登上天茶顶。今年五一节，我又随竹竿帮的队伍，从相反方向，再次登临天茶顶。巧合的是，这两次在最后分流后，队伍都有 37 人。记得前一次我在心中暗说，我在山野中遇到的那根竹竿，算是第三十八位队员。后来我对第一次爬野山的红同学说，她手中的那根红色登山杖，算是我们这支队伍里的第三十八位队员了。

　　因为红同学和榕同学是在我的劝说下，才跟到最后的。开始她俩想第一次分流去北九水。我说今天是劳动节，穿越一次崂顶也许更有意义，再说往北九水分流的人很少，还是跟着大家好。

她俩同意了。第二次分流处在巨峰风景区，她俩有些犹豫。我说天茶顶已经不远了，这次机会难得，如果体能跟得上的话还是坚持吧。她俩笑了笑，又同意了。

前一天我因公务出差外地，回家时已到晚上 9 点，几乎没多少准备，矿泉水只带了一瓶，前段路程上没舍得喝，第二次分流不久，遇到一无名山泉，我喝下整瓶矿泉水，补满无名泉水，接着登上一大段石阶，在坎门处小憩。

当我从坎门第一次眺望远处的天茶顶时，我在心中暗自叫苦，中间还有一座高山、两道深谷。这时已到中午，按计划要在天茶顶午餐。我悄悄问领队，得知从此处到天茶顶还要一个半小时，我不担心自己，而是担心红同学和榕同学。当时问红同学有何感想，她说她最感谢的，就是来前别人借给她的这根红色登山杖了。

去天茶顶要穿过一大片茂密的灌木草地，传说那里是崂山著名的蛇窝，我特意戴上线织手套，警惕地握紧手中的竹竿。穿过蛇窝地界，还要穿过一道狭窄的石缝，开路队员在石缝的出口处绑上拉带，将后面队员一个个拉上出口。这时我想到在长涧河谷里的一次对话。一位山友说，爬山中最重要的是调整呼吸。另一位山友说，爬山中最重要的是团结。

在这崂山之巅，我想到爱山之人的爱山之情，我也想到自己，这样的穿越，似乎不仅是为了挑战，更多是为一种难以言表的感情，通俗说来，就是所谓的情种了。

情种一词，最早出现在清初洪昇先生的作品中，他在代表剧作《长生殿》里写过，"神仙本是多情种。"后来的《石头记》，也叫《红楼梦》，据土默热先生考证，也是洪昇先生原创。在那本神奇的实验小说中，也有两次写过，"开辟鸿蒙，谁为情种。"我想这是一种特别的暗示。两年前我写过一首朦胧诗《红楼梦之叹》，一位朋友看懂了，她说她是有些伤感的。说不清为谁伤感，说不清从前也说不清以后。

所以从那以后，我就很小心说这情种两字，可是在这次穿越

崂山的途中，面对崂山的奇美仙秀，在我的心底，又自然闪现出这情种两字。野山野水，野峰野谷，野云野雾，野的新绿，野的迟红，野的花香，野的落影，野的天地淳和，野的痴迷石缝，野的万物造化。这一天竟如此漫长，这一天也如此快乐。峰回路转，千姿百态，我不由欣然探问，崂山之巅，谁为情种。

五顶四瀑穿越记

当生命和快乐，因为行走而有了梦幻的感觉，当春天以朦胧的微笑，款款敞开春天嫩黄的心扉，这个春天的歌声，是一只小鸟怀念另一只小鸟的咬鸣。当崂山的春天，以五顶四瀑的名义，向90年前的五四学子致意时，春天的春天来了，野山野水百态千姿，我心我想浩然如风。

神峻崂山有5个著名山顶，大流顶、天茶顶、崂顶、青峰顶、小崂顶，灵秀崂山有4处著名瀑布，龙潭瀑、潮音瀑、飞龙瀑、飞云瀑。竹竿登山队于3月22日发出英雄帖，首次召集岛城强驴，为纪念五四运动90周年，穿越崂山五顶四瀑。穿越全程估算约有90公里，这样的体能与激情的野行，已经超越了穿越活动本身，这是带着整个世界在奔跑。

这是一个和其他春天不同的春天，3月28日星期六，阴历三月初二，清明节前7天，晴到少云。竹竿登山队对这个春天说，五顶四瀑，我们来了。

凌晨2点30分左右，尚志给我发来短信说，大哥起床。那时我醒着，我答曰好的。凌晨3点50分左右，我来到南京路的永和豆浆店，不久集合到17人，包括4位驾驶员山友。早晨4点40分左右，我们乘车到达流清河车站站牌处，与从李村赶来的5位山友会合。共17位穿越队员，竹竿大哥、骑马看海（若风）、尚志、齐福、岭南风情、40 出头（世界的边）、枫香树、阿司匹林、赤练、北冥飞鱼、灰狼、听雨、永恒、老李飞刀、叶子红、双节棍、乱舞春秋，大部分队员穿越过崂山五顶或四瀑，皆为强驴。5 位驾驶员山友，参谋长、紫水晶、笨笨、张践、山哥。

　　流清河车站站牌处，我到那里的时间是凌晨 4 点 40 分左右。大家在站牌前，展开"纪念五四运动 90 周年/竹竿登山队五顶四瀑穿越"的大红横幅，赤练队友擎起一面五星红旗，竹竿大哥和我（骑马看海）为大家拍照。合影留念后，17 位队员准备好头灯，闪闪烁烁，于早晨 4 点 45 分开始，向黎明前的将军槽山道进发。

　　黎明前的浅夜是光明还是黑暗，行走可以回答这个问题。5 点 53 分，我赶到天门后时，天色已经亮了。在去大流顶的山梁小道上，我看到海面升起的红日。我在一个山坡上停留片刻，我看着海空天际的红霞，我想那轮红日经历过多少岁月，那些海水经历过多少岁月。但对于如斯而逝的时间来说，今天是新的，今天的崂山是新的，今天的穿越是新的。

　　大流顶，我到大流顶的时间是早晨 5 点 58 分。走在前面的队友说，他们在 10 分钟前就到大流顶了。我们在大流顶将大红横幅展开，我在大流顶停留约 2 分钟，为大家拍了合影。赤练队员没有跟上来，后来他打来电话，说在后面没跟上，只好一人返回流清河，再走到大河东车站，参加 8 点从大河东出发去崂顶的竹竿帮第二分队。从大流顶到鸡石口，我用了 13 分钟，从鸡石口到化化浪子，我用了 18 分钟，从化化浪子到上清宫，我用了 28 分钟，从上清宫到龙潭瀑，我用了 9 分钟。这一路我是跑过来的。在化化浪子，大家展开大红横幅，竹竿大哥和我为大家拍了合影。我想往后按刚才的速度跑到龙潭瀑，有些队员会掉队，也许这是人数最多的一次合影了。

　　龙潭瀑，我到龙潭瀑的时间是上午 7 点零 9 分。之前我遇到从龙潭瀑跑回来的 3 位前队队员，尚志、齐福、岭南风情，他们比我快了大约 5 分钟。我和竹竿大哥、北冥飞鱼、40 出头、老李

飞刀来到龙潭瀑近前，展开大红横幅拍照。枫香树、灰狼等几位队员在龙潭瀑前的台阶上休息。叶子红、双节棍等几位队员没有赶到龙潭瀑。从龙潭瀑到明霞洞，我用了 32 分钟。途中，我为队伍中的唯一一位女队员叶子红拍了张照片，看她略显吃力的样子，我想她很快会被我们甩下。从明霞洞到天泉，我用了 32 分钟。当时我和竹竿大哥一起赶到天泉，前队 3 位队员大约已领先我十几分钟的路程。从天泉到天茶顶，用了 37 分钟，竹竿大哥、枫香树和我一起到达天茶顶。

天茶顶，我到天茶顶的时间是上午 8 点 51 分。大风，吹得人很难站稳，别说展开横幅了。我们 3 人在天茶顶的哨所内展开大红横幅拍照，这时北冥飞鱼赶到。穿越痴迷石缝时，枫香树的两个手指被石壁深度刮伤。本来我想第一个下痴迷石缝，枫香树走在前面先下了。我在后面问他。他说下过几次，没事。4 个人都是老驴，下痴迷石缝的方式各有不同。穿过痴迷石缝，我们停留片刻，竹竿大哥为枫香树的手伤处涂了药水，北冥飞鱼拿出备用的创可贴。这时 40 出头和灰狼穿越痴迷石缝赶上来。大家互相看了看，都说，此后 6 个人一起走，谁也不能被落下。从天茶顶到子英庵口，用了 40 分钟，从子英庵口到崂顶巽门前的石阶道口，用了 26 分钟。

崂顶，我到崂顶巽门前石阶道口的时间是上午 9 点 59 分。阳光普照，山雪消融，3 月 14 日我穿越五顶路过此处，那时积雪埋足，少有人迹。时隔两周，那春意暖阳，已将寒春厚雪化入泥土之中了。我们在巽门前石阶道口展开大红横幅拍照。从巽门前石阶道口到坎门，用了 26 分钟。从坎门到五峰仙馆，用了 12 分钟。参谋长、紫水晶、山哥在五峰仙馆迎接我们。参谋长说，尚志等3 位队员 35 分钟前到达这里。在五峰仙馆展开大红横幅，参谋长为我们拍照。从五峰仙馆沿军用公路前行，迎面遇到西越带领的十几位山友，我转身招呼西越山友，没有停下脚步。前行不久，遇到海军老枪带领的竹竿帮二分队几十位队员，大家展开大红横幅欢呼合影。我们赶到黑风口时，遇到一群不知哪个队伍的热心山友，展开大红横幅与他们友好合影。我们到黑风口的时间是上午 11 点 5 分。从黑风口到蝴蝶泉，用了 34 分钟，途中遇到飓风队两位山友，遇到双木登山队众多山友。从蝴蝶泉到潮音瀑，用了 12 分钟。

潮音瀑，我到潮音瀑的时间是上午 11 点 52 分。竹竿大哥、北冥飞鱼、枫香树在瀑旁休息，我与灰狼、40 出头展开大红横幅拍照。以后的上坡路感觉慢了，前期一路小跑，体能出现些问题，这坡又陡又长，从潮音瀑到留韵亭，用了 25 分钟。途中走走停停，我拍了不少风景照片。竹竿大哥边走边说，念叨起他的那只烧鸡来。赶路途中，尚志前队不时和我们联系，他们在潮音瀑等了我们一会儿，等不及就向飞龙瀑赶去。尚志用齐福的手机和我联系，他问我烧鸡怎么办。我说你们跑那么快，烧鸡你们吃了好了，我们这里有牛肉。他说他们没时间吃烧鸡，要把烧鸡给我们留在飞龙瀑。我们在留韵亭和蔚竹庵间的山道上简单午餐，到蔚竹庵的时间是中午 12 点 47 分。从蔚竹庵到飞龙瀑，用了 38 分钟。

飞龙瀑，我到飞龙瀑的时间是下午 1 点 25 分。那只装烧鸡的塑料袋，挂在飞龙瀑石刻旁的树枝上，非常显眼，生怕旁人不认得一样，不过这里行人罕至，显物也变为隐物了。我们在飞龙瀑补水，展开大红横幅拍照。从飞龙瀑去北九水车站有两条山道，我们听从灰狼的建议，走大铁门一线。大铁门旁有一狂吠藏獒，把铁链子挣得哗哗乱响。我想真要挣断铁链子，那只藏獒非栽个大跟头不可。我们小心翻越大铁门，顺公路赶往北九水车站，途中遇到飓风队几位山友。从飞龙瀑到北九水车站，用了 26 分钟。从北九水车站到青峰顶大平台，用了 38 分钟。期间尚志给我电话，说是已走过飞云瀑，现在在大平台，问我们在哪里。我说再等 5 分钟，我们一起去青峰顶。5 分钟后，他们电话催问，我说拐过一个路口就到，他们不可先走。我在大平台遇到尚志、齐福、岭南风情时，是下午 2 点 42 分，从大平台到青峰顶，我用了 12 分钟。

青峰顶，我到青峰顶的时间是下午 2 点 54 分。在青峰顶休息约 7 分钟，展开大红横幅合影，我为几位队员拍了个照。随后尚志、齐福、岭南风情 3 人经慕武石去小崂顶。竹竿大哥、骑马看海、枫香树、灰狼、40 出头、北冥飞鱼 6 人返经大平台去飞云瀑。从青峰顶到飞云瀑，用了 40 分钟。

飞云瀑，也称花花浪，我到飞云瀑的时间是下午 3 点 41 分。我们在飞云瀑停留约 3 分钟，展开大红横幅留影。从飞云瀑到大平台，用了 35 分钟。从大平台到大石村水库，用了 1 小时 25 分钟。在大石村卫生室院门前，我们席地而坐，吃了些东西。竹竿大哥带的那只烧鸡，在那时被我们分享。开始，竹竿大哥从背包里掏出那只烧鸡，看了几眼说，这烧鸡能吃吗。我拿过烧鸡闻了闻笑说，没问题，肯定好吃。大家分享烧鸡时，我对大家说，我这里还有牛肉，本想留到小崂顶再吃。北冥飞鱼笑说，他那里也有牛肉，现在就是吃着烧鸡香。从大石村水库到鹅涧防火道坡口，用了大约 45 分钟。在坡口休息几分钟后，大家准备好头灯，保持队形向小崂顶主峰爬去。浅夜中沿山梁上山，爬着爬着夜色深了，伸手不见五指的样子，也没注意到月光和星光，大概那时云是密的。路险，有两位队员的头灯不能使用，我们异常谨慎，途中休息两次，以保证充分体力，安全第一，不讲速度。从防火道坡口到小崂顶，用了 40 多分钟。

小崂顶，也称寨青顶，我到小崂顶主峰的时间是晚上 7 点 10 分。到达小崂顶主峰时，我给山下等候的参谋长山友打了个电话。在小崂顶停留约 7 分钟，我们展开大红横幅留影。离开小崂顶主峰夜行约 5 分钟，我看到小崂顶主峰有几个头灯闪亮，听到几位山友的喊声。我们喊问，那边喊答，那边有早晨跟我们出发的叶子红，一共 6 个人。我对他们喊，跟着我们的灯光下山，一定小心。快到山下时，我等到他们 6 人，原来是锻炼队的山岗带队，他们穿越了五顶。叶子红和双节棍在天茶顶前遇到山岗，跟着一起穿越了五顶。从小崂顶主峰到山下公路，我用了大约一个小时的时间。

山下公路，我到山下公路的时间是晚上 8 点 20 分。今天从凌晨 4 点 45 分爬山算起，竹竿大哥、骑马看海（若风）、枫香树、灰狼、40 出头（世界的边）、北冥飞鱼 6 人用了 15 小时 45 分钟。尚志、齐福、岭南风情 3 人于晚上 6 点半到达汉河车站，用了 13 小时 45 分。参谋长、紫水晶、岭南风情、齐福、尚志在山下等候我们，大家沿山下公路夜行十几分钟，乘上在外等候的专车，向东晖国际大酒店赶去，兔兔山友在东晖国际大酒店等候大家。

我到东晖国际大酒店的时间是晚上 9 点 45 分。兔兔山友为 9 位勇士每人献上一束红玫瑰花。一数，每束都是 5 朵红玫瑰。晚宴前，我们在阿里山房间外的门厅里，展开"纪念五四运动 90 周年/竹竿登山队五顶四瀑穿越"的大红横幅，请酒店服务员为大家拍了合影。

为什么旗鼓大张穿越五顶四瀑，怎么样雷霆风雨穿越五顶四瀑，这已不仅是哲学论上的两个哲学问题了。哲学意义上的五行四象，家国天下意义上的五湖四海，华夏传统意义上的五经四书，新文化意义上的五四运动，新地理意义上的五顶四瀑。野山野水何在，象数义理何在，九九归一何在，我心悠悠何在。多少年后，当我回首往事，一定有这个特别的春天，这次刻骨铭心的野爬穿越。3 月 28 日你好，崂山你好，五顶四瀑你好。

明明春明明花明明相看

一朵耐冬花等待一树野桃花的开放，那是怎样含苞欲放的情怀。这情景与我在关帝庙的院落里相遇，一朵花等待另一朵花，一个春天等待另一个春天。清明节后第一天的上午，我随竹竿登山队，从关帝庙经将军山来到白云洞。白玉兰花开放在白云洞卧风窟旁的树上枝头，宛若人到中年的美妇，欲言又止，欲罢还

羞。白玉兰花的微笑是灿烂的,白玉兰花的眼神是缱绻的。

我知道,在这个被另一个春天等候的春天里,我同别人一样,来到此处也要离开此处。另一个此处在哪里,另一个此处怎样了。清明节后第一天中午,我和众山友来到明道观。此处有更为古老的院落。后来我看到,那里的树花还没有开放,通往棋盘石河谷的竹林道旁的野坡里,开着很多幽幽郁郁的蓝色小野花。

4月5日星期天,清明节后第一天,晴到少云。这天我背包里装了很多东西,包括一大塑料瓶啤酒,一把备用的雨伞,还帮山友背了一瓶野酒。这天有四位"五顶四瀑"穿越队友参加活动,竹竿大哥、尚志、北冥飞鱼、骑马看海(若风)。刚开始上山的时候,我分别对北冥飞鱼和第一次参加竹竿帮野爬的山友懒洋洋说,午饭时跟着我,有好吃的。听说同个饭圈的随风而过和笨笨山友,各自准备了丰盛的午餐。

今天的活动,我们包了7辆专车。听包车驾驶员说,昨天他们又送了10多位山友乘第八辆车去仰口宾馆追赶竹竿帮。这样看来,昨天参加活动的队员比估算的人数要多。今天7辆包车前后赶往仰口无名车站,我到那里时,大部分队员已随竹竿大哥前往大水渠,尚志在路口等最后一辆车。我放眼一看,参加活动的队员比昨天多很多,有乘另外包车来的,有乘私家车来的。有另一个登山队,到大水渠时,几十位山友与我们分开。初步估算,参加今天活动的队员和昨天差不多,大约有300多人。

第一站是大水渠,大家在那里换装、合影。第二站是关帝庙,竹竿大哥和部分队员在路口等候,我和北冥飞鱼领部分队员去关帝庙,尚志还在大水渠那边招呼部分慢行队员。在关帝庙,我看到那树高大的耐冬花树,我看到杂草丛中一小树含苞未放的野桃花,很多队员在那棵耐冬花树前留影。当着几位山友我自言自语说,清明节假期,能顺道来关帝庙拜圣祈福,是一件有意义的事。

第三站是在二仙山坡口,竹竿大哥和我领部分新队员去海天一览处留影,参谋长和尚志在后面收队,到此处还有一段时间。

第四站是白云洞，我在那里遇到那棵传说中的白玉兰花。竹竿帮今年春天四看玉兰花。第一次我跟来了，遇到早春一场漫天霙雪，那白玉兰花也许正在春雪中浅睡呢。竹竿帮第二次看花，我参加《真情像梅花开放》散文集的会稿，似乎白玉兰花那时还在含苞待放。第三次竹竿帮看花，我参加《真情像梅花开放》一书的发行庆典，书内有我一组游记，"十一月物象"9篇，第一篇是《白云木瓜明潭瀑》，里面写到一首小诗与一个木瓜的相遇。当晚我看到山友们的照片，白玉兰花宛若豆蔻年华的青春少女，善意美颜，在那春光流转中荡漾着。第四次就是这次了，这次的白玉兰花似乎已经等候了很久，我看它时它也看我，我的到来不知是否也是一次别样的等候。

第五站是白云洞河谷，白云洞河谷在绵羊河谷的下游，滚石流水，各自成趣。但是我们的队伍太长，这条线路的岔路口较多，白云洞有多支登山队伍。竹竿大哥带着前队几十人，我领着中队几十人，尚志和参谋长带着后队100多人，前后各断开十几分钟路程。听说有些后队队员速度太慢，劝不回去，只好由他们跟在后面。第六站在第一顶坡处，第七站在第二顶坡处，第八站在明道观，第九站在棋盘石河谷。第六站的休息时间较多，我在第七站等到竹竿大哥。竹竿大哥留在第七站等候参谋长和尚志带领的后队，我和北冥飞鱼领大家去明道观和棋盘石河谷。前后大约有200多个队员，分别在明道观和棋盘石河谷午餐。熟悉路的队员，午餐后可以自行经华严寺返回。

我赶到棋盘石河谷时，见几位老队员在那里午餐。我们饭圈5人在不远处扎阵，将最大一块平面石头的午餐地，留给后队队员。随风而过山友带来一只麦面抱窝鸡，线条柔和，神态憨厚，像一件艺术品。笨笨山友带来几只鲍鱼和几只大虾，烹制过程中色香诱人。北冥飞鱼煮了两锅海鲜面条，大饱口福。我用家人刚从四川带回的豆瓣酱，做了一道红烧老豆腐，别有风味。其余小菜、面食、小酒若干。这似乎已是一场盛装野宴了。

下午大约3点40分，我们分三队来到华严寺停车场。我和参

谋长等大部分队员乘三辆包车先返李村，竹竿大哥和尚志乘两辆包车后返李村。我和参谋长等几位队员，在李村维客广场等了20多分钟，等到竹竿大哥等后到队员后，打过招呼，各自返回家中。

这样一次踏青野游。明明关帝庙，明明耐冬花，明明野桃花。明明白云洞，明明白玉兰，明明的流转。明明明道观，明明小蓝花，明明的路旁野坡。明明的行走，明明的相遇，明明春色，明明花朵，明明相看。与野人为善，成野人之美，如此野的善美，这样野的春天，是否是一个真实、善美、野的梦境呢。

绵羊河谷野的情景

春山叠翠，野花郁郁，滚石流水，纵横洋溢。晚春晴日，在绵羊河谷烧烤，浅问生熟色味怎样，淡看碧空白云缥缈，小饮加烤肉，客来不相问，探箸杯盘间，远近总相宜。4月18日星期六，谷雨节气日前两天，登山节第一天，晴有少云。竹竿登山队的野爬线路是，从仰口经庙岭口、绵羊河谷、滑溜口到北九水，主队在绵羊河谷烧烤午餐，午餐时间预计3个小时。

上午7点30分在李村大石头集合时，竹竿大哥事先找了3辆包车，但远远不够，后来又找了4辆还是5辆，也算不过来。只记得每辆车都挤满了山友。竹竿大哥和一辆包车留在最后，等着我领一位开车来的女队员去找停车位，等不及，就让车子开到蓝加白快餐店门前来接。后来统计我们这辆车的人数，有43人。在滨海大道，一位山友打电话给竹竿大哥，说是开着车来追，有3位山友。我们这辆车子实在挤不下，只好让他们直接去仰口。

我到大水渠时，有百余位队员在那里等候，至少还有3辆车的队员没有赶到。竹竿大哥给参谋长、尚志等后面队员打电话。听说是一辆车被交警拦下，一辆车开过了站，其他车不清楚情况，尚志在无名车站等候后面几辆车上的队员。在大水渠等候约半小时，尚志领着最后一车队员赶到。期间锻炼登山队的大队山友经过大水渠，五顶四瀑穿越队友枫香树在队列里，锻炼、山岗在后面压阵，我为竹竿大哥、锻炼、山岗3人拍了合影。竹竿登山队大约300位队员，排着密集队列朝庙岭口方向开进，海军老枪在前面带队，竹竿大哥、尚志护队，我在后面收队。我从大水渠离开时是上午9点25分左右。这次活动有五位"五顶四瀑"穿越队友参加，竹竿大哥、尚志、齐福、岭南风情、骑马看海。

上午10点28分，我赶到庙岭口，背包里装满饭圈山友的烧烤食品，手里还提着一个大塑料袋，里面装了两个大饭盒。一位女队员走不快，一直走在后队，我让她路上提醒我，别忙着拍照把饭盒忘了。我们后队在庙岭口休息了约10分钟，前队在庙岭口休息了有半小时。我到绵羊河谷入口处时是上午11点。因事先说明，主队要在绵羊河谷午餐3个小时。参加烧烤活动的队员蹦河谷去下游开阔处。不参加烧烤活动的在附近自由午餐，午餐后可跟随老队员经滑溜口去北九水。

几十个队员，蹦河谷到去年秋天烧烤的地方。3个烧烤气灶，竹竿大哥、参谋长两个烧烤气灶用石板，在一块几十平方米大的平石上，笨笨一个烧烤气灶用双层烤盘，在旁边一块10多平方米大的平石上。田不饱、阳春白雪、紫水晶、笨笨是烧烤主操盘手，竹竿大哥、海军老枪、旖旎大海、一米阳光、参谋长、过客李林等为助理操盘手，齐福、岭南风情抽空去蹦河谷，海浪78师、骑马看海抽空忙拍照，很多面生的队员叫不上名字。我所在的饭圈，神秘女郎带来原浆小白酒，笨笨带来即墨老酒，过客李林带来小泡酒。相邻大平石上的两个饭圈，山友们带来几样小酒，印象深的有啤酒，他们把一些啤酒先放在潭水里冰镇。

这次烧烤活动，大家有备而来，所携烤品特别丰富。烤肉、烤海鲜、烤蔬菜，最辛苦的是烧烤主操盘手，手忙活累了，脸庞晒黑了，后来剩下不少烧烤熟品。下午两点半左右，竹竿大哥他们离开绵羊河谷，我们饭圈4个人留下来接着烤肉、煮茶。两位女队员今天的爬山状态不佳，一路爬得很慢，后面再爬滑溜口大

坡，有点儿难度。双层烤盘的工作量极大，都把主操盘手烤累了。所以4人约好一起原路返回。

从蹦河谷约十几分钟，我们回到绵羊河谷入口处，当时是下午4点。如此算来，这天我在绵羊河谷停留了5个小时。在庙岭口，看到不少新来山友落下的塑料垃圾。笨笨先去捡，我和一位女队员跟着捡。从庙岭口到大水渠，一路悠闲，不着急赶路，沿途捡了3袋子垃圾。下午5点15分，到达公路旁的无名车站。这时竹竿大哥打来电话，他们已赶到北九水公交车站。

去年4月登山节的那天，"起承转合"4人组（若风、彩霞飞飞、格里、40出头），因迷路没追上竹竿大队，4位文友在迷人河谷野餐，野餐后经绵羊河谷、庙岭口原路返回。今年登山节有两天，第一天烧烤休闲游，4位山友从绵羊河谷经庙岭口原路返回。去年是新驴，下午6点赶到山下公路，匆匆忙忙下山，别的事没顾上。今年是老驴，体能充沛，线路熟悉，行有余力，沿途做了做环保工作。

第一次见识双层烤盘。笨笨新买的双层烤盘，乌黑发亮，像是碟形飞行器的金属模型，又像擦拭一新的出土文物。我想若是让河谷里的斑腿山蚂蚱看到了，以为是什么更高智慧的天外来客呢。《诗经》里有篇叫《考盘》的诗，四句一章，全诗仅三章，各章首句分别为，"考盘在涧"，"考盘在阿"，"考盘在陆"。有说此诗是隐逸诗之宗的，有说是爱情梦幻诗佳作的。理解不同处，首在"考盘"词解。"考"有成、作、敲、探究等意，"盘"有盘子、乐、木屋、盘桓等意。

骑马看海（若风）认为，在山水言山水，在诗歌言诗歌，古诗兴、比、赋三义，当以物象为领。"考"当为敲解，"盘"当为盘子解。敲，当以木筷或其他食具敲之，盘子，当是一种金属盘状食器，定有烧烤野餐之功能。"独寐"言外相对有众人昼间围乐之意。《考盘》一诗，想必是我们古代春秋时期的山友，野爬活动中在山涧、山坡、山崮等地野餐，乐山、乐水、乐人，野爬回家后，独寐中依然不能平静。此情此景，与今天的野爬多么相似。野山、野水、野人，昨时之今刻，今日之明天，怎么个穿越了得。想神圣华夏之道统，感纯粹诗意之流转，此情此景何堪。

去年秋天，我随竹竿帮在绵羊河谷野餐，写过一篇《混沌绵羊入梦来》的文字。今年这个晚春的晴日，有 5 个小时我在绵羊河谷停留。若问亘古诗情在春天的何处，若答绵延山水在时间的哪里，再感受与山水众生的万般所在，再想春秋野人与今时野人的不同相似。绵羊河谷野的情景，野空野色野的春天。

登山节崂顶云雾行

记得以前的登山节是一天，今年的登山节是两天。如果将来，春夏秋冬四季，每季能有一次登山节，那就好了。四季登山节最好在春分、夏至、秋分、冬至前后，以察冷暖寒暑之山色，体会华夏文明之传承。中华民族是一个仰望星空的民族。若风（骑马看海）认为，从古老历法意义上说，华是太阳历法简称，夏是月亮历法简称，华夏是阴阳历法合璧简称。据《尚书》记载，古代人民在 4000 年前已熟练运用太阳历法和月亮历法。公元前 104 年，汉太初元年，阴阳合历的太初历法颁布施行，从此，华夏民族亦简称汉族。

4 月 19 日星期天，登山节第二天，谷雨节气前一天，多云转阴。竹竿登山队的计划线路是从大河东到崂顶。天气预报这天有大范围的中到大雨，有关单位组织的市区穿越活动已取消。前一天晚上，我们在 QQ 群里谈到这个问题。说定，若集合时下雨就取消原线路，改为在市区内休闲腐败。

这天一早 6 点多钟，我起床一看天色，感觉天不怎么阴，至少雨不会下。大约 6 点 50 分，我在宁夏路乘上 11 路车往徐家麦岛转乘 104 路车，不想两辆 104 路车都到沙子口，后来乘上 304

路车，在车上遇到旖旎大海、姜医生等山友。我提前赶到大河东车站集合地时，那里的山友只有50人不到。8点10分出发时，竹竿登山队有24位队员，其中3位"五顶四瀑"穿越队友参加本次活动，竹竿大哥、齐福、骑马看海。

竹竿大哥、海军老枪带领大家经大河东水库、凉水河、小石屋、石门涧前往崂顶坤门。海军老枪一路领先，竹竿大哥走的慢些，我走在最后。姜医生以前跟我们爬过一次山，但这次走得太慢，我几次劝她原路返回，她不同意。在小石屋第三次劝过她以后，我只身去追前面队伍。在石门涧河谷前，停留休息较长时间。统计人数，我们队伍有32人，包括途中加入的两男两女4位队员，以及说只跟着走的一男一女两位山友。我和齐福留在最后，大家走山路，齐福蹦河谷，速度基本差不多。大约10点20分，伯乐领队带领的队伍赶上来，齐福为伯乐和我拍了张合影。我没见到姜医生，估计她已原路返回。

一上午时间，云层渐厚、雾气渐浓，欲雨未雨而云雾徜徉，各色的山花、野草，在松林间、河谷旁，喷艳吐翠，好生自在。桃花、梨花、樱花、山李花、杜鹃花，仙姿野色各有参差。落叶松、马尾松、皂角树、山桑树、有名树、无名树，或挺拔或婆娑或无所形容。在经过石门涧河谷后，小林从背包里掏出个塑料袋，沿途捡一些零散的垃圾。小林是位高挑的少女，开始她叫一个外文名，我听不清楚，她笑着说叫她小林好了。小林说，去年她第一次野爬想跟竹竿队，结果在李村集合时迟到了，只好跟别的队伍去爬山，以后再爬山，她就到集合地现找队伍，这次听说竹竿队要在登山节雨中登崂顶，她早早赶到集合地，不想雨没下起来。我笑说，要是集合时下雨，这次我们就不来了。

后来我走在小林前面，顺手捡些垃圾，放到她的塑料袋里。然后要爬一长段陡坡，我把相机收起，把小林手中的垃圾袋接过来。经过一处6根连理的野树丛不久，我捡到一只饮料罐。我问小林，这只罐子上有好多小蚂蚁，把罐子带走还是留下。小林微笑着说，大哥你看着办。我把饮料罐放回野草地上，心想，下次遇到再说吧。上午 11 点 25 分，竹竿大哥、海军老枪等 4 位队员先赶到坤门前石阶，我第五个赶到。之前坡路太陡太长，无岔路，我从后面先赶上来。2 分钟后，我们到坤门字刻处等候大家。

在崂顶坤门，遇到一位昨晚露营的小伙子山友，他为我们拍了合影，共有 23 位队员一起到达崂顶坤门。11 点 34 分离开坤门，这时空中飘起了雾雨，似雾似雨，如梦如幻。6 分钟后赶到朱雀石。12 点 10 分，到达路旁河谷的午餐地，这时雾雨已经停了。前后有 21 位队员赶到河谷午餐地，两位队员没跟上队伍，迷走去天地淳和午餐。午餐后泡了 4 锅茶，两锅崂山绿茶、一锅铁观音茶，一锅混合茶。多数队友说，还是崂山绿茶对味。下午 1 点 30 分，离开河谷。10 多分钟后到达天地淳和。天地淳和雾蒸云霭，游客中较多红男绿女，气氛有些暧昧。我闲说几句，笑评了景区大门前那副抱抱对联。

在茅亭、竹林、紫气东来处，遇到毛毛 Q 山友，他领 5 位山友走大路来崂顶景区游览。下午 2 点 55 分，我和后队赶到砖塔岭车站，随后乘小公共在沙子口转车。途中绿茶山友在我邻座。她对我说，今天她们 3 位山友想跟竹竿队爬山，路上迟到了，也不知道电话，只好跟了别的队伍。下午 4 点左右，我在宁夏路车站下车，步行几分钟回家，这时天空飘起了毛毛细雨。当时我想，预报中绸缪已久的谷雨之雨，终于要揭开朦胧的盖头了，明天是谷雨，还有一个节气大约 15 天，这个超级朦胧的春天，就混然沌然过去了。

海军节后第一次野爬的春色

海军节是 4 月 23 日，那天白天我在单位上班，抽空浏览了相关的网络新闻。晚上在家特意看看电视——《新闻联播》和《青

岛新闻》。之后我坐到电脑桌前，到新浪网青岛论坛，看坛友刚发的有关海军节的照片帖子。当晚一位山友在网上和我说，竹竿第三十八 QQ 群今晚建成，邀请我去当管理员。我想，这是一件献给海军节的礼物吧。

海军节后的第二天，4 月 25 日星期六，阴历四月初一，晴，有阵风，前夜崂山降雨。竹竿登山队的野爬线路是从西麦窑经南天门到大平潭，休闲烧烤，庆祝海军节完成任务。这天的活动有 4 位"五顶四瀑"穿越队友参加，竹竿大哥、尚志、北冥飞鱼、骑马看海。在西麦窑村牌前，遇到另一位"五顶四瀑"穿越队友枫香树，他在等一位山友，他俩要去穿三顶。在将军槽山道，遇到两位相熟山友，他俩要去崂顶。

离 8 点还差 3 分钟时，竹竿大哥带领大队人马出发，约有 80 多人。我在集合地西麦窑村牌前等到 8 点，和几位队员去赶前队。尚志留在集合地点继续等候。后来我一人等在将军槽前，等到尚志带领的 20 多位山友。在将军槽山道中的将军石前，我对第一次遇到的天茶牛说，对面这块大石头，是我猜测的将军头像，将军槽可能是因此而名。说话间瑜伽和神秘女郎围到跟前，我为他们拍了与将军石的合影。

大约 10 点 11 分，我随后队不紧不慢赶到天门后。半个小时后我们赶到先天庵，速度慢得不能再慢。大约 11 点 50 分，我随前队赶到大平潭午餐地。从八水河到八水二河到大平潭，沿途经过多段河谷。昨夜的春雨滋润，今日的春水汩汩，斑斓碧色的潭水，浅翠淡黄的枝叶，偶尔有一只漂亮的大喜鹊，叽叽喳喳飞过，这样野色的晚春，再想到烧烤的肉香，色色空空，欲罢不能，空空色色，不饮自醉。

有些老队员，在前面的八水河河谷午餐，北冥飞鱼带着烤盘和几位山友，不知在哪处河谷午餐的。我们主队赶到大平潭时，仍有七八十人的样子。竹竿大哥、尚志等队友一个饭圈，参谋长等队友一个饭圈，我所在的大饭圈有 9 位队友，是两个相连的饭圈，摆了 3 个气灶。这次笨笨没有带双层烤盘，但她领来了天茶牛，天茶牛带来了煎锅，效率比双层烤盘更高。我搬来的石板过厚，半天也没把那几条畋晒鱼烤熟，算是摆设了。

后来竹竿大哥曾问中午我们喝的什么酒，那么大的劲头，我说有很多种的小酒。神秘女郎带来的平度原浆白酒，笨笨带来的即墨老酒，瑜伽带来的青岛白兰地，天茶牛带的小泡酒和小郎酒，我带的五厂崂啤。这天我选错了石板，看来怎么样烧烤还是一个问题，同时证明，从石器时代进化到金属器时代是很有必要的，再想那首《诗经》里的《考盘》，搬来搬去的那个金属盘子，在春秋时代的野山野水中间，自有它的妙处了。

下午3点20分，我们离开大平潭午餐地，遇到保罗带领的20多位山友。在八水河车站，竹竿大哥、参谋长各包一辆面的，我乘参谋长那辆面的，下午4点40分到达流清河停车场。途中参谋长提到"纪念五四运动90周年/竹竿登山队五顶四瀑穿越"活动颁奖的事。川月户外想过很多办法，找过20多家刺绣单位，才把9个奖品登山包绣上字。参谋长建议在5月4日那天颁奖并夜宴，我和周围几位队友都表示赞同。

海军节后的第二天，在休闲野爬的春色里，烤肉小酒，海鲜瓜果，豪情若即若离，妩媚亦浓亦淡，好一派春空春色春心意。这天我们谈到"五顶四瀑"和颁奖夜宴，我想到《诗经》里的一首小诗，春雨春水，滋润汩汩，春潭春湾，湛湛斑斓，春山春海，中然浩荡。这样的春色，我们曾经拥有，这样的春色，我们曾经来过。

劳动节礼赞线路再行记

悠悠崂山，巍巍三顶，崂山三顶的礼赞线路，是指仰口、庙岭口、滑溜口、北观景平台、崂顶坎门、子英庵口、痴迷石缝、

天茶顶、天泉、大流顶线路，全程估算约有 50 千米，线路长，难度大，俗称大三顶穿越，是竹竿帮穿越三顶的传统线路。去年国庆假期，竹竿帮连续 7 天野爬崂山的第四天，有 11 位队员完成礼赞线路穿越，用时 9 个小时左右。

今年 5 月 1 日星期五，五一劳动节，阴历四月初七，少云转阴，傍晚来雨。竹竿登山队早上在李村集合时，有 4 辆包车约 120 余位队员。竹竿大哥随最后一辆车出发，比前 3 辆车晚到仰口约 20 分钟。这次活动有 4 位"五顶四瀑"队友参加，竹竿大哥、尚志、枫香树、骑马看海。

我到大水渠的时间是上午 8 点三十几分，本来要等最后一车队员到来后一起行动，不想后面那辆车迟迟不来，考虑到三顶线路的强度，海军老枪带领前面 3 辆车的队员先行往庙岭口赶去，我在大水渠等候后队。其间遇到阿弥陀佛、流星山友的小分队，他们要去白云洞、华严寺等处。竹竿大哥、尚志、枫香树都在第四辆车上，他们在 8 点 50 分到达大水渠，海军老枪带领的前队已出发十几分钟。

竹竿大哥为后队队员说明几处分流地点，我为后队队员拍了一张合影，便和竹竿大哥、尚志、枫香树向山上跑去。尚志、枫香树加速去赶前队，我和竹竿大哥追上几位相熟队友后，不忍抛下他们，两人一起当了总收队。我到庙岭口的时间是上午 9 点半，为在那里休息的 10 多位队员拍了合影，但是我想，他们大多数人是不会跟我们走到崂顶的。

20 分钟后我到达绵羊河谷，沿途超过很多队友，他们已表示在沿途分流。我和竹竿大哥走到滑溜口时是上午 10 点 53 分，海军老枪和尚志已带领前队的强驴赶往北观景台。笨笨、天茶牛等十几位队员在滑溜口休息并等候，有几位队员在滑溜口分流。我们在滑溜口等候几分钟，等到十几位队员后，便向北观景平台赶去。

与去年连七第四天不同的是，上次是带着小跑穿三顶，这次是走着穿三顶。海军老枪、尚志他们在 11 点十几分赶到北观景台，那时我们刚离开滑溜口不久。尚志电话问我，竹竿大哥和我要不要穿三顶。我说会的，他可带前队强驴先行，后队太慢，分组穿越。我们十几位队员到达北观景台的时间是中午 12 点 10 分，海军老枪一个人在那里等我们，他说尚志等 12 位队员已赶往天茶顶，他在北观景台等了近一个小时。之前约定，海军老枪带部分队员在崂顶分流，预计在流清河与穿越三顶队员会合。

在北观景台午餐约 35 分钟，有二十余位队员先后赶到，两位队员迷路后又到北观景平台。后来共有 36 位队员在北观景台会合。12 点 46 分，离开北观景台，有 20 多位队员表示要跟着穿三顶。考虑到时间问题，担心人太多影响速度，天黑下山危险，竹竿人哥一时没有决定后队穿三顶。大家一路慢行，过杜鹃坡时，只有 8 位队员走在最后。旖旎大海、笨笨、天茶牛非常想去天茶顶，懒洋洋不置可否，雨儿很犹豫。我做了懒洋洋和雨儿的思想工作，她俩决定跟随我们去天茶顶。

到子英庵口前几分钟，遇到曾和我们爬过山的老于山友，这次他独行经泉心河到崂顶，大约 12 点 20 分在天茶顶遇到尚志他们。我到子英庵口的时间是下午两点。到痴迷石缝的时间是下午 3 点。到天茶顶的时间是下午 3 点 13 分。离开天茶顶不久，竹竿大哥、旖旎大海、笨笨、雨儿、军然走在前面，我和天茶牛、懒洋洋走在后面，竹竿大哥和我不时用对讲机联系。我和天茶牛、懒洋洋到达天泉的时间是下午 4 点。到达鸡石口的时间是下午 5 点 56 分。

大约下午 5 点左右，尚志来电话说，他和枫香树已到达流清河车站，其他队友都跑散了，他们有 4 个人在下午 3 点一起到达大流顶。本来预算我们后面 3 人能在天黑前赶到山下，但眼见天茶牛、懒洋洋越来越慢的速度，我不断提醒他俩，我们至少要在天黑前赶到大流顶。当我们赶到鸡石山山顶时，能望见竹竿大哥他们远处的身影，中间隔了一道山梁，他们领先我们大约 10 分钟路程。傍晚 6 点半，我们 3 人赶到大流顶，这时天空飘下稀疏的雨点，天色渐黑下来。天茶牛是老驴，路熟，下山的速度较

快。他说趁天黑前赶赶路。我说若是天黑了就在途中等我们,我这里有头灯。没想到后来出现一个问题。

我和懒洋洋到南天门的时间是晚上7点。天色一黑,懒洋洋有些害怕,我离她不敢超过3米的距离。竹竿大哥用对讲机问我,天荼牛呢。我说你们若没见到他,他就在前面等我们,他没有头灯。竹竿大哥不时用对讲机和我说天荼牛的问题,我一路不时喊天荼牛,估计把天门涧的小动物们惊吵得不轻。大约7点零5分,开始下小雨,下了十几分钟,8点半左右,雨又开始下。竹竿大哥在流清河村包了辆面的等候我们,我们到流清河村的时间是晚上8点48分,雨仍在下,天荼牛手机关机,我们无法知道他的去向。

关于对天荼牛的担心,我们只能把希望寄托在他是个老驴上,这么短的路,就是闭着眼也能摸下山来,除非他想再在山上住一晚上。笨笨和竹竿大哥不时轮换拨打天荼牛的手机。后来,大约晚上9点20分,天荼牛的手机开机,他说他刚到流清河村。后来,竹竿大哥说,这天有两个问题。一个问题是,天荼牛是怎么一时失踪的,因为天荼牛是老驴。一个问题是,懒洋洋是怎么穿越三顶的,因为之前她连一个顶也没爬过。后来还有后来。

后来有山友说,这天有19位队员完成三顶礼赞线路的穿越,知道网名的有,竹竿大哥、尚志、枫香树、旖旎大海、笨笨、雨儿、懒洋洋、军然、天荼牛、骑马看海,暂不知网名或隐名的队员9人。我想,尚志前队的12名队员都有能力穿越三顶,加上我们后队8人,19人完成穿越是可信的。

《三顶礼赞》写,"那么何谓是有名的三顶呢。孔圣曰,名不正则言不顺。孟子曰,人之初性本善。古本《道德经》上说,有名万物之母。万物之母可理解为万物之善美,善美之心,就是那母性之心的本真。如此说来,文化景观就是那善美之心的隐微和表象了。"

五一劳动节这天,我随竹竿登山队再走崂山三顶的礼赞线路,这次强驴配合弱驴,这次我经历了短暂的夜穿与雨行。今天的弱驴，可能是明天的强驴，今天的梦想，一定是明天的追忆。善美之心乃天地所生，智勇之力乃众生造化。悠悠巍巍，山野自在，千钟百斛，我心陶然。

五顶四瀑颁奖记

有了梦想就有了追忆，曾经的梦想，一定是今天的追忆。五顶四瀑，曾经存在于梦想之中；五顶四瀑，我们走过。万象时空，心念如电，万水千山，善美如如。如果梦想与追忆一同欢唱，那该是怎样的激情时刻，那该是怎样的不胜形容。

5月4日青年节，星期一，立夏前一天，阴晴云雨无想。竹竿登山队在4月28日发出"五顶四瀑穿越活动颁奖通知"，定于五四青年节这天晚上，在锦涛园酒楼举办五顶四瀑穿越活动颁奖，创意人、后勤服务人员等8位山友，每人获赠价值不菲的五顶四瀑登山杖一根。完成五顶四瀑穿越的9名队员，每人获赠五顶四瀑绣字登山包一个。五顶四瀑登山杖、五顶四瀑绣字登山包，均由川月户外赞助。

五四之夜，共有21位山友参加颁奖活动。创意人格里，到场并签字赠书。后勤服务人员5人到场，参谋长、海军老枪、笨笨、紫水晶、张践，山哥、兔兔有事请假。五顶四瀑穿越勇士8人到场，竹竿大哥、枫香树、灰狼、骑马看海（若风）、北冥飞鱼、齐福、尚志、岭南风情，世界的边在外地请假。

我到酒楼时，参谋长、尚志、笨笨已到酒楼，不久，海军老枪、格里等山友赶到，格里签名《真情像梅花开放》一书赠给一米阳光、田不饱。随后多位山友陆续到来，格里签名《真情像梅花开放》一书赠给枫香树、碧海游等山友。我将提前签好的一本《真情像梅花开放》，赠给五顶四瀑穿越队友灰狼。齐福在开酒前

127

赶到。岭南风情在开酒后赶到。这晚喝的是五厂崂啤和可口可乐，大家尽兴而饮，每人花费 41 元。我和几位山友最后撤场，我到家时夜里 12 点刚过，已到立夏的凌晨。

一个月前的 3 月 28 日，竹竿登山队在青岛新闻网、青岛传媒网，提前发出活动召集帖，纪念五四运动 90 周年，竹竿登山队五顶四瀑穿越。3 月 28 日凌晨，5 位山友开车将 17 名参加穿越队员送到流清河车站站牌处。17 名队员中有 9 名队员完成五顶四瀑穿越，先后穿越崂山的大流顶、龙潭瀑、天茶顶、崂顶、潮音瀑、飞龙瀑、青峰顶、飞云瀑、小崂顶。前队 3 名队员，尚志、齐福、岭南风情，用时 13 小时 45 分钟。后队 6 名队员，竹竿大哥、枫香树、灰狼、40 出头（世界的边）、北冥飞鱼、骑马看海（若风），用时 15 小时 45 分钟。

途中，参谋长、山哥、紫水晶在崂顶五峰仙馆迎接穿越队员。海军老枪带领竹竿登山队二分队，大部分是女队员，从大河东经王子泉到黑风口，在崂顶军用公路与穿越队员会合。冷风在网上即时报道穿越进程。兔兔在东晖大酒店安排晚宴，为每位穿越队员献上 5 朵红玫瑰花。如此，格里在《五顶四瀑，一天暴走崂山的终极目标？》一文中的穿越设想，与纪念五四运动 90 年相结合，得以完美实现。五四运动带给我们无上光荣的激情与梦想，所有参加的竹竿登山队一分队、二分队队友，所有给我们活动召集帖子顶帖祝福的山友，所有关注此次活动的朋友，所有和崂山五顶四瀑有关的山水诸神，感谢了！

山在那里，水在那里，山水之爱无遮无挡，山水之意无远无近。野爬，是我们祖传基因的遗爱与遗直。野爬，和毛圣哲学有关吗？野爬，和爱国主义有关吗？野爬，和华夏文明有关吗？野爬，和兼爱万物有关吗。我知道，一个人不能替另一个人爬山，一个人不能替另一个人思想。野爬崂山五顶四瀑的象征理念和浪漫激情，让我真切感受到，无限的梦想与追忆。五四运动你好！青岛崂山你好！五顶四瀑你好！

蓦然回首钓鱼台

海风习习，衣袂飘飘，海浪跳弛，远山葱茏。当我独自来到钓鱼台，在陌生的礁岩间奔跃或者驻足，我想，一个人独自来到一个陌生的地方，那种相遇而安的感觉，是一种淡泊还是一种甜蜜呢？钓鱼台听说过很久，崂山旅游地图上有它大概的方位，地处偏僻而少有游客，算是一个半野不野的地方。我跟随野爬的驴友队伍去八仙墩时，多次从钓鱼台北面的山路经过。

5月10日星期天，西方母亲节，立夏后第五天，天气预报有雨，实际晴转多云。竹竿队60多位队员，经仰口、青山、试金石湾、梦幻海滩到八仙墩。在八仙墩午餐约两个小时，主队50多位队员经军营大路去垭口，分队10名队员经南侧小路去太清宫。我随分队活动，途中迷走20几分钟。迷走中，我跑在队伍前面，第一次闯到小八仙墩，十几分钟后回到始迷岔路口。我又远远跑到队伍前面，在驱虎庵附近找一条野路，独探钓鱼台。之后跑回驱虎庵找到队友，一同沿小路赶往太清宫。我到太清宫围院前的时间是下午3点40分，我第一眼注意到的，是一棵大树上白灿灿的流苏花。

上午走关帝庙坡后的大水渠时，我和一位女队员在前面领走。看着水渠左侧坡旁间次开花的槐花树林，我边走边想，关帝庙门旁的那棵大槐树，是不是开着更多更美的槐花呢。正想着，我望见前面右侧山坡上有大片的槐花，我想可能是关帝庙的槐花到路旁迎接我们。我跑到大水渠右侧为那些远处的槐花拍照，太远，拍不清楚，跑近几米，发现队伍已迷路。我赶紧跑回岔路口，招喊迷路队员，直到在前面领走的那位女队员也赶回来。

关帝庙周围的槐花开了很多，空气里流动着槐花的馨香，但

是关帝庙门旁那棵大槐树上没有槐花，我想，也许不是每棵大槐树都能在每年开花，也许今年的大槐树，也有一些特别的忧伤吧。每次走进关帝庙，总要对圣迹在心中闪拜。关帝庙的正殿门旁，有一棵挺拔的大树，开满白灿灿针芒状的白花，那肯定不是槐花。我问身旁队友，有位队友说是流苏。去年初冬，我在明霞洞院内遇到过一棵没有开花的流苏树，因为树上有个牌子，说那树有600年的历史，当时我还想，不知道那树开什么样的花。在青山村附近，我看到一些槐花，当时我想到关帝庙的流苏花，不知道流苏花是否有另外的花香，当时在关帝庙，我已分不清哪是哪的花香了。

此次来八仙墩之前，我打算回来时经驱虎庵小路到太清宫，途中在驱虎庵前，找条野路去探钓鱼台。听说钓鱼台有"钓鱼台一字歌"刻石，28个字中有10个一字，虽说是半野不野的所在，好奇还是有的。从八仙墩返回时，我和后队在大窝头山下的一处路口停下，我把对讲机交给参谋长，以为左侧路口通往太清宫。不想才走出十几米，发现坡太陡，感觉路口不对。转念一想，也许会通到下面的路口，于是我跑到队伍前面探路。大约10分钟，我一路探到海边，云纹礁岩颇似八仙墩，应是以前听说但没来过的小八仙墩。我对后面的队员喊，这里是小八仙墩，风景很好，不妨下来一看。

我在小八仙墩等了几分钟，只有一位男队员赶来，后面队员不见踪影。我想可能坡太陡，几位女队员有些问题。我只好赶回去，领大家回到迷路路口，来回费时20多分钟。一位新来女队员因体能不支，认为多走了路，嘟囔了几句。我懒得多说，和后队队员急行5分钟，翻过一个小山坡，赶到通往太清宫的路口。我说，前面路对，不会迷路，我先去探探钓鱼台。说完，我小跑着向驱虎庵方向赶去。

我到驱虎庵的时间是下午3点5分。驱虎庵前没有下拐海边的路口，我回走几十步，在一连体银杏树后找到一条荒芜野路，寻走片刻遇到一条干涸的小河。我沿河道一直走到海边，远远看到钓鱼台时，用了 3 分钟。我在钓鱼台转了两圈，没看到那"一字歌"刻石，只看到岩壁上一米见方的 3 个描红大字"钓鱼台"，还有两处乱写的不让什么鱼的小字。远望近看，一时找不到刻石，我反倒有些坦然。也许是一人贸然在初夏而至，那个"一字歌"是秋天的等候，秋天和夏天多少有些见外了。只是那个"一字歌"并不知道，对一个野人来说，所遇并不是为所钓而来。

就如那白灿灿的流苏花和飘动着馨香的槐花，它们的相遇可是为什么而来。在太清宫围院外，我看到两棵枝垂花繁的流苏树同在一个石栏内，石栏上坐着两位老汉。我走到一枝低垂的流苏花前，闻闻，并无任何的香味。我想，难道这白灿灿的流苏花只是好看吗？我礼貌地问一位老汉，这流苏会结果子吗？老汉木讷地说：会的。我又问：果子是什么样的？老汉直接说：流苏花是用来配制桂花的。我恍然。

流苏花开放在初夏，金桂花开放在中秋，它们的相配是如何相遇的。关帝庙的流苏树是自然挺拔的，太清宫围院外的流苏树是修枝剪叶的。那些朴实的槐花，大概在立夏后，就在向生活问好了。一个野人，第一次在初夏时节独自来到钓鱼台，未遇"一字歌"的刻石，遇与未遇反倒都觉得坦然。斐斐迟迟，焕焕生生，不知初夏等候中秋，还是秋天等候夏天，逍遥山水，自在善美，还是浑然不觉的相遇为妙。

忽然啤酒飞龙瀑

把啤酒和大虾带到野山野水的深处，算是野的啤酒和野的大虾了。把幽幽碧碧飞龙瀑激流的画面，轻轻淡淡展开在眼前，就是野的飞龙瀑在初夏时光里自由流淌了。

5 月 23 日星期六，端午节前 5 天，晴。这天我和竹竿队百余

位队友，上午7点30分从李村出发，8点20分左右开始爬山，经仰口、庙岭口、绵羊河谷、滑溜口、北九水、蔚竹庵去飞龙瀑，部分队员在北九水分流。这天有5位"五顶四瀑"穿越队友参加活动，竹竿大哥、尚志、岭南风情、北冥飞鱼、骑马看海。

飞龙瀑在太子涧深处，竹竿大哥说那里有几百年树龄的樱桃树，可去那里吃樱桃。喜欢喝啤酒的几位山友说，多背些啤酒，要去飞龙瀑畅饮。大家在庙岭口集合到全体队员后，竹竿大哥率前队直奔飞龙瀑而去。我把一位新兵队员带到滑溜口，在滑溜口和蔚竹庵等候尚志和后队，等不到。我想尚志这么久没赶上来，估计是有队员走错路口，或者是新兵太多，尚志的对讲机信号时有时无，手机信号更弱，没办法。我在蔚竹庵集合到几位队员，领他们赶往飞龙瀑。

我到飞龙瀑的时间大约是中午12点50分，有点儿晚。竹竿大哥、北冥飞鱼等几位队友正在飞龙瀑潭水边午餐。大兵等队友的煮菜饭圈在飞龙瀑溪水旁。海军老枪等队友在溪流旁支好一个简易石桌。尚志背着一位队友的部分给养，6罐啤酒、12只大虾、两斤蛤蜊。尚志很少喝啤酒，大虾、蛤蜊是生的，他也没带气炉。尚志肯定走在后队，手机信号弱，一时联系不上。

自滑溜口后，随风而过、笨笨等几位队友一直跟着我。从蔚竹庵到飞龙瀑的上坡山路上，看随风而过有些吃力，我把她的背包要过来。笨笨带来8只一拃多长的海虾，满满一大饭盒。随风而过带来自家小院里种的青菜。海军老枪背了6罐青啤，一壶老酒。我背了两罐青啤，一大桶五厂崂啤。其他还有炸鱼、香肠、小菜、水果等。一个微型啤酒节，就在对尚志的不断呼叫联络声中开始了。

我用4个大虾煮第一锅汤，然后放入青菜、调料等物。大约下午1点10分，尚志赶到，我们把第一锅煮的大虾分给两位女士和尚志。尚志说，后队的新队员太多，速度太慢，大都在北九水分流了。饭圈每人分两只大虾，虾太大，两位女士只能吃动一只，我和海军老枪各吃了3只。后来的第三只大虾我也有点儿吃不动了。

竹竿大哥、尚志等山友先行离开飞龙瀑，去河谷下游找那有几百年树龄的樱桃树。后来竹竿大哥打通我的手机说，那里能找到樱桃树。我没注意听樱桃树的位置，因为我正陷入已经变野的野啤酒、野大虾的包围。当然，还有本来就野的飞龙瀑，水鸣山幽，草木葱翠。对野的山水来说，天上人间，神仙凡人，只是视观与心感的不同。

大约下午3点，海军老枪因事先行经大铁门山庄返回。半小时后，我与后队离开飞龙瀑。在经过河谷下游的山庄时，我看到路旁坡边有很多粗大的樱桃树。稀疏饱满，果色红艳，那樱桃一定是异常甜美的。我当时想，樱桃树都在人家院子里，无人照看，也不像是什么野树，这樱桃是怎么吃的。后来知道，竹竿大哥他们经过时，是有人照看那些樱桃树的。边想边走，我一路转过很多棵樱桃大树，有的树上有编号标牌。不久来到大铁门前，大铁门破例敞开着。门旁那头凶猛的藏獒在狂吠，把铁链子挣得哗哗响，与山坡别墅旁的那头漂亮的不声不响不知名的黄白色大狗，形成鲜明的对比。

樱桃大树上的樱桃是不是野生的，我不敢肯定，因为我和那樱桃没有野的相遇。啤酒、大虾什么的，由我和队友背上山来，背着急行了4个多小时山路。飞龙瀑在时光的空隙中闪现，我也在时光的空隙中飞身而至。庄子《知北游》里写，"人生天地之间，如白驹过隙，忽然而已。"白驹，是白色的骏马，还是太阳的日影。飞龙，是飞来的激流，还是幽碧的光阴。也许，这些野来野去的念头，也只是忽然而已。

端午节在雎鸠河谷小觉

雎鸠河谷在哪里。雎鸠河谷，是我于端午节这天穿越崂顶后，在一无名河谷午餐时，远看雎鸠石，近观唐棣花后的一种心

感。端午节在哪里。端午节，在一首被传颂 2000 多年的诗歌《离骚》里。雎鸠，是中华第一诗《关雎》中的物象。《离骚》的作者，是伟大爱国主义诗人屈原。

古语云，礼失求之于野。野在哪里，不同时代自然有不同的野地。若风说："善美之心乃天地所生，智勇之力乃众生造化。"对行走者而言，家国天下，亦是不同范围的行走而已。对诗人而言，那是万变不离其宗的汉语表现。夏商周三代，至诗歌以《关雎》为启题。东周列国，至诗歌以《离骚》为启题。朝廷之野在民间，民间之野在山水。风骚薪火，楚汉相承。那是怎样的诗意，善美智勇，盎然气象。

5 月 28 日星期四，阴历五月初五，端午节，诗人节，晴。这天，我随竹竿登山队 120 余位队友，从寨上经长涧到黑风口，小部分队员在黑风口分流去北九水，大部分队员经虔女峰、五峰仙馆、坤门、灵旗峰、自然碑到天地淳和。我和后队到朱雀石时，竹竿大哥用对讲机对我讲，前队已到灵旗峰。我和后队队友，一路急行军，经巽门先后登上灵旗峰。灵旗峰我来过多次，第一次是 2003 年春天。在灵旗峰观景台上，我与沙子哥哥、雪舞飞扬队友在一起。谈话中得知，雪舞飞扬是湖南省汨罗市人。我对她说，今天是端午节，是为纪念屈原的，你所在的汨罗是湖南的汨罗吧。她说是的。

大约中午 12 点，我与后队山友离开灵旗峰，前往山下无名河谷午餐地。不知为何，这时我有略微饥饿的感觉。我一路奔走，追过前队，率先向午餐河谷赶去，那个河谷我去过多次。以前我常作收队，大多是最后到达午餐地。这次的收队是尚志，很多队友在景区沿途午餐。我只身赶到河谷，又沿河谷上行一段，找到一处较为开阔的午餐地。

队友们先后赶到。竹竿大哥、布衣、我各自支开一个气炉，煮面条。煮着面条时，旖旎大海和尚志赶到。旖旎大海在景区小路上，因相让在那里午餐的山友，不小心右小臂扎进一节树枝，鲜血直流。竹竿大哥仔细察看伤口，用一条手绢绑扎住旖旎大海的右臂，让尚志赶紧领她下山，先去沙子口医院。尚志二话不说，带着旖旎大海往山下赶去。下午2点多，尚志来电话说，沙子口409医院的医生说，建议去市内离家近的医院。竹竿大哥说要赶快。后来，我们下山时，尚志来电话，说已在四方区医院做了小手术，取出一截一厘米半的树枝。尚志说，现在午饭还没吃，饿坏了。

　　尚志带旖旎大海离开午餐地后，我们匆忙吃过煮面条，接着煮茶。后来一位队友说，远处能看到奇特的风景。我顺她说的方位看去，原来，远处可以看到雎鸠石（跃龙峰）。本来这是个无名河谷，之前我看到一棵开满小白花的唐棣树，还有山桑树、野樱树、榆钱树什么的。心有所动，我想，现在我又看到雎鸠石，今天是端午节、诗人节，联想到《诗经》《离骚》，这里就是我所以为的雎鸠河谷了。

　　煮泡过3锅崂山绿茶，我有些发困，在旁边一块大石头上眯了一觉。开始能听到周围山友打扑克的声音，后来小睡过去，等大家准备出发时，我醒来，不知睡了多久。问身旁山友，说是有半个多小时。至于在梦中梦到什么，已然忘了。2009年的端午节，在崂顶穿越后的午间小觉，所思有所梦，所梦有所思。

　　在烟云涧，我采了几棵1米多高的艾蒿。过烟云涧村时，望见不远处的崂特啤酒厂。几位队友笑言，若能遇到卖新鲜散啤的小酒屋最好。没多久，遇到一小超市，里面有两个散啤酒桶，一问，新鲜散啤1.2元一斤，超市院内有小桌凳。打散啤两斤，掏出背包内的小碗斟上，泡沫丰富，沁凉鲜美，一大口一小碗。又打两块6毛钱的散啤，又来两位队友，相笑而饮，不亦爽乎。

　　《文心雕龙》的《辨骚第五》篇中写："不有屈原，岂见《离骚》？惊才风逸，壮志烟高。山川无极，情理实劳。金相玉式，艳溢锱毫。"2009年端午节的这天，我放下一些思虑与俗想，和众山友一道，从寨上到崂顶到天地淳和。登高望远，海天辽阔，丛林河谷，小白花盛开。雎鸠石和唐棣花在端午节与我相遇，我在端午节与雎鸠石和唐棣花相遇。有的相遇瞬间而忘，有

的相遇长相思虑。雎鸠河谷的小觉，思有所梦，梦有所思。从很久以前到很久以后，端午节你好，楚辞汉赋你好，雎鸠河谷你好。

脂砚潭水映夏花

脂砚潭在化化浪子下游约 100 多米处。去年初秋，我随竹竿队到八水河午餐，我曾沿河谷往上探行数十米，选在溪水旁一棵野山桑树下午餐。午餐后，我沿河谷上行数十米，看到一个碧翠色的大水潭。水潭的一面有块色如脂玉的大石头，似砚似榻，如通灵犀。后来每次途经那里，我的目光都会从那块脂玉色大石头上掠过，我想，在一个夏天或者秋天，我会在那潭碧水旁刻意停留的。

5 月 30 日星期六，端午节假期第三天，晴有少云。早上 6 点 40 分左右，我在宁夏路乘上一辆 301 路公交车，在左侧车窗旁找到一个空座。公交车前行到青大附近，我抬眼眺望这个青岛早晨的天空，浮山上空有 3 朵形似大型飞船的白云，并排悬停在碧蓝色的天空中，周围的天色碧蓝如洗。当时我想，看那 3 朵白云排列整齐的样子，它们是怎样飘过来的。

没多久，我注意到 3 朵白云旁有一点深白色的云痕，逐渐变大，一两分钟的时间，天空又有一朵排在 3 朵白云后的白云。原来白云不是从远方飘来，原来白云是可以自生自长的，那么白云的种子在哪里，白云的生长需要一粒怎样的种子。车到香港东路一个山庄时，天空生出 5 朵并排的白云，第六朵已有雏形，我拉开左侧车窗，拍下两张照片。

神奇出现的白云，让我想到崂山里那些更为神峻奇秀的大石头，无前无后的白云都这样了，那些有头有脚的大石头是怎样的。这天，主队在化化浪子与八水河传统午餐地之间河谷午餐。当时我想到那块神奇的脂玉色大石头，以及石头旁那一潭深碧浅翠的潭水。后来，我多次注目水潭旁那块脂玉色的大石头，我想到洪先生原创的《石头记》，"开辟鸿蒙，谁为情种"。我觉得《石头记》里面那个脂砚斋，很有些神奇美丽。我想，《石头记》有个在作者身旁点墨观评的脂砚斋，化化浪子下游的这处幽幽明明的水潭，有个令我不时想起的脂玉色大石头，这个水潭暂且记名为脂砚潭吧。

脂砚潭周壁有几块各有特色的大石头，印象深的有一块竖纹上水石，上水石岩壁上有一棵孤零零的极小枝苗，枝苗顶端有几片绿叶。上水石旁，有一块能容 20 人的略微倾斜的平面石头。我赶到水潭时，小猪胖嘟嘟等 4 位队友在那里午餐。我在水潭旁另寻一处空地，搬弄石头搞成一个可供几人野餐的地方。我面朝水潭而坐，我的座下是一块河中石，汛期时河水会从大石头上流过。我的右前方有一块大石头，圆溜溜立在水潭一侧，石头后面有一棵开满白花的小树，估计是野梨树，那野梨花就像早晨我看到的，开始那很小很小的深白色的云种。泰戈尔的《飞鸟集》有写："生如夏花之绚烂，死如秋叶之静美。"现在是第一个夏月，我想这树野梨花，也算是绚烂之夏花了。对时间的生死喻以夏花与秋叶，诗人的记忆深处，也有一潭幽明静谧的感源吧。

我和后队队友到达八水河上游河谷的时间是上午 11 点 15 分左右，我看竹竿大哥身旁有很多队友，参谋长、过客李林等几位队友已经支好气灶。我不便当众提议脂砚潭，自己沿河谷右侧绕过大鱼潭，事后感觉还是沿左侧石壁上去容易些。我招呼几位随行的后队队友，几分钟后，赶到脂砚潭旁。几位男队友，各背上来几罐青啤，我另背一大桶五厂崂啤，带了炉灶、气罐，其他队友带来各样的肉类、海鲜、青菜等烤品，双层烤盘自然又大显了一番身手。

途中齐福等 6 位队友，在前队与后队间走过路口，我在寻找掉落在石壁间的对讲机时，请齐福用对讲机帮忙呼叫，还以为齐

福正在大鱼潭旁的几个饭圈中。等我找到遗落在石壁间的对讲机，才知道齐福等6位队友还没找到我们这段河谷入口。大约下午2点20分，竹竿大哥带领主队经上清宫前往八水河车站，我们几位队友留在脂砚潭。一个半小时后，收拾好野餐垃圾，经先天庵、南天门返回流清河车站。

崂山的夏花可能与别处不同，化化浪子下游的脂砚潭潭水，可能和别处山中的潭水有相似的幽静。一个偶然遇到的物象，可能会不时出现在记忆中，也许这个偶然，能穿越一些不同的必然，时光流逝中，偶然凝聚成必然，必然幻化为偶然。如同蓝天里深白的云种，如同潭水旁深白的小花。深碧浅翠，绚白荫绿，还有那自来自往的思感，都在这秀水清山中益然存在着。

了然无痕仙胎鱼

从没想过，这些小野鱼在野的水潭里如何生活。这些小野鱼，大的有签字笔长短，小的有火柴棍长短。水潭里有大约两个鱼群，每群七八尾大的小鱼，十几尾小的小鱼，另有几拨三两结伴不大不小的小鱼，以及几尾独自来往的大的小鱼。那些独来独往的大的小鱼，有时会加入到这个鱼群或者那个鱼群。这个水潭在蝴蝶泉河谷上游，我与众山友在那里午餐过几次。5月中旬的一天，我在那里遇到一棵开满小白花的大树。

小野鱼有半透明的淡黄色的身子，脊背上有墨蓝色的流线，身侧有暗红色的胎纹，浑然于山水倒影之间，游姿曼妙，了然无痕。我看到那些小野鱼时，心想，看那浑然了然的样子，难道是传说中的仙胎鱼吗？不久，尚志在水潭旁观察片刻后说，那是比娃娃鱼还珍贵的仙胎鱼。仙胎鱼是崂山独有的世界珍稀物种，尤其是野生仙胎鱼，罕见难寻。眼前这么多的仙胎鱼，怎么到竹竿队常来的这个野水潭中，它们是生在别处长在这里，还是在水潭里土生土长的呢。因为仙胎鱼的缘故，我为这个原先无名的水潭，起名叫仙胎潭。

仙胎潭旁有一块仙桃形的大石头，大石头约有3米多高，十数米围。仙胎潭有几十平米大小，潭底有淡黄色的石面和粗大的砂子，在水潭中央最深的地方，不时闪出淡淡的碧翠颜色。自从注意到那些仙胎鱼，潭中那半显半隐的碧翠水色，忽然增添了生机，似乎是哪位途遇仙女偶然的回眸了。

这天是6月6日星期六，芒种后第一天，清晨云雾，上午放晴。很多山友担心天气预报的阵雨，临时取消了爬山计划，只有50多位队员赶到大河东集合地。竹竿队这天的爬山线路，是经大河东水库、王子泉、黑风口、蝴蝶泉到北九水，在凉水河一线观览四处德文石刻，在蝴蝶泉河谷烧烤野餐。这次有6位"五顶四瀑"穿越队友参加活动，竹竿大哥、尚志、北冥飞鱼、岭南风情、枫香树、骑马看海（我）。

第一处德文石刻在一出很不显眼的赭黄石壁上，四行字，刻迹有课桌大小，是关于"骡子"或"驴子"的格言。第二处石刻在一块马嘴形的巨大石头的右下角，四行字，刻迹有办公桌大小，是几句山水诗。第三处石刻在王子泉，两行字，刻迹有公园条椅大小，地名。第四处石刻是镶上去的一块蓝色石板，有毛巾大小，人名。阳春白雪是湖南大学德语系毕业，过客李林学过德语，德文石刻只有他俩能够念读。

中午12点10分左右，我们到达蝴蝶泉上游河谷。北冥飞鱼带来新买的石板烤盘，几位饭圈队友，准备了蛤蜊、猪肉片、鸡翅、生菜等烤品，摆上多样小菜，没有摆酒。因为前几天我们约定在山上戒酒，这次几位男队员都没有带酒。海军老枪说，若是烧烤，不喝点小酒也有遗憾。后来他和几位饭友谈酒说酒，把个小酒说到天上去了。大家正在谈酒说酒而喝不到酒的美妙状态时，笨笨说她给天茶牛带了一壶英国威士忌酒，集合时忘了交给天茶牛，吃饭时没找到天茶牛。说者有心，听者动心，我赶忙把

那壶威士忌酒收起来。后来，我早早吃完午饭，四处溜达，发现了仙胎潭里的仙胎鱼。后来，我把那壶威士忌酒还给笨笨时，发现酒壶轻了许多。

越来越多的队友在仙胎潭旁，观看仙胎鱼的曼妙身姿。尚志在旁边看着看着，挽起裤腿蹚进仙胎潭浅水中，要捉几条仙胎鱼。仙胎鱼好像不知道尚志在想什么，它们依然不时游过浅水区。没人来帮尚志，尚志只能空手捉鱼，几个女队员在旁边指点叫喊，为仙胎鱼着急。尚志笑说，感情你们都向着仙胎鱼，我还捉它们干啥呢。

崂山前晚下了小雨，之前有 10 多天没有降雨，蝴蝶泉河谷的水量不大。平时貌似彪悍的几个水潭，水位已经大减，地表溪流也是时断时续的。仙胎潭的潭水，依然上下通流，波光摇曳，澎澎瀺瀺。仙胎潭的仙胎鱼，如在无人之境，自由自在，浑然了然。我在 2009 年的 6 月 6 日，爬一次休闲的野山，遇几处意外的景象，感一些往昔的怅惘。风物无端而来，骎奔万象如幻，德文不会念，小酒没有喝，仙胎鱼不知其所来所去。所有这些，在心念脑海中忽然闪过，来去无迹，了然无痕。

天生一个仙人桥

从风雨无阻到云雾阳光，从磅石村到飞龙瀑，仙人桥更像一处世外的居所。我知道，有没有仙人，是浪漫哲学的不同认知，有没有仙人桥，是现实野爬的名相会遇。

6 月 20 日星期六，夏至前一天，天气预报有大到暴雨，实际前夜中雨，清晨云雾，上午出太阳，全天晴朗。前一天晚上，窗外正在下雨，在竹竿 QQ 群里，很多群友谈到明天的天气。虽然活动召集帖子里注明，下雨天活动取消，很多山友还是不时询问。竹竿大哥确定明天继续爬山活动。我补充说，风雨无阻。有两位女山友问我意见，我担心明天会有大雨，她俩体能一般，我将她俩劝退了。

这天的天气，与这天的天气预报开了个玩笑，如同这天清晨的桑拿迷雾，霾霾霭霭，潮湿闷热。竹竿队40余位队员乘两辆包车，上午8点20分到达磅石村，海军老枪与一位小伙子队员带队，竹竿大哥护队，我与尚志收队，有5位"五顶四瀑"穿越队友参加了活动，竹竿大哥、尚志、岭南风情、北冥飞鱼、骑马看海。

磅石村里有很多杏树，正是杏熟的季节，村内路旁，一位妇女摆着两个装满红杏的果篮，鹅蛋一般大的红杏，6元一斤，我和北冥飞鱼买了2斤。后来在飞龙瀑，我品尝了一个用飞龙瀑溪水洗过的崂山大红杏。

上午9点十几分，我们经过骆驼峰后，云开雾散，太阳露出迷人的微笑，天放晴了。在河东村前的一段河谷，我们休息十几分钟，山哥与两位女队员在此处分流。我看到金刚崮的时间是上午10点十几分，二十几分钟后到达扇子石，我们在扇子石停留了十几分钟，然后大家赶往仙人桥山峰。有20余位队员攀上了仙人桥，我在仙人桥上停留了大约10分钟。我站在仙人桥上眺望，蓝天如洗，乱云飞渡，苍石翠木，焕然一新。飘飘乎，天生一个仙人桥，荡荡然，会遇野爬众山友。

我到达飞龙瀑的时间是上午11点半。下飞龙瀑河谷陡坡时，雨后路滑，有位女队员碰伤了手指，淌了不少眼泪。午餐时3个饭圈挨着，岭南风情煮了一锅蛤蜊。竹竿大哥煮了一锅炸酱面，淡若茶香从家里带来大红杏。靠近飞龙瀑的几块大石头，是老狼、司令等队友的饭圈，还有几位陌生队员组成的饭圈，离我们较远些。泡了4锅茶，洗好一铝碗崂山绿茶，投泡一锅、冲泡一锅。尚志他们带了一瓶嘉善老酒，分给我们一些，感觉那老酒和绍兴的加饭酒差不多。

晚上我们十几位山友要代表竹竿登山队，参加一米阳光山

友、田不饱山友的婚宴。一米阳光、田不饱是竹竿队的骨干，在爬山中相识、相知、相爱，并如愿踏入婚姻的殿堂。下午1点30几分，离开飞龙瀑午餐地，从太子涧下山，过河谷绕开大铁门，暴走到卧龙村车站。下午5点，有8位队员在李村大石头集合，竹竿大哥、海军老枪、旖旎大海、司令、尚志、雨儿、老狼、骑马看海，带着登山包，一起前往辽阳西路的龙都海鲜食府酒店。参谋长、碧海游、欧地蜜、天边的云从市区赶往酒店。

雨后登山，别有乐趣。雨后的崂山，仿佛一位出浴的仙女，她那绰约的风姿，她那迷离的眼神，她那甜蜜的微笑。我想起一位南美诗人的诗句："我把甜蜜而混浊的手，伸入到大地最能繁殖的地方。"郁达夫先生在文章中写："青岛像是一个在热情之中隐藏着身份的南欧美妇人。"青岛风光，文人意象，顺笔而来的美丽，行云流水一般。2009年夏至的前一天，登上仙人桥，感想仙人事，虽无苍茫暮色，却看乱云飞渡。青山翠谷，金相玉式，飞龙野马，万象奔流。

峥嵘幽窅崂顶的夏天

峥嵘雄浑的群峰，幽深窅浅的夏荫。7月4日星期六，小暑节气前3天，晴空薄云，天气炎热。这天我和众山友经仰口、庙岭口、滑溜口到北观景台，在崂顶北坡的林荫道旁午餐后，经五峰仙馆、坤门、天地淳和到烟云涧村。

天气早早热了，上午8点20几分，我与50余位山友从公路赶往大水渠，急行军，多数队员挥汗如雨，有的队员开始掉队。上午8点40分，全队在大水渠集合后出发，竹竿大哥带队，骑马看海、海军老枪、冷风收队。从大水渠到庙岭口，我用了50分钟，在庙岭口休息10多分钟。从庙岭口到绵羊河谷，我用了20分钟，在绵羊河谷补水。从绵羊河谷到滑溜口，我用了 50 分钟，在滑溜口等候 20 多分钟。10 余位队友在滑溜口分流去北九水。我到北观景台的时间是中午 12 点半，从滑溜口到北观景台，我用了一个小时，在北观景台稍作停留。欧地密、泉水叮咚、涟漪等 5 位女队员速度较慢，从滑溜口到观景台的途中，我不时在途中等候。

在滑溜口前后，我看见山道两旁的密林中，有很多橘红色的崂山百合花。在经过山门后的小道上，遇到一个绿黄色小蛇样的怪异山虫，几位队员拍照后，欧地密用登山杖，将那个怪异山虫拨进道旁的草丛。在崂顶，看到很多杏黄色的崂山百合。听过几位队友的议论，崂山百合花有很多种类，哪种才是最初所称的崂山百合花，我竟然无所知晓。一年多来，我在崂山遇到过多样色彩的崂山百合花，我统称它们为崂山百合。八仙墩的百合花多是朱红色的，滑溜口的百合花多是橘红色的。崂顶、石门山的百合花多是杏黄色的。在仰口河谷、绵羊河谷，我遇到过色彩艳丽、瓣蕊婀娜的大百合花，我称那是百合花王。

我赶到崂顶北坡的午餐地时，30 余位队友在那里午餐。冷风与几位队友落在后面较远，在崂顶拐错路口，没找到主队。后来听说他们经坎门、巽门、天地淳和到了大河东。我们在崂顶北坡石阶道旁的林荫下席地而坐，摆出自带的午饭和小菜。海军老枪带了小瓶原浆酒、4 罐青啤，笨笨带了瑞典伏特加酒、小瓶占边波本威士忌酒，张践带了小瓶茅台醇酒。有两位能饮的山友说来没来，显得这次酒带多了些。我对大家笑说，我带的小烧酒，等到下次爬山时再喝。

下午 2 点，午餐到最后的 20 余位队员，一同离开午餐地。我到五峰仙馆的时间是下午 2 点 7 分，到坤门的时间是 2 点 50 分。到烟云涧村小超市的时间是下午 5 点 10 分，5 位队友在那里喝了两大袋崂特散啤，那散啤泡沫丰富，醇香甘美。在朱雀石到天地淳和的途中，迎面遇到国家羽毛球队的队员在爬山训练，听说已连爬了 3 趟。在天地淳和，前队队友遇到国家羽毛球队队员乘坐的 3 辆面包车，泉水叮咚为海军老枪与一位著名的国家羽毛球队

队员拍了一张临窗合影，很生动。

　　冷风后队后来有9个人，收到两位游客，听说一位老哥游客是位诗人，他带着手提电脑登上崂顶，在崂顶用电脑写诗。听冷风说，那位老哥的电脑里存了很多诗歌，都是他创作的。竹竿登山队中，不少女队员喜欢打羽毛球，可惜我没有时间去打，对此少有关注，在崂顶路遇国家羽毛球队队员，竟一时没有反应过来，小憾。我赶路忙着通过景区，没遇到冷风所遇的在崂顶用电脑写诗的诗友，不知道电脑里的诗歌是什么样子，也有小憾。

　　崂顶海拔1133米，是我国18000千米海岸线上的最高峰，周围超过1000米的大小山峰有10多处，遥相呼应，彼此感染。若逢大的年节假日，我与众山友，都要野爬穿越一次崂顶。7月4日这天，在野爬穿越崂顶的途中，看见多样色彩的百合花，见到绿黄色的怪异山虫，路遇攀登爬山的运动员，听说在崂顶写诗的老哥游客。这样一个夏天，峥嵘幽邃，雄浑甜蜜，野山野水，野看野遇，野的情景，野的回想。

野山野水仙胎鱼

　　开辟鸿蒙，何为情种；名相互联，显隐无端。古语云："礼失求诸野。"礼莫大于名相，哀莫大于心死，无闻看自在则礼失，存滞涩阻隔则哀生。朝廷之野在民间，民间之野在山水，山水之野在野山野水，野山野水之野在野思野想。野思野想之善美，会遇山水共和之万象，野来野去，要野到哪里。

　　7月5日星期天，小暑前两天，晴有薄云。这天我与百余位山友，经寨上、长涧、黑风口到蝴蝶泉河谷，在蝴蝶泉河谷午餐。我到午餐地仙胎潭旁的时间，是上午11点左右，我望了一眼仙胎潭中的仙胎鱼群，在仙胎潭下端接上一瓶冰凉的溪水，当即喝下大半瓶。起身再看仙胎潭，潭水充盈，波光潋滟，潭水里有更多的仙胎小鱼，它们围着 10 多尾大些的小鱼嬉戏着。仙胎鱼悠然的样子，仙胎鱼也不在乎别物的存在。有时，我在潭水旁蹲下身子，伸开手臂，阳光把我的手影延伸到潭水里，周围大些的仙胎鱼，就和着那手影在清澈的潭水中舞蹈。

第一次遇到仙胎鱼，是在一个月前的 6 月 6 日，这次再遇仙胎鱼，对仙胎鱼有了更多的了解。传说，仙胎鱼是几千年前，崂山上一棵几千年人参的种子变出来的。择水而居、择山而邻的仙胎鱼，多在崂山北麓一侧的山溪水潭中，比如说蝴蝶泉河谷中这一不深不浅的仙胎潭水。仙胎鱼是怎么来的，估计它的鱼卵有极强的生存能力。听说千年人参会跑，也许仙胎鱼的鱼卵，会像千年人参那样，在山山水水间穿越行走吧。一个是传说中的千年人参，一个是珍稀物种的野生小鱼，两者的联系有显有隐，我所看到的如是沧海中的一粒水滴，甚至只是传说中的能够在山山水水间奔跑飞翔的水滴。

关于植物与动物的亲密关系，有个渡渡鸟和大颅榄树的故事。很久以前，毛里求斯岛上有渡渡鸟，渡渡鸟体大翅小，成年渡渡鸟喙长可达 23 厘米，体重可达 23 公斤，是一种不会飞的大鸟。后来因为各种原因，主要是人为原因和环境变化原因，渡渡鸟在 1681 年前后绝迹。奇怪的是，毛里求斯岛上的大颅榄树，在渡渡鸟绝迹后，再没有新生的树木。300 年后，在 1987 年一个偶然的机会，一位美国科学家发现，大颅榄树的树种，要经过渡渡鸟吞食后消化去外部的硬壳，大颅榄树的树种才能发芽成活。渡渡鸟与大颅榄树的故事，我们知道了。仙胎鱼与人参种子的故事，我们猜测着。世间万物，不知道的总比知道的要多很多。也许，仙胎鱼与人参种子的故事，永远是个传说了。

中午，在仙胎潭旁野餐。饭圈队友带来大瓶阿尔卑斯山药草酒、罐装青啤、罐装崂啤、小瓶张裕三鞭酒。成品菜有极品辣子鸡、油焖大虾、咸味豌豆、海蜇拌黄瓜、辣炒豆豉。现做热菜是铁盘烤肉、煮蛤蜊、冬瓜大虾汤。另有大西瓜一个、小菜、青菜

多样。旁边一饭圈队友送来一盘竹节虾，我们回赠西瓜和崂山绿茶。中间我去远处一饭圈，品尝了那里的石板烤肉，给他们送去一些阿尔卑斯山药草酒。午餐后，泡了两锅崂山绿茶。

午餐期间，我几次离开饭地，到水潭旁看仙胎鱼，让同看仙胎鱼的队友为我和仙胎鱼拍了合影。仙胎鱼在想什么，我不知道。我想，在这自然的山水间相遇，一切都是自然的，比如和仙胎鱼的野遇，比如对人参种子的野想，同在一个现实或超现实的世界，更高哲学论上的哲学思虑是尤为必要的。换个哲学的角度来说，有什么样的野思野想，就有什么样的野山野水。

在仙胎潭观看仙胎鱼时，水潭上有两只艳丽的蜻蜓在嬉戏，开始以为是蝴蝶，后来看清是蜻蜓，蜻蜓的翅膀飞快扇动，开始只看到它的色彩。就像不久之后，一只雀鸟大小的彩色蝴蝶，沿河谷快速飞过我们的眼前，我甚至听到那蝴蝶扇动翅膀的声音。周围的几位山友，开始以为是山雀，接着认为是蝴蝶。蝴蝶泉河谷的神奇大蝴蝶，和亚马孙河流域的蝴蝶有何不同，哪个蝴蝶更美更野，哪个蝴蝶更有想象呢。

从仙胎潭的仙胎鱼群，到穿越河谷的神奇大蝴蝶，从休闲山水到野山野水，从野山野水到野思野想，由化化之境，生如如善美，更原始的状态，更哲学的思虑，更纯粹的高尚。高山流水，山水共和。沧海星空，天地相守。华夏君子，儒学大辟。依然风云际会，是否已然知晓。野思野想，自然有野的善美，自然有野的情感和野的哲学。

在霏雨中我爱过你

涔涔游云，霏霏夏雨，万翠欲滴，滚石潨泱。早晨云雾漫开时，我与众山友在西麦窑集合，经麦窑村、马鞍子水库上游往鸡石口进发。出发时约有 40 位队员，在马鞍子水库上游，有两位女队员原路返回。这天有 4 位"五顶四瀑"穿越队友参加活动。

经马鞍子水库上游后，穿越两条河谷溪流，不久开始飘雨。随着山势增高，霏雨变为雾雨，山道湿滑，几位女队员的速度很慢。出发前，几位女队员将登山包里的较重背物，交给几位男队员。北冥飞鱼、尚志、我的背包全装满了，后到的一位女队员的大饭盒，放到海军老枪的背包里。一位初次野爬的大姐队员，野爬经验不足，但很有毅力，尚志在途中接过她的背包，我与一位小伙子队员，一前一后护着她，到达坡顶的鸡石口。

全体队员在鸡石口集合，我随后队到达的时间是上午 10 点 50 分，一位老驴队员因事返回。从鸡石口到化化浪子，是个大下坡，100 多天前，3 月 28 日，我随竹竿登山队，在穿越"五顶四瀑"途中，10 多位队员一路小跑，用了 17 分钟。这次我们有 30 多位队员，途中下起小雨，前后用去一个小时时间，多位队员滑倒，有惊无险。原计划在化化浪子午餐，雨越下越大，临时改在下游的八水河河谷传统午餐地午餐，那里的河谷较为开阔。

化化浪子河道水流湍急，竹竿大哥带前队去八水河，尚志留在化化浪子等候后队。我赶到后队前面，问尚志哪边过河较好。他说只能从左右两边走。我先小心越过河道，确有一些难度，不小心会掉进水里。尚志站在窄小的过口，忙着接应队员。我奔跃到化化浪子石刻对面的一块大石头上，忙着拍照。冒雨拍了些镜头，我的相机受潮不能工作，我让一位女队员掏出她背包里的相机，我接过相机，又拍了些雨中化化浪子的镜头。

20 多分钟后，我随后队到达八水河河谷，一位老驴队友经先天庵、南天门返回。后队的 10 多位队员留在河谷道口开阔处午餐，我们几位饭圈队友，冒雨蹚河谷，上行 20 多米，会合竹竿大哥带领的前队，有 20 余位队员到达传统午餐地。我到那里时，两个气炉已开始冒雨烧烤，3 个气炉准备煮蛤蜊、煮汤、煮面条。另有几位队员在 10 余米远处，大石头挡了我的大半视线，不知那里的具体情况。

3个饭圈连成的大饭圈周旁，有几棵较大的野山桑树，有一棵半大的唐棣树、苗榆果树，这些树上长着大小不一的青果，还有几棵不知名的小树。我第一眼注意到的，是那一嘟噜一嘟噜的微小橄榄球状的翠绿色唐棣果。大家把雨伞、雨披撑展开，挂到遮挡在饭圈上空的树枝上，不少的雨滴，穿过树枝树叶、雨伞雨披的缝隙，落在菜盘、酒杯里，分享这次山野中的嘉会。

因为猜想中的下雨，这次做了两手准备，烧烤与现成菜同备，烤肉不多，海鲜三样，其他菜肴丰富，水果充足。现做了油焖大虾，煮了两大锅蛤蜊、冬瓜、茼蒿、鸡肉、火腿混合汤。北冥飞鱼背来一个大西瓜，另一个大西瓜不知是谁背来的。罐装青啤、罐装黑啤、大瓶朗姆酒、崂山可乐酒、小瓶白兰地酒、小瓶桥醇酒、小瓶三鞭酒，有位善饮的队友戒酒了，朗姆酒、崂山可乐酒各剩了一些，黑啤酒剩了一罐，我笑说等到山下再饮好了。

在下游河谷午餐的10余位队员午餐速度较快，雨中等候更感湿冷，竹竿大哥让尚志领他们先行经上清宫返回。我们20余位队友，继续留在河谷与那崂山霏雨同餐共饮。下午2点10分左右，雨仍在下，我们冒雨离开午餐地，经上清宫、龙潭瀑到八水河车站，先后返回市区，我到家时是下午5点左右。

雨中野餐，经验不足，略有些赶场的样子。午餐时，一位队员笑说，很喜欢在小雨中爬山，平时遇都难遇，这次赶上了，而且是在雨中野餐。我笑说，2008年度的最后一次野爬，那天下雪，我们在这里午餐时，是与那飞雪同餐共饮的。《诗经》中有几行兴法浓郁的诗句，"昔我往矣，杨柳依依，今我来斯，雨雪霏霏。"这天野餐时，我注意到身旁的唐棣树，那翠绿色的唐棣果垂挂在我的头上，我想春天时，那洁白色的唐棣花也一定存在了。只是有的时候，所往非所往，所来非所来，只是那时光往来飞梭的空隙了。

缠绵于时间的空隙，遇想这崂山的霏雨，行走者行走于崂山的野域，这样的野域，会有多少的风来雨往、雾迷云涌。7月11日星期六，小暑节气后第四天，风云从很远处来，遇花为花，遇果为果，遇野爬为野爬。只是遇感这时间中的缝隙，雾云霏雨中的缝隙，浛浛溗泱，磐磐跌宕，缠绵悱恻，霏雨悠悠。

崂山穿越之似水流年

总有一些背景，在野山野水的远处近处。7 月 19 日星期天，大暑节气前 4 天，晴有少云，朗朗蓝天，腴腴白云。从仰口经大水渠、庙岭口、绵羊河谷、滑溜口到北九水的途中，远处是我看蓝天白云，近处是蓝天白云看我。看远处朗朗腴腴，无端变幻，看近处薄薄济济，似水流年。

总有一些思虑，看山不是山看水不是水之后，看山是山看水是水了。学友老杜曾对我说，一个崂山，你写 100 多篇的游记，崂山还是崂山吗。我莞尔，即饮一杯青岛散啤。幽幽冥冥中，从一个时间去看另一个时间，这种相看是变化的。野山野水也有不同时间的相看，远处近处的背景，也是莫名流浪的意象了。

这天的野爬，在小暑与大暑之间。有队友说，这天是三伏中的二伏。内地已然酷暑，市区也有闷热。我行走在黑松树、赤松树、野山桑树、落叶松树、桧柏树、无名树等林间山道中，沐浴庙岭口、滑溜口的凉风，亲近绵羊河谷、无名小溪、北九水河谷的溪流，这哪里还像一个三伏中的夏天。

前一天晚上，在 QQ 群里有几位新队员报名，他们担心跟不上队伍，问是谁收队。尚志说，是骑马看海大哥收队。在前往大水渠的途中，竹竿大哥用对讲机同我联系。我说，这次我和海军老枪大哥一起收队。这天有 90 余位队友，新队员不少。实际情况，北冥飞鱼也分担了收队工作，他在庙岭口等到 3 位队友，加他一共 6 人，包括两个小孩。竹竿大哥用对讲机同我联系，我用手机同北冥飞鱼联系。

这条线路，依我个人感觉，算是一星级野爬线路，长度与强度适中，最高海拔处在滑溜口，海拔 950 多米，是竹竿登山队的传统线路之一。以竹竿登山队的行军速度，这条线路能走下来，二星级、三星级的崂山野爬，只是个毅力问题。

大水渠是第一集合地，庙岭口是第二集合地，一般情况下要等到所有能跟上来的队员。从仰口紫薇山庄到大水渠，急行军需10 分钟，一般都能跟上。从大水渠到庙岭口，强驴需 30 分钟左右，一般需 45 分钟左右，暑天，大队需一个小时，这次我们用了更多时间。

我到绵羊河谷的时间是上午 10 点 20 分左右，在绵羊河谷补水。我到滑溜口的时间是 11 点 50 分左右，在滑溜口休息片刻。我到蔚竹庵前段无名河谷午餐地的时间，大约是中午 12 点半多。下午两点，我随主队撤离午餐地。之后我领几位队员去蔚竹庵，一看时间尚早，又到蔚竹庵下边的河谷小憩。

在清凉的溪水中洗手洗脸，我注意到对岸远处一块勃然而翘的三截连石，想了多时，我称它为虿尾石。顾名思义，那巨石像是放大的蝎尾。有位队友说，也像响尾蛇的翘尾。我笑说，《诗经》里有委蛇委蛇的，也有如虿如虿的，都是形容美人的发垂生动。有位队友笑问，心如蛇蝎是说什么的。我笑答，可能是形容痴男怨女间，欲爱欲恨的心理距离吧。

水遇围石而成水潭，在岸边的小水潭中，我看到一些小小鱼，有半个食指长短，看不出是什么小小鱼。后来我踩着两块天然石梁，走过去看到更深的水潭，水潭里有火柴杆长短的小鱼，我确信那是仙胎鱼。这些小鱼，和上游蝴蝶泉河谷仙胎潭中的小小鱼相比，身色黯然了一些。后来，我在下游拦坝水库中，看到更多的小鱼，身色更为黯然，忙忙碌碌的纷争着游客扔下的面包屑，我已无法判定，那是不是仙胎小鱼了。

在拦坝水库的架桥上，我拍了一张远处的风景。我对身旁的队友说，那背景若都是蓝蓝的天空，反倒是呆板了，最生动的是蓝天中的白云，它们无时不在变化着，相比所谓时间，更有可识的形态。当时我没注意听者的表情，算是自言自语吧。

　　一星级的野爬，传统的线路，只是时间与时间有关的物象，有了或多或少的变化。万象万变，万象不变，可能只是形象与抽象的条理使然。不变中欲想万变，万变中欲想不变。为什么万变，为什么不变，这是一个哲学问题，还是一个情感问题，或是时间问题，或是空间问题，或是万千相看中之一二相看问题呢。

　　总有一些背景，总有一些思虑，总有一些变幻，总有一些相守。总有穿越的行走，总有山水云天的相看，总有此心此感，总有时间与空间的和谐，总有那似水流年。

云来雨去日食后第一次野爬

　　据说日食那天，全世界有 3 亿多人共飨日全食奇观，有更多人目睹日偏食天象。那天是 7 月 22 日星期三，阴历六月初一，大暑前一天，晴有薄云。上午 9 点十几分，几位山友与我联系，提醒我看日全食。我的办公桌旁是一个大玻璃窗，天色略有变化时，几位同事就跑到门外观看。开始我隔着茶色玻璃看日食，过于刺目。我撤去茶色玻璃，眯着双眼看了看，感觉更加刺目。后来我隔着一块涂洒上黑色墨水的玻璃看日食，染墨玻璃是邻室一位女子制作的。隔着染墨玻璃看日食，太阳的颜色是嫩红色的。

　　日全食那天下班后，我先到川月户外店买几个气罐，然后去台东赴一个酒约。款斟慢饮间，我想到几句有关日全食的诗句，找到纸笔记下几句，酒兴已经了然而退。随后不久，我乘出租车赶回家中，连夜写就《六月朔日，日全食的上下五百年》。爬山有爬山的余韵，茶酒有茶酒的余韵，诗文也有诗文的余韵，余韵未了，流连忘返。

　　日全食后第三天，大暑后第二天，7 月 25 日星期六，崂山阴有小雨。这天早晨，我与 40 余位山友，经寨上、军用公路、黑

风口、蝴蝶泉到北九水，在蝴蝶泉河谷午餐。上午 10 点 15 分左右，天空飘起小雨，我们正在军用公路上行走途中。上午 10 点半，我随后队到达黑风口，雨点略为密集了些，大约半小时后，我到达蝴蝶泉河谷午餐地，雨势渐小，似乎停了，但是我能感到微风刮落的一些树雨。

大部分队员在蝴蝶泉河谷几处水潭旁午餐，少数队员赶到北九水午餐。我随后队赶到那里时，另一个饭圈的两位山友，正在水潭中捞小鱼。刚下过雨，潭水暴涨，能见度不深，没见多少小鱼。他们见我们赶到，捞了几捞，赶忙收起巴掌大小的手网。

从寨上沿军用公路到黑风口，我看到路旁有很多杏黄色的百合花。有人说那是黄花菜，有人说那是忘忧草，我第一次闻闻那杏黄色的花瓣，确有一些百合花的淡香。在一丛茂盛的杏黄色百合花花枝中，我看到两只黑色大蚂蚁，各有 10 多毫米长短，忙忙碌碌在花枝间攀爬不停，也不知在忙碌些什么。

在午餐时，我放酒杯的石头上，爬过来一个大蜗牛，不知是那蜗牛迷路到了我们桌旁，还是我们迷路到了它的领地。我拿出来一个水煮的海虾，放到大蜗牛的面前，大蜗牛好奇地围着那海虾转了一圈，靠近那海虾表示出一些友好，然后不慌不忙，转身爬进一个石缝，在我的面前隐去了。

后来被大蜗牛靠近过的小海虾，也不知怎么样了。也许那蜗牛是特意来过这里，同那只小海虾说一些隐秘的话语，为那只小海虾超度亡灵了。小海虾是野生的还是放养的，我不知道，如同那些曾经相遇的观客与观物，是野生还是放养的呢。我们在观看此物时，别物是否在观看我们。想来想去，似乎从来没有过一样。

旁边饭圈的队友，送来半饭盒海鲜青菜混合汤，里面有几条火柴杆长短的小野鱼，据说是仙胎鱼。仙胎鱼是崂山珍品，以前遇到两次，很多仙胎鱼成群结队，在我跟前的潭水中漫游，我从未有过要品尝什么的念头。这次无意中的品尝，若真是仙胎鱼，我该默念两声罪过了。那小鱼没有通常的鱼腥味，好像也没别的味道，入口用舌头吮舔几下，连鱼刺鱼骨都化尽了，似乎从来没有过一样。

从来没有过的样子，是什么样子，从来没有过的神情，是什么神情，从来没有过的余韵，是什么余韵呢？《庄子》里有些文字，写到鹏鸟鲲鱼，写到蝴蝶蝼蚁，写到相狗相马，写到木鸡呆人的，写到的比我此时想到的要多很多，有些微笑是甜蜜混浊的。

这天下午下山后，我们十几位山友，在东晖国际大酒店会合，参加那里的休闲啤酒节。听说是当天下午4点多一厂出品的桶装散啤，兔兔山友代表酒店，特意请我们前往品尝。从来没有过的新鲜，是啤酒而不是行走。也许野爬归来，感觉这新鲜散啤也有了野性，鲜爽不商量，醉人不商量，爱你不商量。先喝跑几位，再喝睡几位，两大桶共80斤啤酒，努力喝了一大桶多一些，剩余的大半桶新鲜散啤，可惜，我们不得不放弃了。

从追看日全食，到一首诗歌的余韵，从野山野水，到新鲜散啤突发的野性。百合花、金针菜、忘忧草，是一种物象的不同称谓。忙碌蚂蚁，似迷蜗牛，木鸡呆人，笨驴傻鱼，有万千称谓中的不同体会。日全食有突然的野性吗？还是日全食有突然的非野性，或是日全食从来没有过野性与非野性。日全食后第一次的野爬，无端畅想，无端会意，万千物象，万千相遇，云来雨去的崂山野爬，怎么个鸿蒙相看了得。

灵蛇河谷另一个梦境

一个梦境与另一个梦境有何不同，一个时间与另一个时间有何相似，今夕何夕，会遇忽然。8月1日星期六，立秋节气前6天，建军节，崂山晴有多云少云。这天的野爬线路是，从仰口紫薇山庄经庙岭口、绵羊河谷、灵蛇河谷、白云洞河谷、白云洞到

仰口车站，主队在灵蛇河谷午餐，这是一年多来，主队第一次在灵蛇河谷午餐。这天有5位"五顶四瀑"穿越队友参加活动，竹竿大哥、尚志、岭南风情、北冥飞鱼、骑马看海。

去年5月31日，汶川大地震当月的最后一天，我跟随竹竿队野爬。竹竿队主队在绵羊河谷午餐，我们4位队员，在离绵羊河谷不远的灵蛇河谷午餐，午餐时遇到一条金环豹尾的大蛇。5月以后，尚志等几位后队队员，在灵蛇河谷也遇到那条金环豹尾的大蛇。竹竿大哥在崂山深处遇到过一次相同模样的大蛇。事后，我们谈及那大蛇的模样颜色，颇感其神奇彪炳。

有道是，在天为神龙，在地为灵蛇。传说中，我们华夏族的祖先伏羲、女娲，均为人首蛇身。伏羲是《易传》所说的包牺，史书中也称太昊，是三皇之一。女娲形象有远古母性崇拜的印迹，追溯年代，大约与伏羲同时。7月28日，距3月28日"五顶四瀑"穿越有4个月，在竹竿登山队的一次山友小聚中，竹竿大哥提议，大家探讨，命名了灵蛇河谷。

这天早晨，我赶到李村大石头集合地时，因李村在搞创城活动，包车数量很少，部分队友分乘6辆私家车先行前往仰口。我与竹竿大哥乘包车时，发现乘员还是太多。蓝天说他到停车场开车，让我找几位队员，乘他的车随后到仰口。我到仰口时，前队已赶往庙岭口，我带3位队友经过上山的一处岔路口，说明几句，我只身去追前队。

十几分钟后，我追过几位队友，见到海军老枪、梦想成真。梦想成真对我说，她刚接到电话，要赶回市区，把她背来一瓶洋酒留给我们。我说谢谢，我们带着酒，不必了。海军老枪说，他可以背着。梦想成真离开后，海军老枪对我说，他的背包装满了，让我背那瓶洋酒。我笑着把那瓶法国罗舍尔薄荷酒塞进背包。之前我帮一位女队员背了一瓶洋酒，意大利阿尔卑斯山药草酒，她自己背了一壶伏特加血玛丽，听说调制得非常成功。

天热，行军速度极慢，有几位队友没到庙岭口就原路返回。我们在庙岭口休息20多分钟，等到赶上来的最后一位队友。在庙岭口，岭南风情爬上一棵高大的野山桑树。以前，尚志也爬上过一棵高大的野山桑树。他俩攀爬动作之敏捷，可比电影里的丛林勇士。

这天是八一建军节，在去庙岭口的途中，有一男一女两位队友，被野蜜蜂分别蜇到了腿和手指，不知是人或是别的生物，之前把那些野蜜蜂的窝给碰着了。开始被蜇的女队员说蜇处很痛，以为被无影山蛇咬着了，看到是蜜蜂才放下心来。被蜇男队员最后一个赶到庙岭口，他的手指被蜇处，肿起了几个疙瘩。在庙岭口谈到野蜜蜂蜇人这事，我说去年秋天两次爬山，有队友在山上过生日，碰巧就有别的队友被野蜜蜂蜇着，那次我被蜇了个大的。离开庙岭口往绵羊河谷前行的途中，我大声问了两声，今天是谁的生日。有队友笑说，今天有人过大生日。我恍然说，确实是大生日，大生日快乐。

这次是竹竿队主队第一回在灵蛇河谷午餐，不少队友安排了烧烤内容。我随后队到达灵蛇河谷时，是上午11点左右。河谷入口处有一块近百平方米的长方形平坦大石头，好似一个天然的大石席。我们20多位队友在大石席上烧烤午餐，7个小燃气炉子，竹竿大哥、蓝天、骑马看海用石板烤肉，北冥飞鱼用石制烤盘，天茶牛用煎锅，嘛都有用铁板烤盘。另有海鲜、小菜、蘸酱、可乐、啤酒、水果等若干。参谋长等10余队友在绵羊河谷烧烤，其余队友在灵蛇河谷自由择地野餐。

本来大石席上只有1/4不到的树荫，我想另找餐地，但没有合适的地点。尚志、嘛都有准备架一个塑料天篷。竹竿大哥仰望着天空说，天上的云彩正从四周涌来，一会儿就有荫凉了。几分钟后，四周苍云奔涌至我们的头空，仿佛一片天然的树荫，正好遮挡在方圆不远内的灵蛇河谷上空。我想也许这是巧合，也许真是哪方神灵在照顾我们。烧烤午餐约有两个小时，之后我们头上的苍云小散了一时。大家正在议论时，那苍云又涌上来。大家在大石席上休息一个半小时左右，打扑克、吃水果、品茶。我抽空去蹦了20分钟左右的河谷，开始有些忐忑，默念可在的神灵，后来大着胆子，蹦了百余米远的灵蛇河谷。回来后，我对身旁的

山友说，这河谷有些另类，是个大蛇藏身的好地处。

这天刚开始爬山时，天热风燥，上山时感觉到较重的背物，两大瓶洋酒分量不轻。休息时我去蹦河谷，队友把两个空洋酒瓶子放在垃圾袋里，而不是旋好瓶盖放到背包里。下山时提着装有两个空洋酒瓶子的垃圾袋，很费手劲，感觉下山比上山累。开始有队友要帮我拎垃圾袋，我没同意。途中我们在白云洞河谷、白云洞壁石上各休息 10 分钟左右，眺望海天一色，令人神清目爽。我在大水渠拍照时，岭南风情拎过那个装有空洋酒瓶子的垃圾袋，一阵风似的走远了。

一米阳光等几位队员，在绵羊河谷午餐后，到灵蛇河谷与主队会合。参谋长等多位队员，直接经庙岭口先行返回。我们离开灵蛇河谷时，是下午 2 点 30 几分。之前 6 位在灵蛇河谷午餐的队友，提前经庙岭口返回。海军老枪等 10 位队员沿庙岭口、白云洞返回。我们主队 20 多位队员过灵蛇河谷前行，上坡不久后在岔路口左拐，经白云洞河谷、白云洞到仰口车站。我乘小公共汽车至李村，在李村转乘 318 路公交车回市区。我在江西路车站下车时，车载电视正在播放《新闻联播》的第一条新闻。

似梦还似非梦，不同时间的空间。翠山碧水，滚石河谷，相互参差。白云绵羊，婆娑话语，焕新世界。另一个梦境，磅礴蜿蜒，风雨彩虹初歇。不问此间浸染，问空明，行走颜色。在天神龙，在地灵蛇，会遇善美。上为仙人，下为人仙，而已忽然。梦境里，不是他物，却是拈花微笑。

穿越霾雨云空的时间

8 月 8 日星期六，阴历六月十八，立秋节气后第一天，崂山前时霾雨，后时晴空，间或云雾。这天早晨有连绵的霾雨，这雨已断断续续下了一天，天气预报这雨要连下 3 天。前一天，有几位山友与我约好这天爬山，也说过风雨无阻先到集合地会合的话。这天早晨，我打着雨伞去车站，前后两位山友来电话大体说，早已起床，怕雨，今天不能爬山了。我到西麦窑集合地点时，赶到的队友不多。有两位中年山友对我说，有位老年同伴在后面，体能较差，下着雨，怕跟不上，他们在附近山下转转。

多等候十几分钟，集合到 7 位队员，竹竿大哥、海军老枪、猗旎大海、夸父、隐名女队员、静静宝贝、骑马看海。8 点 30 分，队伍准时出发，经马鞍子、星星潭河谷往天地淳和方向绕行。在马鞍子水库前，追遇辅唐山人带领的登山队，合影，挥别。在马鞍子水库旁，我对身后的队友说，崂山原先有个名字叫辅唐山，所谓唐诗宋词，崂山的真文化，要从唐朝算起，明道观建于唐朝，是崂山最有名节的文化建筑。说这话时，雨仍在下，队友们擎着雨伞。当时我已忘了，一番即兴之言，是对着雨伞而说，还是对着霾雨而说。

在马鞍子水库上游河谷，追遇一男一女两位山友，另见几位山友在一树林里拉雨篷。这时是上午 9 点 30 分左右。我们没在此河谷休息，而是沿河谷旁的小路向星星潭方向赶去。这时雨仍在下，时大时小，雨小时就收起雨伞，大多在树林中穿行，也分不清哪是云雨哪是树雨了。

星星潭我在去年走过一次，这次是雨中穿越，我没细辨何处是星星潭。雨天一色，河水奔腾，声如鸣雷，状如野马。我们在一激流跌宕的滚石河段，休息约 15 分钟，水边有一棵小野桃树，树上结满鸡蛋大小的野桃，不少野桃已在蒂部涨开裂缝，轻轻一碰，便落在手中，用溪水冲洗后小咬一口，别有味道。15 分钟后，我们到达岔道河谷，沿左侧河谷上行可去天地淳和。这时雨停了，云开雾散的样子，我们改变去紫气东来亭中避雨午餐的计划，沿右侧山坡向上绕行，到天地淳和上游河谷午餐。

这条山道坡度很大，周旁草木茂盛，路面泥泞湿滑，都是第一次走。竹竿大哥、海军老枪、猗旎大海在前面赶路，我在中间

联络。一位女队员体能出现问题，我只好放慢速度，大家不知前面会到何处，算是短时的迷途。我笑说，海军老枪大哥这次带路，又要迷一段路，迷路也有迷路的乐趣。不久，前面传来兴奋的话声，说是到延安了。原来是，走到一处多次经过的路口，开阔的裸石山坡，视野开阔，可以远眺烟袋锅、跃龙峰。这之后，我称这里为延安口。

在延安口休息十几分钟，蓝天辽阔，风起云涌，雨后群山，草木滴翠。上午11点半，我接到岭南风情的电话。他说他们4个人刚到南天门，想与我们会合。我说我们现在离崂顶景区很近，之间隔着烟袋锅、鸡石山、大流顶，很远，各自活动好了。按说冒雨在西麦窑集合，又冒雨登山，该走熟悉的线路。看雨下不大，带路的海军老枪想走这条少行的线路，之前竹竿大哥、骑马看海都各自走过一次，这回全由海军老枪做主。岭南风情带领的小分队，自然没能追到我们。

上午11点50分左右，我们找到一处奇妙的河谷，目测一下，离景区石阶路很近，在雎鸠河谷下游。此河谷树荫凌空，水声轰隆，波光飞扬，坦石架展，是一个野餐、休憩的好地处。长话短说，午餐后，我们摆开战场，玩6人升级纸牌。竹竿大哥、海军老枪、骑马看海3人联邦，牌势不强，被对方串过一次3壶。下午3点18分，撤离午餐河谷，15分钟后，到达天地淳和。在天地淳和小憩，20分钟后赶到紫气东来处，在小亭子里摆开站场，打了几圈6人升级。这次抽牌分邦，还是原先的联邦，我们一方牌势较盛。

下午4点50分左右，离开紫气东来处，沿公路到达砖塔岭，由砖塔岭经无名小道去马鞍子水库。在砖塔岭路口，我们看到远处海面上，短促升起一道凌空彩虹。之前静静宝贝说，她从小到大只看到一处彩虹。我们笑说，她可能只顾埋头念书了。不想这次在崂山，看到了凌空海面的彩虹，令人称奇。

更奇怪的事在后面。沿无名山道下行途中，大家边说边走。走在前面的竹竿大哥突然停住，回走几步拦住大家，说是前面路旁有条大蛇。我们几个男队员凑上前一看，可不是，几米远处的路旁有条暗彩纹络的大蛇，像条蝮蛇，1米多长，身子有小孩胳膊般粗，头部和尾部忽细，尾部弯曲，仰脖抬头，面朝大海。

我与那暗纹彩蛇相距2米多远，竹竿大哥的登山杖，探开能触到那蛇的身子，那蛇肯定感觉到身后的动静。拍了几张照片，竹竿大哥拍两张，我的相机没换电池，用静静宝贝的相机上前拍了3张。早知那蛇许久不走，我就换上相机的备用电池了。后来竹竿大哥用登山杖拨了下那蛇的尾巴，那蛇还是不走。竹竿大哥说，我们从旁边过去算了。我说最好等那蛇离开再走。正说着，那蛇慢慢挪动身子，慢慢左拐向坡路旁爬去。这条小道海军老枪走过多次，其余队员都是第一次走，为这次奇遇，我管这条小道叫彩蛇小道。

走出彩蛇小道后，我站在山坡上眺望，悠悠蓝色的天空，悠悠碧色的大海，悠悠翠色的山峦，悠悠浸染的层云，悠悠花白的海浪，悠悠的时间，悠悠的心怀。在这最初的秋天里，沿途绛紫色的人参花，杏黄色的百合花，杂白色的雨花云花浪花，不知对自由往来的时间，有怎样的感觉。

北宋诗人苏东坡，填过一首《水调歌头·明月几时有》。之前在午餐河谷，我们玩了多圈纸牌，时间不知不觉过去一些，竹竿大哥对我感慨时间的易逝。我知道，东坡先生也是当时的强驴，时有爬来爬去写来写去的记文记韵。后来我自言自语，说这天的冒雨野爬，起个代号叫"时间"好了。也许时间与人生，总是一些有端无端的相遇吧。

既感之则和之，且填一曲《水调歌头·云雨几时间》：云雨几时间，行走问自然。不知才子佳人，可梦蝴蝶幻。我踏细浪纷纭，又会水叠山耸，想象无穷看。竹竿队友来，穿越在崂山。西麦窑，望海潮，众雨伞。延安口好，无量淳和过目观。霓虹乍现远处，彩蛇驻留道旁，初秋野地天。但愿有情者，相见不愁晚。

啤酒节里爬野山

8月15日星期六，第十九届国际啤酒节开幕日，三伏第三天，晴热。三伏天爬山，流汗多，速度慢，对行走者而言，相遇是缘。去年3月我开始爬野山，遇三伏爬三伏，遇三九爬三九。去年国庆连续7天野爬的第四天，随队完成大线路三顶穿越。今年春天，为纪念五四运动90周年，与众山友穿越崂山"五顶四瀑"，全程估算约90千米，在16个小时内，共有9名山友完成线路。

"五顶四瀑"穿越以后，很多山友提出，多搞一些休闲野爬。这天的野爬，提前5天发出活动召集帖子，多位山友在QQ群里探讨，要过一个烤肉啤酒节。我说想喝啤酒的自带啤酒。天茶牛说他准备在山上现做一道佳肴。北冥飞鱼说这次把西瓜换成啤酒背上山来。一位女队员问："可以带些要烤的肉来吗？"我说可以，烤肉只是一道菜，有时看着比吃着香，也要带别的菜。

这天的野爬线路，是经寨上、军用公路、黑风口、蝴蝶泉到北九水，60余位队友在李村大石头集合，分乘两辆包车，于上午8点19分，到寨上自然村前路口下车。我开始走在队尾，中途走在队伍中间。竹竿大哥开始走在前面，后来走在队尾。途中，尚志与几位资深队员赶到前面领走。我于10点40分左右到达黑风口，等候后队多时。于上午11点12分赶到蝴蝶泉河谷午餐地。这天有5位"五顶四瀑"穿越队友参加活动，竹竿大哥、尚志、岭南风情、北冥飞鱼、骑马看海。

我曾在召集帖的跟帖里对大家笑称，石板烤肉，更接近原始人的生活。过黑风口后，我与北冥飞鱼沿途留意合适烤肉的小石板，每人选捡一块带去午餐地。我赶到蝴蝶泉河谷午餐地时，尚志他们在整理餐桌，岭南风情从水潭里捞出一块石板，离着不远问我。我感觉我捡的石板也挺好，相谢，没过去拿。我们饭圈是我先到的午餐地，我放下背包，刚一定神，看到眼前有一块由字星形的石板，有两个手掌大小，厚薄恰到好处，是块苍色晶莹的花岗石。北冥飞鱼、笨笨看到我拿在手里的这块石板，连声称好。问我是从哪里找到的。我说不是找到的，是遇到的，或者是它自己跑来的云云。

天茶牛最后一个赶到饭圈，他背来 12 罐青啤，另有一道神秘佳肴。前一天说带肉来烤的女队员领了两位女伴，她们的饭圈在几米远处。北冥飞鱼煮好一锅混成汤，把炉灶拿到 3 位女队员那里支好，并给她们送去一块烤肉用的石板，她们回赠两罐青啤。我背来 4 罐青啤，另有 4 罐容量的一塑料桶崂啤。北冥飞鱼背来有 6 罐容量的一塑料桶崂啤。岭南风情送来一罐崂啤。笨笨背来自己调制的血玛丽酒，用伏特加、辣椒仔、番茄汁调成。我们先后送给别的饭圈队友 4 罐青啤。一般野爬午餐，小酒自带，很少往外送酒，这次是烤肉啤酒节，小有例外。

天茶牛支好炉灶，掏出一玻璃瓶灯塔牌小磨香油，又掏出一个崂山矿泉水塑料瓶。一位女队员看到矿泉水瓶子，惊叫一声。原来，塑料瓶里装满活蝎子。天茶牛亲自掌勺，香油蝎子，确是佳肴，名不虚传。之前我有片断的闭目思忖，条理之外，不再多想。天茶牛用香油炸了大约 5 锅蝎子。听天茶牛说，他特别挑买了 100 只大个蝎子，在塑料瓶上扎了些针孔，大约是来自沂蒙山区的养殖蝎子。开始，一位女队员光顾和天茶牛谈论蝎子，不小心让蝎子跑出来 4 只，怕蜇到人，耐心找回来 3 只，一只蝎子钻进石缝消失了。我想，那肯定是一只聪明的蝎子。

笨笨带来同事从四川捎来的蜂蛹，大约有 30 多只。香油蝎子分给附近饭圈的 20 余位队友，蜂蛹不多，只给到饭圈走访的队友品尝。近水楼台，我们饭圈分享的香油蝎子最多。午餐后，北冥飞鱼冲泡 6 碗吉安白茶，我投泡一锅崂山绿茶。最后几罐青啤，从潭水里捞出，由我和天茶牛分享。

竹竿大哥、参谋长、旖旎大海、幸福女人组织了两帮队员打升级纸牌，欢声笑语不断。有次竹竿大哥喊我去他们牌圈，他摸了 4 枚大虎、3 枚小虎，3 枚小钱，升级牌也盛，让我替他打几把。我笑说，这么壮的牌，我也不会打。我们撤离河谷的时间，是下午 4 点左右。这样算来，我在蝴蝶泉河谷停留了约 5 个小时。下午 5 点 20 分，经北九水景区赶到北九水停车场，乘一辆包车返回李村。

快乐可以让人忘却时间的流逝，快乐，可以让人忘却很多可有可无的念想。快乐是自由的，快乐是一种特别的缘分，快乐，来到我们曾经跋山涉水经历过的生活之中，快乐是一种情感的自在与觉悟。

想填一曲《天仙子》，填就填吧，如此这般。啤酒节里爬野山，竹竿队友笑开颜。烤肉煮菜休闲玩，三伏天，仙胎潭，逍遥自在醉意阑。幽翠河谷石头乱，婆娑树影暑气散。从来觉悟为情端，隐或显，近亦远，万千相看蝴蝶泉。

穿过青岛早晨的海滩

早晨 8 点 20 分，我领着一男一女两位迟到队员，沿海边公路追赶出发不久的竹竿队主队。阳光迷离，涛声依旧，三伏天的晴空碧海，似有一层淡淡云雾的相隔。我不时望着远处的海滩，在东麦窑村前的公路上，我看见海滩上有个身着古装的高个女子，以及她身旁几位身着现代服装的女子，她们不时在拍照留影。

我感觉高个女子穿的是件汉服，是宫廷装而不是家居装，远看有黑黄两个主色调，也许取像古书中龙玄马黄之意。我对身后的月牙糖与福娃说，我到海滩那边拍几张照片，你们如果先到路口，在那里等我。说完我向不很远处的海滩跑去。

　　我到她们跟前时，汉服女子与一个小女孩在合影。打招呼后，我拍了一张她俩的合影，又为汉服女子拍了个照。汉服女子手拿一把描着金凤的黑色纸扇，鬓发如云，眉清目秀，当时没说话。我见穿短裤的年轻女子，抱着一架专业相机。我迎着海面与阳光，天空有些薄云，我共拍了4张照片。我说，若拍得不算差，会发在今天的爬山回顾里。一位撑着遮阳伞的高个女子说，她知道。我问她，跟我们爬过山吗？她笑说，以前悄悄跟过一次。我在海滩上待了不到3分钟，赶忙去追赶前队队友。

　　感觉这天要比前一天热很多，我领着迟到的队员赶路，又单独跑一趟海滩。上午8点33分，我赶到将军槽山道入口，竹竿大哥、海军老枪、参谋长、旖旎大海、一米阳光等30余队员在那里等候我们。从西麦窑到将军槽，步行一般也就15分钟左右，与砖塔岭到流清河的时间差不多，从砖塔岭到大河东，步行约要十几分钟。

　　听说过几天，崂山风管局要将景区界线从流清河延伸到大河东，占领一段宽敞公路，撤去流清河的公交车站，将公交车撵到大河东。我想，这下可给附近老百姓出行添大麻烦了，也给前来流清河游玩、就餐的市民带来不便。至于野爬的驴友，本来也是闲爬，早点儿上山早点儿下山的，也不耽误。尽管这样，竹竿大哥还是安排，这天线路从流清河经将军槽去八水河野餐，经上清宫、龙潭瀑下山，包车或暴走返回流清河，在这个三伏天里，走一次完整的线路。

　　天热，挥汗如雨，我头上的汗水能沿着草帽檐，接连不断地淌下来。途中，在将军槽河谷休息20分钟。在天门后休息几分钟。过客李林、懒洋洋、司令等山友先后赶到。大队人马于上午11点30分，赶到八水河传统午餐地。幸福女人、加菲猫带了要烤的猪肉、鸡翅等，竹竿大哥找到一块合适的石板，我在旁边一棵野山桑树下，支起烧烤炉灶，离大饭圈约有10米远。大饭圈由4个小饭圈连成，20余位队友在那里午餐，午餐后，或休息或溜达或玩升级纸牌。后来竹竿大哥、一位陌生小伙子队员，与我

们玩了几圈 5 人保皇纸牌。

之后我蹦河谷去上游，在大鱼潭遇到 10 位年轻山友在那里午餐。大鱼潭的潭水很少，我攀上大鱼潭旁的石壁，接着蹦河谷去上游的脂砚潭。脂砚潭前的大石头上，站着 3 位身穿泳裤的男子。有位山友认得我，是跟我们队伍来的。另两位陌生山友，不是跟我们来的。我认真对他们说，前些天，我在这里遇到一条 1 米多长的赤环蛇，你们千万注意，不要赤足往石缝、树根处去。我想，那蛇 1 米多长，褐黑底色，赤红鲜艳的环纹从蛇头环到蛇尾，如同特意画上的一样。我见到那条蛇时特别紧张，胆小的人见到没准会吓晕过去。赤脚乱跑很容易被蛇咬，若被咬上一口，就糟了。

我边说边想，那条赤环蛇鲜艳慵懒的神态，离得太近，看得太多，想忘都忘不了。我手拿一个崂山矿泉水的空瓶子，攀着脂砚潭旁的石壁，来到那块脂砚石上。端看潭底，停留片刻，接了上游的溪水。3 位山友一直站在潭旁的石头上。我和 3 位山友闲说几句，交代了主队出发时间，就离开脂砚潭，蹦河谷往午餐地而去。

这天是啤酒节的第二天，我与司令各背了很多啤酒上山。我们离开八水河午餐地的时间，是下午 4 点 5 分左右。这样，我在八水河河谷停留 4 个半小时多。休闲野餐、烤肉、喝啤酒、品茶、玩纸牌游戏、蹦河谷，神清气爽，好生自在。50 分钟后，我们赶到上清宫。20 分钟后，我们赶到龙潭瀑。我们到达八水河车站的时间，是下午 5 点 35 分左右。随后，先后包乘出租车、小面包车返回流清河。

这样三伏中的一天，早晨海滩看汉服女子的一天，上午野爬汗如雨滴的一天，八水河啤酒节的一天，脂砚潭想起鲜艳赤环蛇的一天，上清宫看紫薇花的一天，龙潭瀑谈论五顶四瀑穿越的一天。有时一个一天是很多的一天，有时很多的一天是一个一天。

回家后，填了一曲《西江月》，诗句如下，野爬天门挥汗，山高林密风来。八水河谷景色开，休闲游玩直率。三伏艳阳如

魁,一片冰心在怀。云天万里几慷慨,且把流光忘外。后注:
2009 年 8 月 16 日,与竹竿队 30 余位队友穿越将军槽、天门后、
八水河、龙潭瀑一线记韵。

三伏尾日,遇雨仙胎潭

早晨我从家中出发时,天是阴的,在徐家麦岛转车时,天也
是阴的,到大河东集合地时,天依然是阴的。我知道,自风管局
"撤公交事件"几天以来,很多驴友、山民的心中,都有一道不
愉快的阴影。途中,有些山友难免不谈到这个问题,我也为无辜
的山民们担忧。管为刀俎,理为鱼肉,情何以堪。难以想象,这
起有悖民意的拦路风波,竟发生在共和国 60 岁华诞之年。

其实生活,是为快乐的意义而来,对天马行空、时聚时散的
驴友来说,快乐与自在,有时只能意会难以言传。8 月 22 日星期
六,阴历七月初三,三伏天最后一天,崂山阴有小到中雨。对一
个野人来说,阴不阴雨不雨,不过是万千相遇中的一二相遇
而已。

这天竹竿队的野爬线路,是从大河东经王子泉、黑风口、蝴
蝶泉到北九水,主队在蝴蝶泉河谷午餐。在大河东集合地,遇锻
炼队、隐名或无名登山队。沙子哥哥过来,将北京驴友豆包出没
介绍给我。豆包出没要乘今晚 8 点的火车回北京,他没去过北九
水,想野爬经过一次。沙子哥哥随锻炼队活动,不去北九水,建
议豆包出没跟随竹竿队活动。途中,我将豆包出没介绍给竹竿大
哥、海军老枪等山友。这天有 4 位"五顶四瀑"穿越队友参加活
动。全队共 40 余人。

在大河东水库,喜遇蓝色混沌、白雪、微笑、恍然如梦等
5 位山友。在第四块德文石刻处前,遇到先行出发的 dskl 等 4

位队员。海军老枪等十几位队员为前队，竹竿大哥、尚志、骑马看海等20多位队员为后队。开始海军老枪在德文石刻处等候后队，不久他说太冷，赶到黑风口等候。在德文石刻处，我为豆包出没、随风而过、笨笨、嘛都有、饕餮、一陌生男队员拍了照片。我赶到黑风口的时间是上午11点零3分，原先预计在11点前赶到黑风口。我对豆包出没说，我们要在蝴蝶泉河谷午餐3个多小时，他可跟随前行的几位山友，沿这条山道先去北九水。

在黑风口休息5分钟。过客李林等几位队员原路返回。几位队员沿军用公路去崂顶。几位队员继续休息。主队20多位队员赶往蝴蝶泉河谷。前行几分钟，遇到豆包出没和几位山友在一条小山溪旁准备午餐，一位陌生中年男子热情与竹竿大哥合影。夏天的梦想是竹竿32群群友，没能赶到大河东，便去李村跟随别的山友，也走竹竿队后半程线路，想在黑风口以后相遇。果然就相遇了。

我对豆包出没说，先跟我们去蝴蝶泉河谷，蝴蝶泉离北九水比这里离北九水近得多。后来，夏天的梦想跟随去蝴蝶泉河谷午餐地，豆包出没在午餐地旁与我们挥别。我到蝴蝶泉河谷午餐地的仙胎潭时，是上午11点35分。保罗等4位山友正在那里午餐。午餐时，我品尝了队友带来的家酿葡萄酒、血玛丽酒，我带的啤酒刚喝一杯，大约中午12点40分左右，小雨飘然而至，接着就是中雨，越下越大，队友们纷纷取出各样雨具。

下午1点，竹竿大哥、旖旎大海、兔兔、岭南风情等10多位队友冒雨撤离午餐地。保罗等4位山友随后撤离，我把一位女山友（名字忘了）借给我的雨伞还给她。之前我的雨伞挂在树枝上为餐桌挡雨。我与饭圈队友离开午餐地的时间是下午1点20分。海军老枪、尚志等9位队友拉起一块大雨棚，继续在那里野餐。我对尚志说，午餐后不要在此久留，尽快赶到山下。

我到蝴蝶泉的时间是下午1点53分，我冒雨蹦河谷去看了雨中的蝴蝶泉，在蝴蝶泉停留了约5分钟。我到石阶路的时间是下午 2 点 15 分，几分钟后，我们冒雨到潮音瀑，在那里拍了些照片。这天的雨来得突然，北九水的游客不少，很多游客身穿在景区临时购买的塑料雨衣，打雨伞的游客占少数。我独自去了冷翠峡，看了那个狻猊石像。大约下午 3 点，雨停了。15分钟后，我们赶到北九水停车场。随后，尚志、海军老枪等 9 位队员赶到。

我与几位队员乘包车到啤酒城，随后各自转乘公交车回家。我到家的时间，是下午 4 点 50 分左右。我在小区路旁的水果摊买西瓜，收款的青年女子笑问，怎么连钱都湿了。我笑答，全身都湿透了，鞋里也是水，湿不怕，又湿又冷难受。那女子笑说，这下找到感觉了吧。我笑言，风雨无阻，这才到哪里。

三伏天的最后一天，先在山上感到了凉意，后在雨中感到了冷意。在仙胎潭遇雨，仙胎潭中的小野鱼了然无迹。尚志说，下雨，小野鱼全躲到石缝里了。上周我与众山友在仙胎潭旁午餐，过一个烤肉啤酒节。那天我注意到，仙胎潭里有密集的一手指节长短的小野鱼，有时一饭盆能舀到好几条。有人说那是小仙胎鱼，如果，仙胎鱼是所说的一年生溯游鱼类，那在三伏天的仙胎潭里，无数的小仙胎鱼是哪里来的，无数的小仙胎鱼到哪里去了。也许在如此真实的生活中，连疑问也是来自一种情感。

这天早晨，我曾对身旁的山友说，看这天色，高空的阴云如同羊毛地毯的花纹。这天下午，我乘公交车穿越一段香港东路，我看到海边上空的乌云，整齐如同巨型飞船的瞭望天棚。也许，真有一艘巨大巨大的飞船，在星空沧海间，或者沉思，或者航行呢。

只是，星空之所遇，沧海之所遇，众生之所遇，野人之所遇，所遇时，是否在乎彼此的感觉。所遇在于所感，所感在于和谐，我知道，和谐之意义，在于其普遍性与普遍联系性，这是一种众生的平等，这是一种普世公正的原则。三伏尾日，遇雨崂山。细微颗粒，飞去飞来。无端遐想，幽幽明明。

处暑穿双瀑，仰看怪石像

8月23日星期天，处暑节气，阴历七月初四，崂山多云转晴。这天的休闲野爬，经燕石村、飞云瀑（花花浪）、青峰顶、观崂村、北九水公交车站到飞龙瀑，全队40余人，7人在飞云瀑前分流，30余人完成线路。这次有3位"五顶四瀑"穿越队友参加活动。

上午8点9分到达燕石村，急行军23分钟到小水湾，休息约5分钟，于8点41分到达飞云瀑。第一次见飞云瀑的瀑流如此气派，飞流直落如像白云，潭水清澈似同明镜。瀑旁有把大遮阳伞，当地一位中年村妇摆了个小摊，有一只温驯漂亮的大狗陪着她。中年村妇满面笑容，对我们似亲人一样。我们在飞云瀑停留约10分钟，沿简易山道，向青峰顶前大平台赶去。

3月28日，"五顶四瀑"穿越那天下午，我们后队6位队员，穿越大流顶、龙潭瀑、天茶顶、崂顶、潮音瀑、飞龙瀑、青峰顶后，于当天下午3点41分到达飞云瀑，停留约3分钟，展开"纪念五四运动90周年/竹竿登山队五顶四瀑穿越"大红横幅合影留念。从飞云瀑大青峰顶前的大平台，用了35分钟。处暑这天，海军老枪、尚志带前队先到大平台，我带几位队员随后，竹竿大哥、参谋长带后队稍晚。这次从飞云瀑到大平台，我用了38分钟。

海军老枪走在队伍前面，告诉我最佳的观看角度，我到那个最佳路段时，是上午10点21分。简易的盘山水泥路两旁，生长着一丛丛的山芝麻，有的山芝麻开着小黄花，有的已经含苞结籽。尚志说，这种山芝麻可以提炼出航空燃油，很值钱。

沿盘山水泥路到公路，沿公路到北九水公交车站。我到北九水公交车站的时间,是上午 11 点 10 分左右。在去飞龙瀑前的山坡下,我对后面队员说,前面要上一个大坡,约半个小时,坚持不下来的可以在这里分流。没有队员分流,途中,我们放慢了行军速度。竹竿大哥带前队,海军老枪随后,我在中间联络,尚志在后面收队,30 余位队员到达飞龙瀑。

天色已经悄然放晴,飞龙瀑的瀑流似一条蜿蜒的奔龙,迎着阳光,一头探入荡漾的潭水中,潋滟波光,神采幽谷。竹竿大哥煮面条、煮茶。尚志送来些山木耳,舍予与加菲猫合作,煮了一锅西红柿、鸡蛋、木耳、海鲜汤。有 3 位男队员,带了大白菜,在旁边饭圈煮海鲜、白菜汤。午餐后,旖旎大海、参谋长、海军老枪、紫水晶、尚志等 6 位队员玩升级纸牌,很热闹,我不时过去观看。

大约下午 1 点多,先有两位老驴队员去蔚竹庵,后有 10 余队员午餐后沿原路返回北九水公交车站。我们 19 位队员,包括一个小女孩,于下午 2 点 55 分离开飞龙瀑午餐地。30 分钟后,经太子涧山庄至公路,即乘一辆包车返回李村。在李村换乘公交车,我到家的时间,是下午 4 点 50 分左右。

缠绵秋雨冷的绸缪

立秋以后经过处暑,今年的秋天,也不算陌生的秋天了。记得最近一次穿越崂顶,是 7 月 4 日星期六,距今有 7 周时间。有几位女队员在群里说,从没野爬穿越过崂顶,很想尝试一次。8 月 29 日星期六,阴历七月初十,阴转雨。竹竿队这天野爬的计划线路,是从仰口经庙岭口、绵羊河谷、滑溜口、北观景台、五峰仙馆、迷魂涧到大河东。这天有 4 位"五顶四瀑"穿越队友参加活动。

　　早晨在李村集合时，我望着天空羊毛地毯花纹样的阴云说，可能会下雨。有队员说，天气预报没说有雨。感觉天气有点儿凉，我穿着短袖衫，没带多余的衣服。前一天大学同班同学老刘来青岛办公务，当晚在石老人与他匆忙一晤，回家时较晚，没买到面饼。我请队友多带一个面饼，我多背几罐青啤。

　　我随第一辆包车先到仰口紫薇山庄，遇山里汗、锻炼登山队、无名登山队等几十位山友。北冥飞鱼带队员先去大水渠，我与岭南风情在路口等候后面的包车。与竹竿大哥电话联系，他说车上人太挤，又找了一辆车帮忙，会晚到几分钟。

　　岭南风情留在路口，我去紫薇山庄院内。看门的老汉很和气，他穿着海派婚纱的工作服。紫薇山庄装修后，改为婚纱摄影的外景地，不过我习惯称紫薇山庄。我没注意到院子里有无紫薇树，但我知道，崂山里面有紫薇树，白云洞、白龙洞、上清宫有紫薇树，街头路旁也有紫薇树。我在紫薇山庄拍了几个镜头，回到路口，等到竹竿大哥与后面队友，一起向大水渠赶去。

　　开始有70余位队员，竹竿大哥领队，骑马看海、北冥飞鱼收队。庙岭口前，一个5人小分队分流去别的地方。一男一女两位队员体能出现问题，大茶壶与他俩分流。过客李林在庙岭口与大队会合，然后独自去石嶂庵再返回。我到绵羊河谷时是上午10点22分。有两位大姐队员小溪、岁月，第一次跟随竹竿队野爬，也是第一次到绵羊河，我为她俩介绍了绵羊河谷与绵羊石。我在绵羊河谷停留7分钟左右，为北冥飞鱼等队友拍了照片。有些是用我的相机拍的，有些是用别人相机拍的。

　　离开绵羊河谷几分钟后，一场秋雨飘然而至。不久，天空飘过连声的雷响，好像有什么在后面追赶似的，那雷声跑得飞快。PETERPAN等5位队员走在最后，为了防雷，我让大家关了手机。我想看看离前队有多远，我追过参谋长等5位队友，在上午10点52分左右，追上在途中休息等候的前队。这时雨还是小雨，很多队友连雨具也没拿出来。我对竹竿大哥说，后面5位队员太慢，你们先走，我在这里等他们。

　　我等到参谋长等 5 位队友，后面 5 位队友还没到，这时雨大了起来，我回去接他们，同时也是催他们。即使要分流，也得赶到滑溜口与分流的队员会合。后来雨越下越大，天越来越冷，空中又响过一阵跑雷。竹竿大哥用对讲机对我说，雨大，太冷，不去崂顶，从滑溜口去北九水。我说若有队员想去崂顶，我可以带他们去。竹竿大哥说，到滑溜口看情况定。为防雷，我们关了对讲机。

　　滑溜口海拔 950 米。从绵羊河到滑溜口，后队用了 1 小时 20 分，空中有 4 次滚雷，我 4 次回去接后面的 5 位队员。快到滑溜口时，我追上参谋长，我问他去崂顶还是北九水，他说去崂顶。我们赶到滑溜口时，风大，雨大，更冷。一位女队员在滑溜口的下坡口等我们。她说竹竿大哥带前队去了北九水，安排几位男队员等我们，等了一会儿，又冷，冻跑了。我和参谋长只好选择去北九水。这次活动女队员多，一个多小时的冷雨，没有要停的意思，又有阵雷，为安全计，大队人马就近下山是明智的。

　　参谋长等队员去追前队。我在滑溜口等候后面的 5 位队员。我问那位等候的女队员，怎么没打雨伞。她莞尔一笑，说忘带雨伞了。我把我背包里的雨伞掏出来给她。我说，我一直没想用雨伞。之前，我让 PETERPAN 留在最后一个岔路口等后面队友，这时还没赶上来，我第四趟回去接他们。从滑溜口到蔚竹庵，我用了 57 分钟。两位女队员在蔚竹庵分流。我追上 5 位队友，他们说竹竿大哥带前队过去不久。当时我想，雨一直在下，若有个大房间，让队员们避会儿雨就好了。

　　我开手机与前队联系，竹竿大哥说，找了家农家宴饭店，在路旁，有队员接。去农家宴饭店途中，遇零点队的不回头山友，与她合影留念。下午 1 点 22 分，我赶到农家宴饭店。有 18 位队员参加农家宴，之前一些队员冻得停留不住，急忙找车赶回市区。北冥飞鱼等 4 位队员在山亭里午餐，岭南风情等 4 位队员在大桥下午餐，约定下午 3 点到公交车站集合。

　　雨一直在下，时小时大，连绵不断。赶到北九水景区外，感觉

气温比山上高多了，至少我的手与小臂，已没有被冻僵的感觉。鞋湿透了，觉得里面全是水，又倒不出来。一位女队员说，我弯腰系鞋带时，后背升起白雾状的水蒸气。我想，淋了近 3 个小时的冷雨，就是块石头，也被淋透了。淋雨是个事，等人也是个事，有时觉得，等人的时间可以走一趟崂顶了。后来听说，竹竿大哥带领的前队之前，夸父等 7 位队友先到滑溜口，直奔崂顶而去，大约 11 点 30 分到崂顶，在五峰仙馆午餐，开始连炉头都冻住了。

在农家宴饭店分两桌而坐，拿出自带的午餐、小饮，很丰盛，又点了几道热菜。笨笨带来一壶咸亨酒店的绍兴老酒，请饭店服务员烫热了，在座女队员都喝了点。饭店菜谱上有道仙胎鱼的菜，没看标价，以为是道模糊菜。离开饭店时，经碧海游提醒，看到旁边的水箱里有仙胎鱼，纷纷扬扬大约 100 多条，不知是野生的还是放养的。我细看，比潮音瀑上游的野生仙胎鱼，透明度以及神采上，有较大的差距。下午 3 点 15 分，24 位队员乘包车返回李村，3 位队员暴走卧龙。我到江西路车站的时间，是下午 5 点左右，零星小雨仍在下着。

秋天的冷雨，起伏的野山。在雨中，我听到滚雷飞霆从头空飘过，在雨中，我惦念缅甸丛林中的果敢族兄弟，在雨中，我想到古代华夏的书生与侠士，在雨中，我似一个面雨思过的天涯游子。有一些迷动的云雾与湿润的冷意，有一些脱离的勇士与奇正的幻影。这霏雨无端的一天，这穿越湿冷的一天。缠绵绸缪，倏昱绝电，经过，想过，来过。

白云悠悠秋色明

很久没去明潭瀑了，差不多整个夏天都没有去。听说今年夏天那里有很多泡水潭的人，我们的队员多，以爬山为主，不泡水潭，就不去凑热闹了。去年初秋，我随竹竿帮第一次去明潭瀑，中途一时迷路，蹦河谷。一星期后，跟随竹竿帮在白云洞遇见乱乱大哥带领的队伍，同去明潭瀑河谷午餐。以后又随竹竿帮去明潭瀑两次，摸熟了道路。

上个月的一天早晨，在李村蓝色雕塑前遇到微笑山友。我问她去哪儿爬山。她说跟某登山队去某处。她说了几个地名，我不知道是哪里。后来她干脆说，就是明潭瀑。我笑言，绕来绕去，怎不早说。后来我让她给某位文友带 4 个字，早上时间匆忙，暂且传字会友了。几个星期后，白露已过，天已秋凉，我因事有两次没爬野山了。

9 月 12 日星期六，阴历七月二十四，白露后第五天，晴有少云。竹竿帮的野爬线路，是经庙岭口、白云洞到明潭瀑，休闲，烤肉可选。60 余位山友分乘两辆包车从李村出发到仰口，参谋长、舍予等 7 位山友乘私家车赶到仰口。竹竿大哥领队，我收队。

我到大水渠的时间是上午 8 点 30 分左右。集合队伍，合影，竹竿大哥带队向庙岭口赶去。途中，有两位女队员体能出现问题，我让 3 位同行男队员陪她们慢行，再不成就原路返回。另有一男一女结伴的两位队员，原路返回山下。在庙岭口中段，我追上旖旎大海、兔兔、紫水晶、听雨、一隐名女队员等队友。途中休息时，我注意到蓝色的天空中，有一轮白色的月影，很清晰的月影。离中秋节还有 20 天，那月影竟然是半圆形，而不是月牙形。

我们几位队友，停留在那里，看那白色的月影多时，不时有大朵的白云从远处飘来，漫过月影，漫过蓝天的一角，自由自在向着远方流浪。湛湛蓝天，悠悠白云，云白月影，宛如心印。白云飘飘漫漫的样子，月影忽然停留的样子，一切如此纯净。看看看着，就如痴如醉了。有队友说，真想带个马扎子来，坐在这里看很久很久的蓝天白云，看很久很久的白色月影。

我离开白云月影眺看处时，和后队队友说明情况，只身往庙岭口赶去。我到庙岭口的时间，是上午 9 点 30 分左右。我在庙岭

口等了半个多小时，等到后面赶来的后队队员，共有 12 位。之前，夸父等 6 位队员加量去滑溜口，两位队员原路返回。我与后队到白云洞的时间，是上午 10 点 35 分。竹竿大哥带大部分队员去二仙山主峰，淡然等几位女队员留在白云洞壁石上，看包观景，休息等候。10 余位队员在白云洞自行分流。

白云洞院内的银杏树上挂满粉黄色的银杏果，低处的杏果已被游人摘走，取出里面的白果，把粉黄色的果皮留在树下。白云洞外院的紫薇花依然开放着，红艳如火，傲立坡头。我在白云洞休息停留了半个小时。参谋长带队员会合竹竿大哥前队，我带后队，沿石阶路前往明潭瀑河谷。途中报数，共有 45 位队员。

我到明潭瀑河谷的时间是 11 点 38 分，蹦河谷 9 分钟，我赶到明潭瀑前。虽然昨天市区下了小雨，崂山有没有下雨不得而知，但明潭瀑的潭水却很少，瀑水更是潺潺的细流，早已失去原先相看的模样。明潭瀑前，有 6 个饭圈，连我有 20 余位队友。竹竿大哥、笨笨、兔兔、老表、陌生队友等 6 个饭圈相距不远。视线顺河谷远行，可以看到远处的大海。参谋长、大乐呵、幸福女人等饭圈在河谷下游，大约 50 多米远。

我们饭圈也用石板烤肉。笨笨带了调制的血玛丽酒、咸亨酒店的绍兴老酒，我带了两罐青啤、一塑料桶五厂崂啤。淡若茶香带了李锦记肴货、炒酱。一隐名女队员带了粉肠、酱豆腐。另有生菜、凉拌木耳、茄汁鱼，水果、小菜、花生、煎饼、面包等。烤肉是主菜，石板烤肉，自然生动，色香味俱佳，让隐名女队友叹为观止。相邻陌生队友的饭圈，送来两碗菠菜粉丝汆丸子汤，味道鲜美。我们回赠一碗石板烤肉、一盘煮花生。

前一天下班后，我收到 3 套 4 册本的《山东散文选 1978—2008》，第二册青岛卷内，选有格里、剑指南天、若风的散文。3 位文友是东方红 QQ 群的骨干。这天，我带了第二册书来到明潭瀑，书中选入我的两篇散文，《崂山之巅，谁为情种》《寻找迷途的印迹》，之前这两篇散文，选入作家出版社出版的《海天蓝月亮》文集。

午餐后，用明潭瀑的瀑水，煮泡了几锅云泉春崂山绿茶。崂山绿茶是淡若茶香带来的，茶韵绵长，海天辽阔，唯斯人，在此停留。品茶间，竹竿大哥带来参谋长、兔兔等队友意见，与我、淡若茶香、笨笨商议国庆假期 8 天连登崂山事宜，商定大红横幅的宣传文字为："庆祝建国六十周年/竹竿登山队八天连登崂山"。

下午 3 点 20 分左右，我们后队离开明潭瀑河谷午餐地，经白云洞水库到雕龙嘴村，与竹竿大哥带领的前队会合。之前有 10 余位队员，午餐后先行经白云洞水库、大水渠到仰口公交车站。我到雕龙嘴村的时间，是下午 3 点 28 分左右。

第一次在野爬途中，会遇蓝天中云白的月影，第一次在明潭瀑前，用潺潺的瀑流煮水泡茶，第一次带本厚书来到明潭瀑。追想有关明潭瀑的文字，最早是篇名为《白云滚石的瞬间》的游记，开篇写到一只穿越河谷飞翔的大蝴蝶。难以知道，后来有关蝴蝶的故事又有了多少。

白云悠悠秋色明，海天辽阔蝴蝶行，月影如幻梦境中，何处风光有情景。明潭瀑水幽幽鸣，怎说山野有精灵，一杯沧桑茶韵来，却道崂山穿越情。这样的一天，这样的秋色，这样的月影，这样的飞翔。激情畅想，得七言律诗一首，吟之记韵。

初探琵琶涧，再上仙人桥

凌晨醒来，冬风在窗外飘奔，阳台外的不锈钢管晾衣架，被弹拨得铮铮作响。黎明时走出家门，风势渐弱，我在江西路车站等车时，望见一轮大半圆的明月，在半透明的天空中停留。没有天气预报中的多云，只有晴朗的天空，在黎明中等待如约的阳光。

12 月 5 日星期六，大雪节气前两天，竹竿队与零点队共同活

动，零点队的风哥带队，乱乱、竹竿大哥领队，山羊、骑马看海收队。上午8点10分左右，约60位山友分乘两辆包车到磅石村，经和桥、口子坡、琵琶涧看猴子攀岩，经金岗崮前坡到扇子石。然后分队，竹竿队再上仙人桥，在飞龙瀑下游河谷午餐，午餐后步行至卧龙村，乘112路公交车返回李村。

在磅石村竹林小桥旁，遇野舟横渡带领的飓风队，多位相熟山友相互致意，他们也去扇子石。我们一辆包车到达较晚，前车队员在磅石村等候，飓风队山友片刻就走出了视线。沿磅石村旁简易山道上行，可以眺望阳光中的阳刚石，阳刚石翘然而举，前临青山翠谷，后倚苍石尖峰，只可意会，难以言传。今年早春，风水二人组带队野走阳阴线，上午大雾弥漫，阳刚石隐于雾中，竟未得见。

我到磅石村后山下的和桥时，是上午8点30分。20分钟后，全队到达口子坡顶，阳光普照，满目青山。乱乱遥指远处两个山峰对我说，那是锥子崮，那是大台崮。闲云野鹤、大猫从右面山涧绕行，大队从左面山梁经无名山涧直行，半小时后，在河东村后山会合。大队合影后，沿简易山道右行，进入琵琶涧。乱乱、山羊、炮手留在路口，接应后面的相约青岛登山队。

听风哥说，琵琶涧是乱乱最先带他们来的，山谷上端有块横抱琵琶型的巨石，迎面可望，山里人祖辈叫它琵琶石，琵琶涧因此得名。琵琶涧人迹罕至，完全都是野路，坡度较大，岔路口多处。抬眼望去，山坡高处有映白的冬雪，那块硕大的琵琶石，在相看它的目光中晃来晃去，这是行走的相看，或是那映雪的琴音。

离琵琶石有几箭之远，队伍沿右侧山坡上行，坡陡，有冰，行进速度较慢。我到猴子攀岩端看处时，是上午10点5分，我在那里停留了约10分钟，很多队员在那里留影。安全距离抱着一个不知哪来的小狮子样的狗狗留影，听说这个小狮子狗狗，是从磅石村跟过来的，好几位队员都抱了抱那只小狮子狗狗，最后我也抱了抱它。听同行山友说，那个小狗狗嘴边长着软毛，只有两三个月大小。那个小狗狗跟着我们下山，在到扇子石途中，不知跑到哪里去了。

我到扇子石的时间，是上午 10 点 40 分左右，在扇子石停留近 10 分钟，眺看不远处的仙人桥。在扇子石，竹竿队先行去仙人桥，零点队等候后面的相约青岛队。兔兔等队友在山峰下路口看包，两位队友在对面山坡上拍照，20 多位队友登上仙人桥，包括一直说自己恐高的萧雨队友。我是第二次上仙人桥，时隔几个月，仙人桥山峰下，踩出一条更容易攀爬的小道，以后可以背着登山包直接上来了。

我站在仙人桥上眺望，微风和煦，蓝天无痕，青山映雪，群峰苍茸。我不知道，是谁要融化在美丽风景里，还是那美丽的风景，要在谁的记忆中生长开来。我在仙人桥停留了约 10 分钟，阳光如洗，心境如幻。名相，物象，行走，停留，遇感生生，善美化化。

飞龙瀑，只有半湾的瀑水，我的相机已用完电池，请北冥飞鱼、小百灵、笨笨等队友拍了留影。一位女队员扶着石壁，要绕行飞龙瀑一圈，中间差点儿掉进水湾。我放下双肩背包，赶忙上前，小心把她接过来，也算走了半圈石壁。

在飞龙瀑下游河谷午餐，先来后到，大家各寻河谷阳光处，分成好几个饭圈。随风而过带来茅台小酒，笨笨带来即墨老酒，淡然带来罐装青啤，北冥飞鱼带了生啤，我带了小烧酒。北京羊肉，福州鱼丸，味千拉面，榨菜，青椒，虾皮，菜叶，葱末，胡椒粉，盐，香醋，咸鸡蛋，炸里脊，烤鸡翅，盐水虾，白菜炒虾，欧洲奶酪，家乡玉米羹，小的生日蛋糕。热热乎乎，暖暖畅畅，未约而遇，未想而感，野山百觚，不饮自醉。

下午 1 点 10 分左右，先后撤离午餐河谷。我在太子涧路口，遇到乱乱、西海舰队等山友。西海舰队身后，跟着那个小狮子狗狗。西海舰队常跟我们爬山，他说今天没赶上我们，就跟上同一线路的队伍，一路跟过 4 个队，在这里遇到。竹竿大哥在对讲机里说，今天暴走到卧龙村，大铁门附近有两只大狗狂吠，要注意。我在路旁捡了根树枝，准备保护小狮子狗狗。不想一只大藏

獒与一只大黄白花狗，在路旁叫得激烈，把小狮子狗狗吓住了。我只好招呼小狮子狗狗，绕行河谷，在河谷堤坝前，小狮子狗狗一时跳不下来，西海舰队把它抱起来。我想也别绕河谷了，便和西海舰队沿大路通过。

小狮子狗狗跟着我们后队暴走到卧龙村，竹竿大哥、尚志、旖旎大海、兔兔、雨儿、萧雨等队友，在卧龙村车站等候我们。有位女队友想带小狮子狗狗上公交车，她家里养着另一只小狗狗。公交车不让带宠物，小狮子狗狗又那么显眼。虽然途中探讨过，从山村到闹市的问题。可是，狗狗是狗狗，驴友是驴友，神仙是神仙。一天还是千年，天上还是人间，忘却还是追想。天下何思何虑，人生何往何来。

乘 112 路车返回李村途中，竹竿大哥、尚志、兔兔提议，在本月搞一次大距离穿越活动，由川月户外、东晖国际大酒店等单位赞助，众山友激赏。下午 2 点 30 几分，我们返回李村。我转乘公交车到早晨出发的车站时间，是下午 3 点 50 分左右。微风依然和煦，阳光依然温暖。

初探琵琶涧，再上仙人桥，满目青山在，映雪幽谷间。时间若是一个问题，分析时间就渐远了彼在的时间，所遇若是一种情坏，追想所遇就渐近了彼在的所遇。当行走，拥有时间时，时间不是一个问题，当行走，纯粹所遇时，所遇有一种情怀。野野相在，遇遇而遇，明明所明，朗朗而朗。12 月 5 日，青岛崂山，这个阳光的冬天，这次浪漫的行走。

青岛环海穿越记

冬至前 3 天，阳光灿烂，冬风缱绻，远山如黛，碧海含烟。一个相约行走的日子，一次环海穿越的激情。大约在冬季，此情可相忆。作为一个驴友，从没在环海道路上行走这么长的距离，我是这样，我的队友大约也都这样。为什么环海穿越，怎么样环海穿越，对强驴来说，这或许只是一次不同情况的挑战，对我来说，还有更多的意味。

心中，为何惦念牵挂，眼中，为何饱含湿润，想起一些亲切的事物，感怀一些无尽的沧桑。在青岛，有中国海岸线上的最高山峰，在青岛，有山海相连的旖旎风光，在青岛，有纪念五四运动90周年的五顶四瀑穿越。2009年的12月19日，竹竿登山队对青岛说，环海穿越，我们来了。从早晨到傍晚，从所思所虑，到所爱所恋，让脚步与心愿，来一次酣畅淋漓的行走。

早在12天前，竹竿登山队在网络论坛发布环海穿越召集帖，共有55位山友报名。据竹竿大哥、岭南风情实际公路行车计算，仰口至流清河22千米，流清河至石老人17千米，石老人至团岛的海滨步行道距离36.9千米，仰口至五四广场52千米。实际穿越线路从仰口收费站到团岛八大峡广场，距离70余千米。途中设流清河、石老人、五四广场、第二海水浴场、团岛记时点，由志愿山友登记到达时间。东晖国际大酒店赞助前10名当晚夜宴，川月户外赞助登山杖、EVA坐垫。

约定早晨7点在李村大石头集合，两辆包车，有41位队员到达。在滨海大道，两位山友分乘出租车，先后赶上我们的包车。早晨7点52分，大家在仰口收费站不远的公路旁整队合影。之前在李村集合时，我对周围队友说，体能超强的跟随尚志、岭南风情往前冲，竹竿大哥与我在中间，开始一段我当收队。

集体合影后，我在队后整理行装，一抬头，大队人马已跑出一箭之地。我急忙甩开步伐，追到队伍中间。前一个小时的路段，基本都带着小跑。上午8点18分，我到华严寺路口，本想去华严寺停车场拍法显塑像，一看这速度，忍了。8点24分，我在崂山矿泉水分厂门前拍了两张照片，落下100多米。我紧跑慢跑，才追上前面几位队友。10分钟后，在返岭村石刻前，遇野舟横渡带领的飓风队山友，他们去泉心河。随后几位队友赶到，我

为老狼、笨笨、蓝玫拍了合影。酷儿顾不上拍照，和我扬扬手，小跑着向前赶去。

我到长岭村的时间，是上午 8 点 48 分。大约 1 分钟前，尚志在对讲机里讲，他已到黄山村。6 分钟后，我到黄山村石牌处，3 分钟后我到黄山小学，我和身旁队友计算，尚志前队领先我们 6~9 分钟路程。我到青山水库的时间，是 9 点 21 分，几分钟后，到达垭口。在垭口，出现一个意外情况。

之前在集合时，尚志对大家说，垭口如果出现风管委阻挡，个人自想办法通过。尚志前队通过垭口时，没有阻拦，他在对讲机里报告这一消息，当时我心里一块石头落了地。不想我赶到垭口时，前面竹竿大哥等队友已受阻拦。我到跟前时，他们仍在商谈。一位女队员不管这些，抢身冲关而去。一位女队员掏出钱来，被我止住。一个阻拦人员说，留住他们一个，都跑不了。我说算了，本来就是爬山的，我们爬山绕道好了。近旁的路口不让绕，我们只好从略远处上山绕行。我帮两位女队员翻过黑铁栅栏，我对竹竿大哥说，我去接后面的队员。

我在垭口停留约半小时，先后等到 10 多位队员。先有几位队员前去阻拦处交涉，无果。我拿出"纪念毛主席诞辰 116 周年"的大红条幅，当众与队员合影。3 个穿制服的风管委人员躲进小屋。两位穿蓝大衣的护林员面露和善。我说为了安全，先让女队员从近处栅栏绕过去。护林员默许了。后面赶到的几位队员，也从近旁的栅栏绕过去。我统算了一下，大约 30 多位队员通过垭口，不到 10 位队员远远落在后面，望不见踪影，不再等了。

离开垭口的准确时间，我不记得，就像我没留意，到达垭口的准确时间。在垭口到八水河的木栈道上，眼看苍山碧水，海天一色。几位队友对我说，你快去追赶前队吧。我小跑着去追前队，我到八水河的时间，是上午 10 点零 8 分。可是经过八水河停车场后，我竟然跑不动了。从八水河到流清河服务点，我用了 46 分钟左右。流清河前服务点，一涯风雨、一米阳光、雨含 3 位志愿山友在那里等候，我是第十八位到达队员，岭南风情是第一位到达队员，时间是上午10点。我在服务点停留几分钟，计时，拍照，喝一杯热水。我对一涯风雨说，垭口最后是浅夏等3位队员，等他们到这里，就可以转场。我到西麦窑村牌处时，是上午11点7分。我到大河东车站的时间，是上午11点33分。

中午12点13分，我到达沙子口石桥。前面几位队友与我电话联系，他们在沙子口路旁饭馆吃快餐。我随后赶到，在一路旁拉面馆，喝羊肉汤，吃油酥火烧，另加一瓶崂啤，约用去15分钟。本来我带着午饭、水果、零食等，穿着半腰高的防寒登山鞋，想用冬季全套的驴友行装，来感受平路行走的另觉。开始我还对身旁队友说，这次我当收队，不争名次。身旁山友笑说，这么长的队伍，又不是爬山，算了。从拉面馆出来，我意识到时间的重要。从八水河就一路顶风前行，天冷，想在面馆补充一下，不想耽误了时间，消磨了斗志，体能却未恢复。

我到翡翠花园的时间，是下午1点11分。我到流清河附近时，尚志电话对我说，他在翡翠花园追上了岭南风情。我到石老人观光园的时间，是下午1点19分，见暴龙在对面车站向我挥手示意，他在那里乘车回家。从石老人观光园到石老人海滩，我追上几位队友。我到石老人服务点的时间，是下午1点59分。随后，笨笨、大乐呵、目目、雨儿、兔兔、依涵赶到，紫月亮等3位队友离石老人约有10分钟路程。安全距离电话对我讲，岭南风情第一个到达五四广场，时间是下午1点38分。离开石老人海滩时，几位队友相伴而行，速度较慢。安全距离电话问我到哪里了，她在五四广场等了很久，太冷。我想，一个女孩子，无遮无挡在寒风里等3个多小时，很有毅力。我在流清河服务点停留几分钟，手指都冻僵了。我对她说，到五四广场就不走了，接她的班，在那里收队。

从石老人到五四广场，我用了1小时4分钟时间，前半程速度较慢。同行的几位队员表示，他们只走到五四广场，我放开步伐，去追竹竿大哥。我过雕塑园后，竹竿大哥电话对我说，兔兔

超过去了，同行队友也赶到前面去了，问我怎样。我说后面还有
9位队员，都到五四广场，我也只到五四广场。当时我腿疼得跑
不起来，也不想天黑赶路。

我到五四广场的时间，是下午4点7分，晚霞远映，远空如
幻。小牛儿在五四广场等候，竹竿大哥回家取车。几分钟后，大
乐呵、笨笨赶到五四广场，再几分钟，目目、雨儿赶到广场。美
女大娘在第二海水浴场给我电话，说兔兔刚过去。我说辛苦了，
可以撤离。之后我和竹竿大哥、小牛儿，一起往团岛服务点接
应。半小时后，夜幕已经降临，我们乘车到达团岛八大峡广场，
与等候在那里的众山友会合。合影留念后，我与竹竿大哥、暴龙
留守，等到旖旎大海、潇潇暮雨、兔兔。

本次活动，有43位队员参加，12位队员完成仰口至团岛线
路，另有13位队员完成仰口至五四广场线路。完成仰口至团岛
全程的12位队员中，第一名是岭南风情，下午两点56分到达，
第二名尚志，下午3点20分到达，第三名登山望月，下午4点
25分到达，第四名至第十二名依次是沙漠之舟、茹心、稳定步
伐、蓝玫、千山、青岛路虎、旖旎大海、潇潇暮雨、兔兔，兔兔
到达的时间是傍晚5点20分。12位队员中6位是女队员。晚上，
11位队员在东晖国际大酒店如约夜宴。

同一条道路，有不同的行走，同一个时间，有不同的空间。
《文心雕龙》里写，"夫情致异区，文变殊术，莫不因情立体，即
体成势也。"笔墨之文如是，山水之文如是。2009年的春天与秋
天，我与竹竿登山队众山友，完成五顶四瀑穿越，完成国庆连八
穿越，这个冬天，我又参与了青岛环海穿越。60年的沧桑，90
年的沧桑，116年的沧桑，时间与空间有所和同，纵深与横贯有
所和同，感恩与激情有所和同。这天的前夜，在家里，我准备好
大红条幅，敬写"纪念毛主席诞辰116周年"，我想以这个方式，
在这次刻骨铭心的环海穿越中，留下我特别的感恩与追怀。在垭
口，在流清河，在石老人，在东海路，在五四广场，在行走之外
更无限的想象中，我想，这是一首山音海籁的有关行走的诗歌。

小白花，小小白花

今天我跟随竹竿帮，从仰口经庙岭口、明道观到华严寺。5月3日那天，我走过这条路线，那次是世界的边、雪梅、ECHO、若风4人临时结伴，另有一支10人队伍在途中前后相随。那时的心情和今时的心情有了不同，5月12日，四川汶川突发8级大地震，5月19日到21日三天，是全国哀悼日。同样一条线路，不同的却是沧海桑田的心情了。

从庙岭口到明道观的山径两旁，有很多小白花和更多的小小白花。开始是无数蜜蜂的嗡鸣声，把我引到几棵开小白花的唐棣树下。我不知道那些小蜜蜂在忙碌什么，也许那些小蜜蜂在辛勤劳动，也许那些小蜜蜂在传递花粉，也许那些小蜜蜂在举行一种特别的仪式。随后我注意到更多的小小白花，奶白色的是拳头形小小白花，纯白色的是掌心形小小白花，密集的小小白花开放在幽静蜿蜒的山径两旁，细微颗粒的白色花粉，被我们的队伍撩拨而起，那些花粉飞舞着，仿佛每一粒花粉内部，都有一个迷动的世界。

这些小白花和小小白花，以及更微小的白色花粉，伴着不远处潺潺的溪水声，使我想到更远处更辽阔的景象。每个人似乎都有一些心事，途中小憩时，我和身旁山友闲说几句赋比兴，话题又说到远方的地震灾区。木榕和流星则不作语，她们的表情只是，她们在认真听着。午餐时，流星、世界的边、木榕和若风4人一起席石围坐，我们没有谈论赋比兴，也没谈论让人感伤的话题，只是忙碌一些琐碎的饭事，谈谈蔬菜水果，谈谈面饼咸菜。

经过明道观后，我在一处高坡上，看到远处的大海，云雾低垂，在海面上列队漫涌，好似之前我遇到的那些曼舞的小小白花

的花粉。有位山友说，远处的海面上有海市蜃楼。随后我们都认可那是海市蜃楼。虽然云开雾散后，那里确实是一座很大的岛屿，海市蜃楼也不是海市蜃楼了。

可是那小小白花的花粉的舞影，却真实地留在我的脑海中。明天我要参加传媒网山友组织的"我爱崂山环保行动及赈灾捐款活动"。我不知道在爬山途中，还能遇到怎样的物象，感到怎样的情怀，可是有一点却是不会改变的。深情的小白花，小白花旁更多的小小白花，如云似雾，漫山遍野，经过我的心间，经过这五月的天空。

> 小白花，小小白花
> 小蜜蜂，小小蜜蜂
> 漫动的情物
> 细微的蜜香

槐花与野草

今天我起了大早，乘 605 路车前往李村，7 点钟在蓝加白餐馆吃早饭，随后来到附近的维克广场大石头前，参加青岛驴友的"我爱崂山环保行动及赈灾捐款活动"。这次活动的领队是乱乱，收队是风水二人组，收款是宝宝他姨和世界的边。另有行者无疆山友带领的一支队伍加入，我们大约 80 多人，分两批乘 130 路公交车，从戴家山下开始爬山、捡垃圾。后行的山友在大石头处捐款，前行的山友在三界地捐款，一共捐得善款 2780 元。

听说原计划是在山上捡垃圾，可是有一些山友从山下就开始捡起来。我因为在山脚下买樱桃，耽误了时间，开始阶段没捡到多少垃圾，却跑出了一头大汗。到三清洞附近，我追上大队人马，看到很多人也是满头大汗，才感到天气真是热了。

我闻到淡淡的槐花清香时，只看到几棵零散的槐树，上面的槐花也很稀少，难以想象那绵延不断的槐花清香是从何处来的。后来我们翻过一座高山，我看到满山谷的大小槐树，它们自由自在生长在那里，一串串洁白的槐花从绿枝中探出身影，摇曳着，碰撞着，和所有看到它们的人们表示着亲善。

这么多的槐树，一个山谷接着一个山谷，这么多的槐花，一个世界接着一个世界。我想到昨天爬山途中路遇的小白花和小小白花，这两天走过的崇山峻岭中，最引我注目的，竟是起伏曼舞的洁白素丽。

在这个炎热的初夏，山友们仔细搜索着可能有垃圾的地方，我跟随着大家，也顾不上去取背包里的矿泉水瓶。这时，我看到几串槐花在我眼前晃动，便脱下一只手套，摘一串槐花塞进口中。槐花的涩香感染我，使我感到，这已是天下最好的润口之物了。我把这个发现告诉身旁的几位山友。我对他们说，一串槐花，抵得上一颗薄荷糖。当然薄荷糖不能多吃，这嫩槐花也是不能多食的。

后来，望着山下不远处的农家村舍，有些山友谈起了农家宴。乱乱领队说，下了山后，想吃农家宴的吃农家宴，想吃自己带的饭就吃自己带的饭。然后大家兵分几路，直奔山下路旁的农舍而去。

我们一行十几位山友，找到一家路边的农舍，整洁的房舍，错落的梯地，一座木头小桥，几个凉棚，10多棵挂着零星红果的樱桃树，我们在木桥下的溪水边野餐。

原以为这是一家农家宴饭店，一问凉棚里正在吃饭的人们，他们说这里不是农家宴，想买东西，可去上面庄院内问那里的主人。庄院主人是位和善的高个头中年男子，他说只能卖给我们一些啤酒，但没有饭菜。好在我们都带了饭，自来水是过滤了的山泉水，可以免费饮用，樱桃树上的樱桃可以免费吃，但要爱护树木。

野餐后，我们沿村边的简易公路去远处村庄的公交车站。道路两旁盛开着极多的大叶金黄菊，这种花早有耳闻，据说是一种霸道的外来物种，根系发达，侵入力极强，在它生长的地方，别的草本植物很难生长，算是有害物种。

快走到岔路口时，我发现这种大叶菊逐渐不是那么茂盛了，仔细观察一会儿，我发现大叶菊丛中，生长着一种本地土生的野草。在一道小土沟旁，一小片矮矮的野草，完全阻挡了大叶菊的生长阵势，在那片无名野草的另一面，各样的土生花草自由生长着，完全不见了大叶菊霸道的影子。开始我想那无名野草可能是古书中的飞蓬草。问路旁的村民，他们都不知道那野草的名字，有一位村民说可能是野麦子，也不敢肯定。之后了解，它可能是野生稗草的一种。大文豪洪昇有两本诗集，就叫《稗畦集》和《稗畦续集》。

不管它是什么样的野草，毕竟它成功阻拦住了大叶菊的侵入，就像一串嫩槐花，可以抵得上一颗薄荷糖。不同的只是，这槐花是有名的，这野草却是无名的。甚至长年生活在它近旁的村民，也不知道它蕴藏的功夫力道。

《易》曰："憧憧往来，朋从尔思。"子曰："天下何思何虑？天下同归而殊途，一致而百虑，天下何思何虑？"有名的槐花，无名的野草，它们存在于我生活的显处和隐处，白驹过隙，人生朝露，生命何思何虑？此时此刻，却是这有名的槐花和那无名的野草了。